FAHRENHEIT

Das Revier der Amsel

FRANZISKA SPERR

ROMAN

Für
Barbarella und
Armando
sehr herzlich
Franziska Sperr
27.11.08

FAHRENHEIT

1. Auflage 2008

Umschlaggestaltung und Layout: Gregor Ade, Stephie Schramm,
unter Verwendung einer Fotografie von Billy & Hells
Gesetzt aus der ITC Slimbach
Satz: BuchHaus Robert Gigler, München
Druck und Bindung: Clausen & Bosse, Leck
Printed in Germany
ISBN 978-3-940813-12-1
www.fahrenheit-verlag.de

Es lag unter dem Flügel auf dem Boden, den Kopf zur Seite nach hinten gedreht, die Arme, die Finger in die Luft gestreckt, als wollten sie nach etwas greifen. Die matt glänzenden Pedale hatten einen Moment lang seine Aufmerksamkeit.

Sie schlug eine Taste an, der Ton stand lange in der Luft. Sie hatte sich zu ihm gesetzt, die Schuhe, der schöne Mantel, die Tasche, die Sachen lagen verstreut im Zimmer. Alles war still. Es war endlich still! Die Stille, die sie herbeigefleht hatte, wie man sich rettende Hilfe herbeifleht in einer ausweglosen Situation, jetzt war sie ihr unerträglich.

Sie hatte Wasser auf dem Herd zum Kochen gebracht, ein frisches Handtuch geholt. Heißes Wasser, ein Handtuch, sie wusste nicht, wofür es gut sein sollte. In Filmen hatte sie es gesehen, in Büchern: heißes Wasser und ein frisches Handtuch, dann ist man schon einen Schritt weiter. Der Topf stand vor ihr, plump und dampfend und am falschen Platz, hier, zwischen Couchtisch und Klavier auf dem Teppich. Sie sah sich um. Ihr Haus erschien jetzt in einem anderen Licht, die Möbel, die Wände, die Durchreiche zur Küche, die Treppe nach oben. Als hätte das alles nichts mit ihr zu tun, mit ihrem Leben. Mit ihr und ihrem Leben.

Sie fasste es am Fuß, sie rüttelte an seinem Bein, schüttelte es an der Schulter, zog an seinem Ohr. Sie konnte die Stille nicht mehr ertragen und klopfte mit der flachen Hand auf den Boden, stieß mit der Stirn gegen seine Stirn, seine Brust, seinen Bauch. Es sollte sie nicht so ansehen, es sollte gehorchen, es sollte endlich wieder schreien. Noch suchte sie nach einem Ausweg, wollte singen oder summen. Nein, bloß jetzt nicht singen! Nicht die Lieder von früher, mit einsamer, dünner Stimme, hier, unter Vaters Flügel. Sie betrachtete sein Gesicht, wie seine Augen ihren Bewegungen folgten. Dieser widerspenstige Blick! Nichts als blanker Mutwille! Ohne Herz und ohne Erbarmen hatte es zugesehen, wie sie sich immer tiefer im dichten Grün des Irrgartens verlief, ohne Aussicht auf Rettung. Mit seinem unschuldigen Herrscherblick, der alles durchdrang, alles in seine Gewalt brachte.

Sie trat hinaus auf die Terrasse. In den Nachthimmel mischte sich das milchige Grau der Morgendämmerung.

1

Der Zweiundvierzigste, hat Urs, der Schweizer, gesagt, der Zweiundvierzigste ist ein ganz besonderer. Irgendwann später schlägt die Glocke oben im Turm, oder sie schlägt nicht, woher soll ich das wissen. Keine Ahnung wie spät, es ist dunkel und kein Unterschied, ob ich die Augen offen habe oder zu. Eins, zwei, die Glocke, aber was heißt das schon. Sobald es hell wird, werden sie mir auf meinen Tisch einen Kuchen stellen, eine Kerze und einen Blumentopf. Und freundlich werden sie zu mir sein, auch die, die sich sonst mit dem Freundlichsein nicht leichttun, werden sich Mühe geben. Heute, an meinem Tag.

Auf der Polizeiwache sind sie nicht gerade freundlich gewesen. Ich bin doch nicht schwerhörig, man braucht mich nicht so anzubrüllen!

Sie müssen sich doch dabei etwas gedacht haben! So etwas macht man doch nicht einfach so!

Was heißt *gedacht haben*, was soll das ganze Gerede. Ein Schluchzen, ein Weinen ganz nah. Zuerst wusste ich gar nicht, woher es kam. Was würden Sie denn tun, wenn Sie von irgendwoher ein Weinen hören. Ich stand zufällig an *seinem* Gartenzaun, es war kalt, feucht und neblig, die Luft bewegte sich nicht, ein Tag, an dem ich das Haus vielleicht besser nicht verlassen hätte. Immer wollen alle wissen, was ich mir dabei gedacht habe. Auch Dr. Schöpf stellt mir solche Fragen. Aber ich weiß genau, worauf er hinauswill, er will, dass ich aus Versehen etwas preisgebe. Etwas aus meinem Kopf, etwas, das ihn nichts angeht. Was Sie da auf Ihren Block notieren, sind doch alles hirnrissige Behauptungen, Herr Dr. Schöpf. Als ich es aus dem Garten schob, hinaus auf die Straße, über den Platz, durch den Park über die hell scheinenden Sandwege, bis hinein in den Vorgarten meines Hauses in der Hagemannstraße, war es still und schlief. Der Wagen rollte wie von selbst, und an den Bordsteinkanten passte ich auf.

Drei, vier. Von drüben die Kirchturmglocken. Jetzt höre ich sie deutlich. Sie läuten für mich: viertel, halb, dreiviertel, um. Manche hier mögen das Läuten nicht, sie nennen es *Ge-läute*. Dieses *Geläute*. Jedes Mal schütteln sie den Kopf, langsam, wie man es tut, wenn man nicht versteht, warum einer immer denselben Unsinn wiederholt. Ich dagegen liebe die Glocken. Sie zeigen mir, dass die Welt in Ordnung ist, dass da einer ist, der für Ordnung sorgt.

Auf der Glückwunschkarte werden sie alle unterschreiben, kreuz und quer. Sie werden sich bemühen, nicht zeilengerade zu schreiben, damit es ausgelassen und fröhlich aussieht und mir gute Laune macht. Sie werden mit ihren Vornamen unterschreiben, auch die, deren Vornamen ich gar nicht kenne und mit deren Namen ich überhaupt nichts anfangen kann, alle werden mir von ganzem Herzen Glück wünschen. Meine Augen brennen, aber mein Kopfkissen ist kühl, die Stirn glatt und ruhig. Es kann noch dauern, bis es hell wird, ich warte mit geschlossenen Augen und atme langsam. Wenn ich zum Frühstück kommen soll, werden sie sich vor meiner Tür aufstellen und singen, das ist hier Sitte. Und ich, ich werde so tun, als wäre ich tatsächlich auf ihren schütteren Chor angewiesen, um auf die Beine zu kommen.

Alles Gute!, Alles Liebe!, werden sie mir vom Flur aus zurufen. Alles, was Sie sich wünschen, Klara, werden sie zwitschern. Herzen, Kerzen, Blumen, wir sind eine große Familie. Frau Hüttl wird mir im Vorbeigehen durch die offen stehende Tür zuwinken, aber ich werde so tun, als hätte ich es gar nicht bemerkt. Weil ich an etwas anderes denke.

Früher konnte ich es an meinem Geburtstag gar nicht erwarten, bis es endlich hell wurde. Ich erwachte lange vor Tagesanbruch. Zuerst lag ich ganz still in der Dunkelheit, dann, im Dämmerlicht, bewegte ich die Beine ein wenig, ich zählte die ersten Lichtstreifen auf der gegenüberliegenden Wand und konzentrierte mich auf die Geräusche, die etwas mit mir zu tun haben konnten. Wenn sich die offene Schranktür auf dem Flur hin- und herbewegte, wenn jemand Papierbögen glattstreifte, Mutters hastige Schritte auf der Treppe, das Beiseitelegen einer Schere auf der Tischplatte. Wenn mich Mutter dann zum Frühstück rief und ich hinunter ins Esszimmer kam, lag ein Blumenkranz um meinen Teller herum, und Sonja durfte nicht mit mir streiten. Wenigstens an diesem Tag musste sie alles so einrichten, dass kein Streit aufkommen konnte.

Irgendwann wird Sonja sich melden. Wenn sie sich auch sonst nicht meldet, aber meinen Geburtstag vergisst sie nie. An meinem Geburtstag hält sie fest, als wäre es ihr eigener. Vor drei Wochen hat sie mir eine Karte aus Wien geschickt, sie habe etwas in München zu tun, schrieb sie. Ausgerechnet heute. Ich muss Rafaela Bescheid sagen, dass sie einen zweiten Teller für Sonja aus der Küche mitbringt. Und gegen Mittag werde ich Vater anrufen und mich bei ihm in Erinnerung bringen. Manchmal vergisst er, dass er mich hat. Dann muss ich ihn daran erinnern:

– Ich bin es, Klara, deine Tochter!

Er wird eine Pause machen und vielleicht zuerst gar nicht verstehen, was ich meine.

– Hier ist Klara!, werde ich noch einmal sagen.

Manchmal sagt er dann:

– Natürlich! Sonja, ich kenne dich doch!

(Dabei käme Sonja nicht auf die Idee, bei ihm anzurufen und sich nach ihm zu erkundigen.)

– Nein, Klara spricht hier! Ich möchte wissen, wie es dir geht.

So ein Telefonat mit Vater, das kann dauern. Ich zähle ganz langsam bis drei, oder zehn oder zwanzig, bis er Boden unter den Füßen hat und auftaucht aus seiner Kopfkabine. Und dann, irgendwann, sagt er:

– Klara, ach ja, du bist es.

Und ich antworte:

– Genau! Ich bin es.

Ja, und dann freuen wir uns beide.

Vielleicht könnte ja Herr Körner, genannt *King Körner*, unser Luftikus, unser Allesbesorger, nach dem Frühstück irgendwo eine Flasche Sekt auftreiben und hereinschmuggeln. Strengstens verboten, weiß ich doch. Aber: Ein paar Gläser aus der Cafeteria, vielleicht noch einen Beutel Chips, und die Feier könnte beginnen. Die Diensthabenden wären doch die Ersten, die nichts gegen einen kleinen, kriminellen Umtrunk hätten, und, scheinheilig wie sie sind, würden sie mit dem Sektglas in der Hand noch so tun, als hätten sie nicht bemerkt, was hier vor sich geht. Und bloß keine Reden! Reden sind etwas für traurige Anlässe, ich könnte die Tränen nicht zurückhalten, wenn Rodi, Rafaela oder Frau Hüttl sich ans Fußende meines Bettes stellten und eine Rede auf mich hielten. Und kein *Happy Birthday*, die Melodie hängt mir zum Hals heraus, und diese ganz speziellen Blicke beim Zuprosten, auf die kann ich auch verzichten! Allerhöchstens *Viel Glück und viel Segen*, und vielleicht wird Urs dann noch etwas auf Schweizerdeutsch sagen, das uns zum Lachen bringt.

– *Kinderwunsch*, sagte Dr. Schöpf gestern Abend bei unserem Gespräch, und ich lachte, und er zog die Augenbrauen hoch, und ich lachte immer noch, und er machte ein wichtiges Gesicht.

Dabei weiß er auch nicht mehr als die Schmalspurpsychologen aus den Zeitschriften, die im Besucherzimmer herumliegen. Weil er überfordert ist mit mir. Ich bin als Fall ein paar Nummern zu groß für einen Anfänger wie Dr. Schöpf. Primärbefund: Kinderwunsch. Sekundär- und Tertiärbefund dito.

Da passt alles, wird er denken und es sich auf seinem Stuhl bequem machen, keine Lücken und keine Zweifel.

Ich habe den Artikel auch gelesen, Herr Dr. Schöpf. Der sogenannte Experte diagnostizierte bei der Frau einen vehementen

Kinderwunsch. Bei Nacht und Nebel, heißt es in der Zeitschrift, habe sie es nach Hause getragen, wo alles bis ins Kleinste vorbereitet war. Das rosa gestrichene, mit allen Raffinessen ausgestattete Kinderzimmer, die Schubladen voller Sachen. Als die Polizei die Wohnungstür aufstieß, stand da, umklammerte die Frau das weiße Bündel. Sie schrie und schlug mit der zu drei Vierteln gefüllten Babyflasche aus Glas nach dem Kopf des Polizeihauptwachtmeisters, der sich mit seiner ganzen Mannschaft in der viel zu kleinen Küche der Frau drängte. Darunter zwei Farbfotos. Ratlose Polizisten in der Küche, mit schwarzen Balken über den Augen.

Mit mir hat der Fall nichts zu tun. Ich passe nicht in so einen Rahmen, ein Kind wäre das Letzte, was ich mir wünsche. Wenn ich mir etwas wünsche, dann, dass man mich in Ruhe lässt und mir nicht von früh bis spät auf den Nerv fühlt. Meine Nervenstränge sind nichts für Sie, Herr Dr. Schöpf! Ihre Instrumente sind viel zu stumpf! Ihre Ausfragerei können Sie sich schenken! Von mir erfahren Sie nichts. Schon lange nicht um diese Zeit, da der Himmel eine schwarze Höhle ist und sich auch sonst noch nichts regt.

Dass *er* mir plötzlich fremd war, machte mir Angst. *Seine* toten Augen hinter der großen Fensterscheibe. Wie sie hinausstarrten in den Garten. Auf der Scheibe ein zarter Lichtschein. Es war der Mond, der so silberweiß auf dem Glas schimmerte. Nicht zu erkennen, ob jemand auf dem Sofa saß oder im Sessel. Das Mondlicht auf dem Glas blendete mich, ich konnte nicht sehen, ob sich im Hintergrund etwas bewegte.

2

Der Wecker hatte geläutet, da war noch nicht einmal ein zartes Grau am Himmel. Ivo steht am Schlafzimmerfenster und blickt hinüber in Richtung Wienerwald, das heißt, dorthin, wo die südlichen Ausläufer des Wienerwaldes sein müssten, Ivo blickt in den immer noch nachtschwarzen Himmel. Dreht den Kopf ein wenig nach rechts, stellt fest, dass die Schwärze in südlicher Richtung genauso schwarz ist wie in östlicher, öffnet das Fenster, stützt sich auf das Sims, nimmt den Kompass und lehnt sich hinaus, die rote Spitze des Zeigers kommt nicht zur Ruhe, kalte, wohltuend frische Luft auf seiner Brust, das linke Knie findet Halt an der kühlen Wand unterhalb des offenen Fensters, er lehnt sich hinaus, den Kopf, den Blick in die süd-südwestliche Nacht hinein, gierig atmet er ein und peilt. Wenn auch die Spitze des Zeigers noch zittert, so ist doch eines sicher: Unten in Jarenina, dreiundzwanzig Kilometer nördlich von Maribor, wo der achtzigjährige Großvater trotz feuchter Kälte und heftiger Schmerzen in den Gelenken bald aufstehen muss, um die Schweine zu füttern, weil weder sein Sohn Radjo noch der Enkel Ivo daran denken, den Hof zu übernehmen, ist es um diese Zeit genauso dunkel wie in Wien. Aber am Schwarzen Meer, in der Küstenstadt Constanza, betreten soeben die vierschrötigen Hausdiener der Dreisternehotels am Strand die Sonnenterrassen, wischen die klebrigen Bierränder von den Wachstuchtischdecken und stecken übrig gebliebene Badelatschen in ihre Schürzentaschen. Weiter östlich, auf der Krim, ist um diese Zeit der Morgen bereits in vollem Gange, die Raucher husten schon und zünden sich, ohne lange zu fackeln, die erste Selbstgedrehte an auf nüchternen Magen. Und noch weiter nach

Osten, ganz weit hinten, in den kaukasischen Bergdörfern, steht die Sonne hoch am Himmel, dort schwenken die Frauen die Wasserkessel und rufen in die Wälder hinein, rufen die Männer zur Pause mit Brot und Tee. Aber in Wien, jedenfalls in der Janklgasse 9 im 7. Bezirk, im dritten Stock, am Schlafzimmerfenster, das nach Osten hinausgeht – pfeilgerade astreiner Osten, zeigt der Kompass an, den Ivo zur Sicherheit immer auf dem Fensterbrett liegen hat –, herrscht am 22. April um fünf Uhr dreißig, als der Wecker zum zweiten Mal klingelt und Sonjas Bein unter dem Plumeau nur einmal leicht zuckt, noch tiefschwarze Nacht.

Nach Westen hinaus, Richtung Münchner Flughafen, wo Ivo und Sonja in etwa dreieinhalb Stunden landen werden, ist die Wohnung fensterlos.

Sonja hatte lange nicht einschlafen können. Das lag nicht am frisch geriebenen Kren, der ihr gestern Abend die Tränen in die Augen getrieben hatte, und auch nicht am späten Espresso, sie konnte nicht einschlafen, weil sie nie einschlafen kann, wenn eine Reise ansteht und das Flugzeug morgens früh startet. Die ganze Nacht wälzte und drehte sie sich unter ihrer Decke, sie stellte sich vor, wie alles kommen würde, wenn es gut ging, und was passieren könnte, wenn es schiefging. Im Dunkeln begann der Boden zu schwanken, und was ihr noch all die Tage zuvor logisch und selbstverständlich, von leichter Hand zu bewältigen, rechtens, richtig und moralisch einwandfrei vorgekommen war, wurde, je weiter die Nacht fortschritt, zum verworrenen Gespinst aus Ungewissheiten, Zweifeln, durcheinandergeratenen Abläufen, Schreckensbildern. Auf einmal war alles in Frage gestellt. Ihre Angst, dass bei der Rückkehr am Abend nichts mehr so sein würde, wie es war, blähte sich auf in der Dunkelheit und, obwohl Sonja nicht zu Hysterie neigt und besonders in angespannten Momenten normalerweise einen kühlen Kopf bewahrt, wollte es ihr in dieser Nacht nicht gelingen, sich zu beruhigen. Nicht einmal der Umstand, dass Ivo neben ihr lag und leise und beruhigend gleichmäßig, wenn auch unüberhörbar, die Luft durch die Nasenlöcher zog, brachte ihr den herbeigesehnten Schlaf. So kommt es, dass Sonja, die vor einer guten Stunde dann schließlich doch noch eingeschlafen ist, jetzt, da der Wecker bereits zum zweiten Mal läutet, noch immer schwer und unbeweglich auf ihrer, der linken Seite des breiten Bettes unter der Decke liegt und keinen Mucks macht.

Ivo mag es, wenn er der Erste ist in der Früh. Das kommt nur selten vor, denn er ist einer, der den Tag lieber ruhig angehen lässt. Den Rollladen vor seinem Schaufenster am Mölkersteig braucht er nicht vor zehn Uhr hochzuziehen, denn er weiß, dass auch seine Kundschaft erst am späteren Vormittag auf den Beinen ist. Jetzt betrachtet er seine Frau, wie sie daliegt, ruhig und entspannt, freut sich an ihren dunklen, sanft geschwungenen Augenbrauen, dem leicht geöffneten Mund, der hellen Haut. Wie schön sie ist, denkt er, wie sie daliegt, sogar im Schlaf ausdrucksvoller, lebendiger, attraktiver als alle Frauen, die ein paar Jahre jünger sind, so alt wie er selbst.

– Steh auf, sagt Ivo und greift auf die Decke, dort wo er ihren Fuß vermutet. Der Flieger wartet nicht.

– Mach erst das Fenster zu, hört er Sonja von unter der Decke.

Ivo fühlt sich ausgeruht. Er hat gut geschlafen, auch weil er gestern Abend keinen Wein, sondern nur ein kleines Helles getrunken hat. Er hat sich für den Tag und seinen hoffentlich störungsfreien Ablauf vorgenommen, zurückhaltend zu sein, sich nicht einzumischen, nicht vorlaut, dafür liebenswürdig und vielleicht eine Spur neutral. Er hat sich vorgenommen, seine Frau bei allem, was geplant ist zu unterstützen, ohne ihr dreinzureden. Er wird sich rasieren, korrekt anziehen und nicht vergessen, den Kompass in die Manteltasche zu stecken. Dann wird er ein Taxi rufen, das sie nach Schwechat bringt. Er wird als Erster unten sein, ein paar Minuten auf der Janklgasse auf und ab gehen, bis der Wagen kommt, dann erst wird Sonja so weit sein und zur Haustür herauskommen, ohne Gepäck, nur mit ihrer roten Handtasche und der kleinen Aktentasche mit den Unterlagen.

– Komm, Sonja. Ich mach Kaffee.

3

Die Flamme flackert. Von irgendwoher kommt Zugluft herein. Und endlich Licht, durch das Fenster, durch den hellgelben Vorhang. Ich habe gar nicht bemerkt, dass es Tag geworden ist, dabei war ich die ganze Zeit hellwach. Allerdings mit geschlossenen Augen. Frau Hüttl, das Alpenveilchen, was für eine gelungene Überraschung! Sehen Sie mal die schönen roten Blüten! Kindermützenrot. Zündhölzchenrot, Kasperle. Sie dürfen keinen Zug abkriegen, die zarten Blütenblätter reagieren empfindlich, dieses spezielle Rot kann der Zugluft nicht standhalten. Wenn Sie so lieb wären und sich darum kümmern, dass irgendwo ein Fenster geschlossen wird. Und bitte noch einen Teller aus der Küche für meine Schwester Sonja.

– Wollen Sie sich nicht anziehen, Klara? Heute ist Ihr Geburtstag, Klara, den können Sie doch nicht im Nachthemd verbringen.

Der so spricht und bereits seine Hand im Schrankfach auf meiner weißen Bluse liegen hat, das ist Rodi. Das höre ich auch mit geschlossenen Augen. Er gibt keine Ruhe:

– Kommen Sie, Klara, hier im Schrank liegt die feine Bluse, der beige Rock. Sie werden sich wohler fühlen, wenn Sie sich erst einmal etwas Anständiges angezogen haben. Die Schlappen stellen wir unters Bett. Wenigstens heute sollten Sie auf die Schlappen verzichten. Ziehen Sie sich Schuhe mit Absätzen an. Man fühlt sich doch ganz anders. Das geht hinauf bis in den Kopf, bis in die Haarspitzen. Ich spreche aus Erfahrung: Wenn *ich* meine Schlappen anhabe, hat auch meine Stimmung Schlappen an.

Jetzt nicht, Rodi. Die Bluse wäre zu kühl auf meiner Haut, der Rock zu eng in der Taille, die Schuhe zu hart an den Fersen. Bloß jetzt keine Lederschuhe, Rodi! Als Kleidungsstück wähle ich mir die Bettdecke aus, wenn sie Ärmel hätte, würde ich sie jetzt gleich anziehen und mit ihr in den Frühstücksraum gehen. Nicht gehen, schweben! Die Daunen trügen mich über den spiegelnden Boden, herum um Stuhllehnen und Bettgitter, durch die Türrahmen, vorbei an der Teeküche, dem Besucherwarteraum, dreimal im Kreis um den riesigen Aschenbecher mit seinen tausend Kippen. Die stecken im Sand in Reih und Glied und rühren sich nicht. Ich aber segle hinaus ins luftige Treppenhaus. Im Speisesaal lösen sich die Lippen von den Tassen, die Köpfe bewegen sich heraus aus dem Tal der Teller. Leichter Wind. Vor mir steht Dr. Schöpf, mit diesem herzerweichend verlogenen Lächeln, und reicht mir eine Tasse. Der Kaffee ist eiskalt und leider auch bitter.

Aufstehen werde ich vorerst nicht. Jedenfalls nicht, bevor die Post verteilt ist. Nicht, bevor ich einen Gruß von Herrn Morlock oder Sonja oder sonst wem in Empfang nehme. So lange bleibe ich im Bett. Steif wie ein Brett. Und da kommt Rodi schon wieder mit seiner geballten Lebensweisheit. Verdammte Klugscheißerei am frühen Morgen, Rodi, da muss man schon mit beiden Füßen fest auf dem Boden stehen, um Ihre Sprüche zu verkraften:

Schuhe mit Absätzen machen gute Laune!

Meine Augendeckel wackeln, ich versuche, sie zwischen geöffnet und geschlossen zu halten, vor dem Wimpernrand ein paar herumschießende Sternschnuppen. Dahinter verwischte Wiesenhügel unter blauem Himmel, rechts, an der Seite, ein dunkelbrauner Farbfleck. Ich kann mir vorstellen, was der Professor Czerny, unser unerschrockener Kunstliebhaber aller Epochen vom Zimmer gegenüber, dazu sagen würde: *Das kalkulierte Contra in der Farbigkeit verleiht der Landschaft erst den richtigen Glanz*. Ich bin da anderer Meinung, Herr Czerny: Die Almhütte ein maroder Schuppen, und der ist auf dem hier, was wohl ein Landschaftsbild sein soll, nichts als ein lebloser brauner Fleck Dreck. Macht mir die ganze Stimmung kaputt! Rodi soll ihn überkleben. Weg mit dem Fleck! Rodi, Sie sind doch handwerklich geschickt. Da würden Sie mir eine Riesenfreude machen! Mit schneeflockenweißem Klebestreifen, oder löwenzahngelbem oder hellgrünwiesenfarbigem. An der richtigen Stelle auf das Glas geklebt, und schon ist der Fleck nicht mehr da und meine Aussicht ungetrübt. Mit offenen Augen auf dem Rücken. Ist doch etwas ganz anderes!

Die Schuhe unten und die gute Laune oben im Gehirn. Und dazwischen rund um die Uhr im Akkord arbeitende Botenstoffe. Die rasen mit Tempo zweihundertfünfzig, und keine Barriere kann sie aufhalten. Dubiose Forschungsergebnisse, an die sich nur so ein Halbgebildeter wie unser Pfleger vom Dienst klammert. Dass die von Schuhen mit Absätzen ausgehende gute Laune über Botenstoffe in die Blutbahn gelangt, in Adern und Nerven und Arterien von den Fußsohlen aufwärts die Beine hochschießt, sich im Geflecht hinter dem Nabel versammelt und dann durch Bauchhöhle und Magen braust! Kaulquappenflink bewegt sich die gute Laune in Wellen fort durch den Brustraum, kämpft sich weiter durch die rote Nacht des Halses, vorbei an Augen und Ohren, gelangt endlich ins Gehirn, wo sie die trüben Gedanken aus den Höhlen verjagt und die goldene Lampe anknipst. Wenn der Sockel nicht stimmt – jetzt blickt Rodi liebevoll auf seine wie immer modischen, spitzen Stiefel –, dann ist auch mit dem, was obendrauf steht, etwas nicht in Ordnung. Alles hängt mit allem zusammen. Die Füße mit dem Kopf, und der eigene Kopf mit den Köpfen der anderen. Und unter den Füßen die Absätze! Von den Absätzen hängt alles ab. Rodi mit der gediegenen medizinischen Halbbildung und Dr. Schöpf mit seiner absolut zuverlässigen, wenn auch überflüssigen medizinischen Dreiviertelbildung! Wahrheiten, die einem hier schon am frühen Morgen um die Ohren fliegen!

Und die Millionen Barfußläufer auf den vier anderen Kontinenten? Sind die alle schlecht gelaunt? Oder wollen Sie nur ablenken von Ihren einsfünfundsechzig? *Absätze machen gute Laune.* Ein Schlagertext, Rodi, wir machen einen Schlagertext daraus. Das einzige Problem, auf *Laune* gibt es kaum einen Reim. Nur, wenn ich mich konzentriere, *Geraune der Posaune in den Ohren der Kapaune*, aber ich werde nicht weitermachen. Man kann verrückt werden oder krank, wenn man sich aufs Reimen versteift. Wie hoch sind Ihre Absätze eigentlich, Rodi, gute vierundvierzig Millimeter, schätze ich mal.

Jahrelang habe ich mich nicht um meine Botenstoffe gekümmert. Meine Aussagesätze nahmen Form an, bevor ich sie aussprach. Es gab Zeiten, da konnte ich mir die Zeit nehmen, die ich brauchte. Seitdem ich hier bin, hat sich in meinem Kopf der Druck erhöht, angefangene Sätze, hastig hingenuschelte, schlampige Wörter, bald kann ich nicht mehr unterscheiden zwischen Botenstoffen und klaren Gedanken. Rodi, meine Botenstoffe sind geheim, im Hochsicherheitstrakt eingemauert! Da kommt keiner ran. Viel lieber hätte ich eine Krone auf meinem Kopf. Aus kleinen Blumen muss sie sein, mit langen Stängeln, sonst tut man sich schwer mit dem Flechten. Auf keinen Fall das Alpenveilchen! Es hat das falsche Rot, und außerdem hängt an seinen Wurzeln schwarze Erde. Und die Erde rieselt mir vom Kopf und brennt mir in den Augen und knirscht mir zwischen den Zähnen. Sehr geeignet sind dagegen Gänseblümchen, Rodi. Sagen Sie das auch der Frau Hüttl!

Es muss gegen kurz vor neun sein. Dr. Schöpf, unser schlauer Nachwuchsarzt, schweinchenrosarotrasiert, blauäugig und noch grün hinter den Ohren. Rasierwasserschwaden schweben herein. Beachtlich auch der rostbraune Flaum auf den Unterarmen. Klopft an die offene Tür. Vater hat immer gesagt, an offene Türen klopft man nicht, das machen nur Bittsteller. Wir aber sind stolze Künstler, wir tragen den Kopf oben, wir sind keine Bittsteller mit hochgezogenen Schultern und niedergeschlagenem Blick, und deshalb gehen wir erhobenen Hauptes in einen Raum hinein, ganz selbstverständlich. Wenn die Tür schon offen steht. Dr. Schöpf stellt kurz einen Fuß ins Zimmer und macht ein Zeichen, dass er später, auf dem Rückweg, noch einmal hereinschaut. So schnell, dass ich nicht einmal sein bedrohlich zuckersüßes Patientenbettlächeln richtig sehen kann, das er vor dem Spiegel zu Hause einstudiert hat. Er ist mindestens zehn Jahre jünger als ich. Irgendwann muss ich ihm sagen, dass ich mich bei seinen älteren Kollegen viel besser aufgehoben fühlen würde.

Die Augen zu. Und was sich dahinter abspielt, ist nicht erdenschwarz, nur dunkel, graugrün mit Schlieren und Lichtpunkten. Der kleine Walfisch hat sich im Netz verheddert, und der Taucher hält ein Messer in der Hand, um das Netz zu zerschneiden. Das ist nicht einfach und dauert seine Zeit, und der kleine Wal beobachtet jede Handbewegung, dreht den Kopf in die eine und in die andere Richtung. Er weiß, dass er befreit wird und dass man ihm nicht an den Kragen will mit dem Messer. Darum hält er still. Die kleinen, wachen Walaugen. Sie folgen jeder Bewegung der selbst unter dem aufgewühlten Wasser silbern aufscheinenden Klinge.

Hell ist die Sonne jetzt hinter dem gelben Vorhang, hell, als stünde sie schon ganz hoch oben. Und die Glocke: eins, zwei, drei. Sie klingt müde, obwohl mein Tag noch gar nicht richtig begonnen hat. Sie könnte ruhig ein bisschen munterer klingen, heute an meinem Geburtstag. Das Streifenmuster auf dem Vorhangstoff hat in den Falten einen Knick, ich bin mir ziemlich sicher, die Streifen auf dem Stoff kommen nicht aus heiterem Himmel. Man sagt hier, sie seien zu unserem Schutz. Wenn ich mich weit genug an den Rand der Matratze rolle, erreiche ich mit den Zehenspitzen den Boden. Ich strecke mich, bis der große Zeh auf dem kalten Linoleum landet und den silbernen Mondstaub aufwirbelt.

Jetzt sind sie schon auf dem Flur. Ich höre, wie es vor meiner Tür flüstert und wispert, wie es gurrt und summt, gleich werden sie hereinkommen und singen. Zuerst warten sie, ob man zum Frühstück erscheint. Sie lauern hinter den Säulen, die Zeigefinger auf den Lippen, psst, psst, sie versammeln sich und bereiten etwas vor, das vorerst geheim bleiben soll. Und wenn man nicht kommt, sondern im Bett bleibt, weil man vielleicht noch ein bisschen vor sich hin träumen will oder an etwas Bestimmtes denken, dann überraschen sie einen im Zimmer. Sie machen ein argloses Gesicht, aber in ihnen brodelt es schon, zischt und dampft, bis sich der Deckel hebt. Alles spielt sich ab wie in einer großen Familie, jeder weiß ein bisschen was von jedem, keiner traut keinem über den Weg. Nur von mir wissen sie nichts. Bei mir beißen sie sich die Zähne aus. Einzig Frau Hüttl mit ihrer zarten Haut, trotzdem praktisch und zupackend, Frau Hüttl mit dem dicklichen Gesicht und den lieben grauen Augen, nur sie darf die Bannmeile um mein Bett herum durchbrechen. Sie schüttelt das Kopfkissen auf die sonderbarste Weise, nimmt einen der vier Zipfel und wirft das Kissen so beherzt in die Luft, dass sie den nächsten Zipfel gerade noch im Flug erwischt und dann den nächsten, und immer weiter, das Kissen im Kreis. Sie beherrscht die Bewegung im Schlaf, nie verfehlt sie einen der Zipfel, nie fällt das Kissen auf den Boden. Dann die Zudecke. Sie beugt sich darüber, als säßen in den Daunen ihre Kleinen, kaum geboren, ohne Fell, und zitterten und frören. Ihre mütterlichen Brüste verschwinden in den weichen Federn, sie umschlingt das Plumeau mit ausgebreiteten Armen, drückt es an sich, lässt los, drückt wieder fester und immer so fort, will gar nicht wieder aufhören. Um sie abzulenken, rufe ich ihr zu:

– Frau Hüttl, lassen Sie die Decke in Ruhe und hören Sie mich an, ich will Ihnen nämlich mein Herz ausschütten. Und wenn Sie alles von mir wissen, dann können Sie mir Ihres ausschütten, mit Ihrer schönen festen Stimme, die so gar nicht zu Ihrer kleinen Nase passt. Kriegen Sie überhaupt Luft, Frau Hüttl? Bei so zierlichen Nasenlöchern?

Als läge meine Bettdecke gar nicht auf meinem Bauch, meinen Beinen, über meinen Füßen. Als schwebte sie über mir und breitete die Flügel aus. Alles ist gleichmäßig warm, die Sonne liegt auf meinem Körper, trotz der zugezogenen Vorhänge. Ich schlafe nicht, doch die Augen halte ich geschlossen. Auch nachts schlafe ich nicht, aber nachts lasse ich die Augen offen. Denn ich muss meine Gedanken zusammenhalten. Auch Bilder dringen aus der Dunkelheit in meinen Kopf. Sonja, die Teekanne nicht so schräg, gleich fällt der Deckel in die Tasse. Nur wenn ich die Augen offen lasse, kann ich kontrollieren, was in meinem Kopf vor sich geht. Jetzt, wo sich die Sonnenstrahlen auf meine Decke gelegt haben und mich der müde Klang der Glocken durch den Tag begleitet, ist es gut.

Ich höre, wie Dr. Schöpf die Tür zum Arztzimmer öffnet. Ein paar Sekunden später riecht es im Flur nach Zigarettenrauch, auch in meinem Zimmer. Hier rauchen die Ärzte schon am frühen Morgen, auf nüchternen Magen. In aller Frühe sind sie nervös und abgehetzt und kommen auf den letzten Drücker. Sie sprechen über den Stau auf der A9 oder der B12, oder über die Schwierigkeiten, die sie mit ihren Frauen und Kindern haben. Sie hängen die Straßenkleider in die Schränke, ziehen die weißen Kittel über, und schon rütteln sie nervös an ihren Taschen auf der Suche nach den Zigarettenpäckchen. Sie klopfen mit den flachen Händen auf die Brusttaschen der Arztkittel, und wenn dort nichts ist, betasten sie ihre Schoßtaschen, oder sie gehen zurück zu den Schränken und suchen in den Innentaschen ihrer Sakkos und Mäntel, oder in ihren mitgebrachten Plastiktüten. Mag sein, dass sie ihre Gesundheit *für mich* ruinieren, vielleicht ahnen sie, dass ich es mag, wenn die leichten Rauchschwaden durch die offen stehenden Türen in mein Zimmer ziehen. Dann ist es, als ob Onkel Bert im Haus ist und unten an der Treppe steht und auf mich wartet.

Gerade läuft Rodi an meiner angelehnten Tür vorbei. Sehen kann ich ihn nicht, aber ich weiß, dass *er* es ist. Seine Schritte folgen einander in einem ganz bestimmten, für ihn typischen Rhythmus. Weil er ein Bein nachzieht. Deswegen ist einer seiner Absätze ein paar Millimeter höher. Keine Behinderung, nur eine kleine Auffälligkeit, fast nicht zu bemerken. Der Rhythmus geht mir ins Blut, krallt sich fest in meinem Trommelfell. Ich werde ihn stundenlang nicht mehr los.

Haben Sie Ihre Runde schon gedreht, Rodi? Ist auch für mich etwas dabei? Wenn ja, dann stehe ich jetzt auf und ziehe Rock und Bluse an, meine Post öffne ich nämlich nicht im Nachthemd, da bin ich eigen. Kann sein, dass er mich nicht gehört hat.

Immer wenn ich Geburtstag hatte, trug Mutter mich herum, und ich spürte, dass ihr Arm heiß war. Sie ging mit mir hin und her, auf die Terrasse und wieder hinein ins Esszimmer und von dort ins Wohnzimmer, und ich saß mit meinen kalten Schenkeln auf ihrem heißen, harten Unterarm, als säße ich auf einem von der Sonne beschienenen Ast. Ich erwachte am Morgen früher als gewöhnlich, die Luft, das Licht, Treppe und Garderobe, alles anders als die Tage zuvor. Und Sonja durfte nicht streiten mit mir, sie musste den ganzen Tag über tun, was ich wollte. Mit jedem Jahr fiel es mir schwerer, alle Kerzen, die in meinem Kuchen steckten, auf einmal auszublasen. Bald schaffte ich es nicht mehr, und ich hustete und würgte und rang nach Luft. Und Vater spielte *Viel Glück und viel Segen* auf dem Klavier, und die Möbel, die Eltern, die Wände, der Parkettboden, das ganze Haus verschwamm mir vor den Augen. Mein geheimster Wunsch war, dass Onkel Bert kam. Wenn Onkel Bert kam, sang er den Kanon mit, und ich betrachtete dabei seine schönen Mundwinkel. Onkel Bert hatte eine herrliche Baritonstimme, und er sang, wenn man ihn darum bat, das heißt, man musste gar nicht darum bitten, nur ein Wort fallen lassen, und schon begann er zu singen. Wenn Onkel Bert im Haus war, klang der Kanon auf einmal so, als sei nicht nur eine, sondern als seien viele Stimmen dazugekommen, und ich spürte mein Blut, wie es mir in den Kopf schoss und wie mir ein Schauer über den Rücken lief. Wenn Onkel Bert da war, duftete die Luft und der Himmel, und die Welt wurde hell. Und Sonja musste den Mund halten. Aber nach Mutters Tod war Vater in jedem Jahr mehr durcheinander gekommen, konnte beim Kanon seine Stimme nicht mehr halten, konnte sich nicht mehr durchsetzen mit der nötigen Rücksichtslosigkeit gegenüber den anderen Stimmen und seinen Einsatz nicht mehr finden. Weil er Mutter nicht mehr hatte. Da sang Onkel Bert schon lange nicht mehr mit.

Jedes Jahr war es mit Vater ein Stück schlimmer geworden. Vor zwei Jahren, oder vielleicht auch vor fünf, ging ich an einem frostigen Tag mit Vater über die grauen Felder. Er blieb auf einmal stehen, Angst, Panik, Verzweiflung in seinen vor Himmel und Kälte tränenden Augen. Er streckte den Arm nach mir aus und ich musste ihn bei der Hand nehmen, weil er Angst hatte, sich zu verlaufen. Auf einem Feld, grau und frei und flach bis zum Horizont, wo es an den weißen Himmel stieß. Er hatte Angst, dass ich ihn allein zurückließe auf dem leeren Feld und er sich nicht mehr zurechtfände. Es war das erste Mal, dass *ich* meinen Vater an die Hand nahm, ich beruhigte ihn und sagte ihm mehrmals, dass ich bei ihm war. Das hatte er in jenem Moment, glaube ich, ganz vergessen. Seine Augen waren weit und rund, das flache, nackte Feld spiegelte sich in seinem Gesicht, und er sah sich um, wie man sich umsieht, wenn von irgendwoher eine Musik ertönt, und man nicht sicher ist, aus welcher Richtung sie kommt oder ob man sich nicht vielleicht geirrt hat.

4

Der Wagen hält an der Ecke. Beim Aussteigen klimpert Ivo mit dem Geld in der Hosentasche. Aber es ist Sonja, die zahlt. Als übernehme sie jetzt hier in München die Verantwortung für alles. Sie lässt sich die Quittung geben, öffnet die Autotür auf ihrer Seite, bleibt aber sitzen, denn sie ist noch nicht so weit. Mit dem einen Fuß berührt sie schon die Straße, mit dem anderen lässt sie sich Zeit. Irgendetwas hindert sie, vielleicht ist es auch nur, weil alles so schnell gegangen ist, das Flugzeug, das Taxi, die Fahrt durch die Münchner Innenstadt bis hierher. Ein Hund schnuppert am Hinterreifen des Autos, das neben dem Taxi am Randstein abgestellt ist, dann beriecht er den Sockel des Laternenpfahls. Wendet sich ab, bleibt enttäuscht stehen, biegt den Schwanz im Rundbogen zwischen die Hinterbeine. Im Rückspiegel des Taxis der Strichmund des Fahrers.

– Sind nur ein paar Meter, ich kann in die Straße nicht hineinfahren.

– Macht nichts, ich kenne mich aus, sagt Sonja und greift nach der Aktentasche neben sich auf dem Sitz.

Aber sie bleibt noch sitzen, schaut dem Taxifahrer über die Schulter durch die Frontscheibe nach vorn. Nach links, an den Kopfstützen vorbei. Schräg nach oben durch das Seitenfenster. Vorsichtig zieht sie den Fuß zurück ins Auto.

Der Fahrer dreht sich um.

– Angst vor Hunden?

– Wieso Hunden?

Sonja hat keinen Hund gesehen. Er wartet noch einen Moment, dann klopft er mit der flachen Hand auf sein Lenkrad.

– Na dann. Ich muss.

– Fahren Sie uns heute Abend wieder zurück? Gegen 18 Uhr? Zum Flughafen?

– Muss der Kollege. Hab ich Feierabend.

Schließlich steigt Sonja aus, in Zeitlupe, sie muss sich orientieren, Altes und Neues sortieren. Aufgestockte Häuser, nie da gewesene Geschäfte, fremder Himmel. Unbekannte Bäume und alte Bäume voller Erinnerung. Auf den ersten Blick ist alles anders und auf den zweiten alles so wie immer. Ivo hat sich jetzt schon ein ziemliches Stück entfernt, mit dynamischen langen Schritten steuert er geradewegs in die falsche Richtung. Sonja lässt ihm noch ein paar Meter, dann ruft sie:

– Ivo!

Hört nicht, oder will nicht hören, geht weiter in trotzig rasantem Tempo. Der Mantel fliegt hinter ihm her. Warum knöpft er seinen Mantel nicht zu, wo er gerade noch im Taxi über die Kälte gejammert hat? Inzwischen ist er außer Rufweite. Sonja schickt ihren gellenden Pfiff hinter ihm her, Daumen und Zeigefinger unter die Zunge. Lässt ein paar Ruderbewegungen des gestreckten Arms in der Luft folgen. Der Hund wedelt mit dem Schwanz und kommt herangaloppiert, auch Ivo reagiert, nur nicht so schnell wie der Hund, macht Sonjas Armbewegung nach, trabt zurück, seiner Frau entgegen.

– Ivo. Komm.

– Wie viele Einwohner hat Wien?

– Keine Ahnung. Ein, zwei Millionen vielleicht.

– Mehr als München. Oder?

– Viel mehr.

– Größer als München. Oder?

– Viel größer. Schöner. Wichtiger.

– Und mehr Hunde?

– Viel mehr.

– Wie spät?

Sonja ist lange nicht mehr hier gewesen. Nur für einen Moment, als sie die Tür des Taxis öffnet und ihr Fuß die Straße berührt, weiß sie nicht, ob es gerade damals ist oder jetzt. Es muss Jahre her sein, dass sie zuletzt daran gedacht hat, wie es war mit Mutter und Klara und mit Vater. Zu viel anderes ist in ihrem Leben wichtig, die Gegenwart schlägt den Ton an, für die Erinnerung bleibt keine Zeit. Doch plötzlich ist alles wieder da, wie es damals war, wie sich das Leben angefühlt hat. Auch wenn hier alles verändert ist, in der Luft sirren vage Erinnerungen, und Sonja steigt aus und steht und sieht sich um und sagt nichts und fühlt sich fremd und dann doch nicht, und alles erlischt und kommt wieder, verschwindet und taucht wieder auf.

Vor ihr ein neues schäbiges Nissan-Autohaus, Autobahnbrückenbeton mit Eisenklammern, lange Streifen von Rost, dort, wo der Regen gegen die Wand klatscht, an den Stellen, an denen das Eisen aus der Wand ragt. Gleichmäßig und ruhig fließender Autolärm. Das Geräusch, das entsteht, wenn Aluminium an hohles Blech schlägt, liegt wie eine leichte Melodie darüber, tin tintin tin tintin. Weit oben im Wind rütteln die Werbefahnen an locker hängenden Drahtseilen. Sonja macht zwei, drei Schritte zurück, wie ein Fotograf, der immer noch mehr auf sein Bild kriegen will.

– Hier war unser Bushäuschen, hier hingen wir rum, wenn uns langweilig war.

– Romantisch, sagt Ivo.

– Komm, hör auf. Sonja zieht ihn am Ärmel hinter sich her.

Sie biegen in die Hagemannstraße ein. Ivo hinter Sonja. An einem verrosteten Eisenzaun stellt sie sich auf die Zehenspitzen.

– Das ist es.

Ivo staunt. Er hat sich nichts Bestimmtes vorgestellt, eigentlich hat er sich gar nichts vorgestellt, er hat sich einfach nicht damit beschäftigt, und jetzt steht da ein mit Efeu umranktes, einstöckiges Haus im Bungalowstil mit heruntergelassenen Rollläden, im Vorgarten hinter dem braunrostigen Eisenzaun.

– Nicht schlecht, sagt er, sogar ziemlich nicht schlecht.

– Sagt man das so in Slowenien?

– Bei so was schon.

Sie stehen auf Zehenspitzen auf dem Gehweg und schauen durch den Zaun auf das Haus. Wie ein unternehmungslustiges Paar, das ein Haus kaufen will. Sonja, blass, kurz geschnittenes, dunkles Haar, feine Gesichtszüge, lachender Mund, deutet auf die Fenster im ersten Stock und redet dabei. Ivo, groß, breit, das kantige Kinn schräg nach oben, streicht sich mit einer routinierten Bewegung das strähnige Haar aus der Stirn, nickt, richtet die Augen auf das Fenster, auf das Sonja gerade deutet. Küche. Wohnzimmer. Dann deutet Sonja auf eines der Fenster im Stockwerk darüber. Schlafzimmer. Kinderzimmer. Im ersten Stock des Nachbarhauses schließt jemand hastig den Spalt zwischen zwei Gardinen, der Stoff bewegt sich noch ein wenig hin und her, der dunkle Schatten dahinter entfernt sich nicht.

– Frau Feller! Nach all den Jahren steht die immer noch an derselben Stelle hinter der Gardine, sobald sich vor unserem Haus etwas tut.

Sonja sucht in ihrer Handtasche nach dem Schlüssel. Der hängt nicht am normalen Schlüsselbund, weil sie ihn jahrelang nicht gebraucht hat. Am Morgen hat sie ihn aus der Schreibtischschublade genommen und eingesteckt, da ist sie ganz sicher, jetzt fliegt er in ihrer Handtasche herum, irgendwo zwischen Kugelschreibern, aus der Tüte gerutschten Salmiakpastillen und Ivos getrocknetem Edelweiß, dessen zerbröselte Blütenblätter sich beim Wühlen unter Sonjas Fingernägel schieben, was sie nicht leiden kann. Fühlt das Portemonnaie, ertastet die Zacken des Kamms. Die Bonbontüte knistert. Ivo schiebt das Gartentor auf, das einen Spaltbreit offen steht.

– Scheißschlüssel. Scheißhandtasche.

– Hauptsache, du hast ihn mitgenommen, sagt Ivo. Sonst wär schlecht.

Sonja geht voraus zur kleinen Steintreppe vor der Haustür und kippt den ganzen Inhalt ihrer Handtasche auf die oberste Stufe.

Pling. Das typische Pling, wenn ein einsamer Münchner Sicherheitsschlüssel ohne Ring und ohne Anhänger aus einer Höhe von einem halben Meter auf eine Steintreppe fällt.

– Wusst ichs doch! sagt Sonja erleichtert. Du immer.

– Wir müssen die Hagemannstraße verkaufen! Sonst können wir dein Pflegeheim nicht bezahlen!

Sonja hielt den Hörer nah an den Mund, ihre laute Stimme drang in die Löcher der Sprechmuschel. Es dauerte, bis vom anderen Ende etwas kam:

– Ja. Gut. Alles gut!

Als hätte eine tausend Jahre alte Landschildkröte ihr Schweigen gebrochen. Aber nur für einen Moment, dann herrschte wieder Stille. Sonja weiter:

– Oder vermieten! Nur, wenn man vermietet, da müsste sich einer kümmern, Vater! Wer soll sich denn um alles kümmern?!

Keine Antwort.

Noch heute, ein paar Monate später, ist Sonjas Stimme heiser von diesem Telefonat. Diesem *einen* Telefonat. Der Vater am anderen Ende schwieg. Auch als sie nichts mehr sagte, schwieg er weiter. Dann gab es ein paar knärzende Geräusche, es klang nach einem Hin und Her, dann, als hielte jemand die Sprechmuschel des Hörers zu, Geräusche, die nach einer Art Handgemenge klangen, wieder Knärzen, nicht zu verstehende Flüsterfetzen.

– Hallo? Vater? Bis du noch da?

Nichts. Ein Geräusch, als griffen andere Hände nach dem Hörer, rissen daran, mit sanfter Gewalt. Dann hatte Sonja auf einmal Frau Wendland am Apparat.

– Ein Segen, dass Sie anrufen! Dann, abrupt den Ton wechselnd:

– Dann müssen eben *Sie* sich mal kümmern, Madame! Oder Ihre Schwester! Aber die hat sich ja inzwischen auch aus dem Staub gemacht.

– ... aus dem Staub gemacht! Aber das wissen Sie doch, Frau Wendland! Sie wissen doch, was passiert ist.

Pause. Sonja war einen Moment unsicher, ob Frau Wendland überhaupt noch am Apparat war. Geräusche.

– Bitte? Hallo? Irgendwer hat mich aus der Leitung geschmissen. Den Herrn Schwartz will ich sprechen!

Wieder war es Frau Wendland, die antwortete, oder immer noch.

– Für den bisherigen Tagessatz *können* wir es nicht mehr machen. Wenn Sie sich schon nicht kümmern, dann ... Ich will Ihnen mal ...! (sie bellte etwas Unverständliches) Jetzt, wo Ihre Schwester ...

Im Hintergrund hörte Sonja ihren Vater mit rostiger Stimme immer wieder etwas rufen, keine Worte, sondern einzelne Silben, die vielleicht gar nichts bedeuteten, die vielleicht doch etwas bedeuteten, das sie nicht verstand.

Ivo steht im Vorgarten. Bis der Schlüssel auf die Steintreppe fällt. Pling. Streift mit dem rechten Fuß über die verdörrten langen Halme und atmet flach. Er hat Seitenstechen. Krümmt ein wenig den Oberkörper, drückt den Unterarm gegen den Magen, das hilft, wenigstens für den Moment. Der Arzt hat gesagt, er solle sich mehr bewegen, mehr und öfter. Die Ärzte sagen alle das Gleiche. Immer und zu jedem. Nur: Vom Bewegen kriegt er Seitenstechen. Er mag sich nichts anmerken lassen, wegen Sonja. Wenn sie sich wieder lustig macht über ihn! Dieser Blick! Der Seufzer dann! Das langsame Hin und Her mit dem Kopf. Lieber beißt er die Zähne aufeinander, dass es knirscht. Und atmet flach, bloß nicht weiter als bis zum Schlüsselbein, dabei streift er mit der Schuhsohle über die gelblich-braunen Halme und versucht einen neutralen Gesichtsausdruck.

Sport! Und zwar gern! Das ist die Devise. Mal ehrlich, Ivo, mal ganz ehrlich.

Sein Arzt ist zweiunddreißig, genauso alt wie er selbst, der Einzige aus seiner Schulklasse, der, wie Ivo, jetzt in Wien wohnt, der Einzige, mit dem er noch Kontakt hat. Schon immer war der ehrgeizig und streberhaft gewesen, und durchtrainiert und schlank wie ein Billardqueue, mit einwandfreien Werten, Blut, Galle, Leber. Gesundesser, Nichtraucher, Wassertrinker, Bergwanderer.

– Mit einem normalen Rasenmäher erwischt man die Halme nicht, sagt Ivo gepresst, nur mit der Sense.

Das Sensen hat der Ivo als Kind auf dem Hof des Großvaters bei Jarenina, dreiundzwanzig Kilometer nördlich von Maribor, gelernt. Ziemlich genau nordnordöstliche Richtung.

– Gibt es hier eine Sense?

– Bist du verrückt?

– Die Halme sind zu lang, das geht nur mit der Sense.

– Die Halme? Spinnst du jetzt?

Ping. Ein kleiner Schlüssel, der jahrelang in einer Schreibtischschublade in Wien gelegen hat, fällt aus einer Handtasche. Die anderen Sachen liegen auf der Steintreppe verstreut. Da bleiben sie erst einmal liegen.

5

Wo sind denn auf einmal alle? Totenstille auf dem Flur. Und keine Glocken. Viertel vor muss ich verpasst haben, oder Viertel nach. Machen Sie die Tür zum Arztzimmer ruhig ganz weit auf, Frau Hüttl, damit ich auch etwas abkriege von dem Rauch. Wenn mich nicht alles täuscht, ist da einer dabei, der Rothändle raucht. Rothändleraucher kennen sich, eine verschworene Weltgemeinschaft, die sich über alle Grenzen hinweg verständigt. Geräuschlos! Da wird nicht gepfiffen oder gerufen, nur die blauen Säulen, die kerzengerade in den Himmel steigen. Eingeweihte wissen Bescheid. Kann hier mal einer für mich herausfinden, wer von den Ärzten Rothändle raucht? Und kann der dann mal zu mir ins Zimmer kommen? Ich würde nämlich gerne ein Gespräch mit ihm versuchen. Einfach so, weil er mir vielleicht sympathisch ist. Darum reißen sich die vom Personal doch alle hier auf der Station, dass wir sie sympathisch finden. Und Dr. Schöpf steht dabei, die Fäuste tief in den Taschen seines Arztkittels vergraben, und hat wieder einmal nichts verstanden. Begreift einfach nicht, worauf es ankommt und wie es läuft im Leben. Auch wenn er sich noch so sehr bemüht, ein intelligentes Gesicht zu machen. Den einzigen Nichtraucher auf der Station haben sie ausgerechnet *mir* aufs Auge gedrückt! Ist das nicht schizophren, Frau Hüttl?

Ich spielte die Ungeduldige. Ich riss meine Geschenke aus der Verpackung. Die Eltern verbargen ihre Erwartung hinter gutmütig hinschmelzender, feiertäglicher Miene. Ob ich mich wohl genug freuen würde? Angemessen freuen würde? Wie verrückt? Standen um mich herum und sahen mir beim Auspacken zu. Ihre Pupillen gierig auf das gerichtet, was sie gleich zu sehen erhofften: *Dass* ich mich freute! *Wie sehr* ich mich freute! Sie wollten dabei sein, ich musste ihnen etwas beweisen. Mein Freudentanz war ihre Belohnung für die ganze Mühe, die sie mit mir hatten. Und Sonja, mit herabgezogenen Mundwinkeln. Weil *mein* Geburtstag war und nicht *ihrer*.

Dabei hatte ich schon längst für mich gefeiert! Tage, manchmal Wochen zuvor hatte ich meinen Geburtstag für mich allein begangen: kniend vor Mutters Schrank, irgendwann, als keiner zu Hause war. Die Tragetüten aus den Geschäften standen immer im selben Fach und waren zwischen Mutters Pullovern und Unterwäsche leicht zu entdecken. Mit frisch gewaschenen und gut abgetrockneten Händen löste ich Paketklebebänder und Tesafilmstreifen vom Papier. Ich zog Tackernadeln aus den Löchern heraus und trennte Klarsichtfolien ab. Mit den Jahren war ich immer routinierter geworden, es reichte mir inzwischen, die Pakete nur zur Hälfte zu öffnen, ich nahm das Geschenk vorsichtig aus der Verpackung, sah es mir an, probierte es aus und steckte es wieder hinein. Danach versetzte ich die Päckchen mit absoluter Präzision wieder in ihren Originalzustand. Falzte das Geschenkpapier zurück in die Falten, klebte Klebestreifen exakt auf die alten Stellen, bog die Tackernadeln wieder um. Immer ein Ohr in Richtung Haustür aufgestellt wie ein wachsamer Hund, in jeder Sekunde gewärtig, dass ich den Schlüssel in der Tür hören könnte. Keiner hat je etwas von meiner wunderbaren Vorbescherung geahnt. Die Freuden behielt ich für mich. Auch die Enttäuschungen. Der Schlittschuhrock zum Beispiel, aus dunkelblauem Samt mit weißem Schwanenpelzbesatz am Saum, ist nie dabei gewesen. Wie viele Jahre hatte ich auf ihn gewartet!

Und wenn das Zittern im Trommelfell nicht aufhört? Sobald ich den Kopf in meinem Kissen drehe, vibriert mir das Trommelfell. Keine Ahnung, ob es nur das eine ist, oder beide: Das Zittern setzt sich fort bis ins Gehirn. Sogar meine Gedanken halten nicht still!

In dieser ekelhaft verdreckten Telefonzelle war das Flattern im Ohr besonders penetrant. Ich wählte *seine* Nummer, konnte nichts sagen, wählte wieder, hängte ein, sagte nichts. Ich sagte nichts! Aber *er*, zuerst leise: – Wer ist da bitte?

Sonntagabend. Als ich das x-te Mal anrief und nichts sagte, nicht meinen Namen, kein Anliegen und nicht den Grund für meinen Anruf, drangen Satzfetzen in mein Ohr, zuerst kontrolliert gesprochene, dann gebrüllte, schließlich einzelne, in der Landschaft stehende Wörter. Solche mit Ausrufezeichen! Die waren nicht gerade freundlich, das kann man weiß Gott nicht sagen! Hätte er sich nicht so gehen lassen, wäre er verbindlich gewesen, hätte er mich sagen lassen, dass sich seine Brille in meiner Obhut befindet, dass es ihr bei mir gut geht und dass sie den Aufschlag unbeschadet überstanden hat, weil sie nicht auf den Asphalt, sondern auf meine Füße gefallen ist – ich hätte sie ihm zurückgebracht, er hätte keine neue kaufen müssen. Aber er hat es so gewollt. Jetzt liegt sie in meiner Nachttischschublade neben zwei Äpfeln der Sorte Jonagold, dem Fieberthermometer und den Beruhigungstabletten, die mir Dr. Schöpf jeden Abend zuteilt und die ich nicht nehme. Natürlich nicht. Weil ich ganz ruhig bin.

Was Vater wohl denkt, warum ich nicht komme? Herr Dr. Schöpf, vielleicht wissen Sie ja, was der Mensch so denkt, wenn er allein gelassen wird. In diesem Feld haben Sie doch sicherlich auch schon herumexperimentiert! Mit fragwürdigen Ergebnissen, wie immer! Mein Vater war furchtbar klein bei meinem letzten Besuch im Heim. Seine Gestalt geschrumpft, gebückt, dazu noch in Strümpfen oder Hausschuhen, jedenfalls erschien er mir kleiner als je zuvor. Er stand vor der hellblauen Wand in der Halle. Ich ging auf ihn zu, beugte mich zu dem mageren Gesichtchen herab, legte meine Wange auf seine. Die Haut kühl und ein wenig ölig und klebrig. Er roch nach Buttermilch, als hätte Vater Buttermilch eingekocht und den Kopf stundenlang über den dampfenden Topf gehalten.

Vater sagt: Frau Wendland hat mich schon frisiert.

Frau Wendland, die Heimleiterin, trägt als einzige vom Personal *keinen* weißen Kittel. Im Sommer trägt sie ihr *Sommerdirndl* und im Winter eines aus dickem, jägergrünen Flanellstoff mit gelbem Karo, sie sagt dazu *Winterdirndl*. Die Dirndlschürze ist aus roher Seide und farblich abgestimmt. Im Büro von Frau Wendland kann man abends die vom medizinischen Dienst treffen. Die bleiben gern ein bisschen länger, denn es gibt Kaffee und den übrig gebliebenen Kuchen vom Nachmittag aus der Cafeteria. Und man kann über alles reden, was einem aufgefallen ist und wovor man sich fürchtet. Ich sitze meinem Vater gegenüber und weiß nicht, ob er mich ansieht, mal sind seine Augen rund und starr und voller Angst, dann wieder frech und blau und unternehmungslustig. Er sagt oft Dinge, die aus einer Welt kommen, zu der ich keinen Zutritt habe. Mal ist er frisch rasiert, dann wieder nicht, je nach Dienstplan der Pfleger. Der dunkelblaue Anzug ist an den Ärmelaufschlägen und an den Ellbogen abgewetzt, das karierte Hemd ist verknittert und an den Manschetten vom langen Tragen speckig. Die Leibwäsche wird Montag und Donnerstag gewechselt, da kommt der Wäschedienst. Hemdenbügeln nur gegen Aufpreis. Das Geld können wir besser verjuxen, hatte er mir ins Ohr geflüstert, damals, beim Vorstellungsgespräch in Frau Wendlands Büro. Am liebsten sitzt er in dem altrosa Sessel, auch wenn er darin ganz versinkt. Das Altrosa des Sessels steht ihm. Es sieht so aus, als färbe das Altrosa ein wenig auf seine Wangen ab, der Stich ins Altrosa belebt das ganze Gesicht. Vater sieht gut aus. Das borstige Haar wird alle sechs Wochen geschnitten, vom Hausfrisör *Chez Werner* im Tiefparterre. Die Füße hat Vater ordentlich aneinandergestellt, die Knie geschlossen, wie die englische Queen, wenn sie, auf ihrem königlichen Stuhl sitzend, die Militärparade abnimmt. Er hält eine Orange in den Händen, in deren Schale Gewürznelken stecken und orientalischen Duft verströmen. Er dreht die Orange hin und her, einige der Nelken sind schon herausgefallen und liegen um seine Füße herum auf dem Teppich. Ich knie nieder und sammle sie auf.

– Steck sie wieder hinein, sage ich.

Ich lasse die Nelken von meiner Hand in seine gleiten. Seine Finger zittern, die Nägel sind viel zu lang und bernsteingelb, als rauchte er immer noch Kette. Vater sieht neugierig aus.

– Hast du mir etwas mitgebracht?

– Hier, sieh mal, Taschentücher. Nun ist er enttäuscht.

– Keine Kekse?

– Nein, Taschentücher, das siehst du doch.

Vater sagt: – Geh nicht weg.

– Aber ich bin doch gerade erst gekommen! Ich bleibe, solange du willst.

Vater sagt wieder: – Geh nicht weg.

Es vibriert noch in meinem Kopf. Als schlüge ein Falter mit seinen Flügeln im Innern meines Ohres. Es muss doch irgendeinen Trick geben, wie man dieses Vibrieren wegkriegt! Ich berührte die festen Schenkel des Kindes, die tiefen Kerben, als hätte sie einer mit dem Messer hineingeschnitzt. Ich wollte, dass es auf dem Rücken liegen blieb, aber es gehorchte nicht, es zappelte und drehte sich zur Seite. Ich redete lauter, ich versprach ihm, dass ich es mit nach oben in mein Bett nehmen würde. Aber es hörte nicht auf das, was ich sagte. Ich saß vor ihm auf dem Teppich im Musikzimmer, meine Schuhe hatte ich ausgezogen. Das Fleisch an seinen Schenkeln fest wie ein Panzer. Wie zum Schutz der Knochen, das hat sich die Natur gut ausgedacht! Meine Finger strichen über die tiefen Kerben, über die weiche Haut.

Jetzt höre ich Schritte auf dem Flur, das könnten sie sein. Und wenn Rodi endlich die Post bringt, stehe ich auf und zieh mir den beigen Rock an, die Bluse, eine Nylonstrumpfhose und anständige Schuhe.

6

Der Schlüssel hakt zuerst, passt dann aber doch. Sonja kennt den alten Trick. Sie zieht den Bart einen Millimeter heraus und schließt auf. Ivo geht die Sense nicht aus dem Kopf, er will sie jetzt haben, jetzt! Wenn er sich etwas einbildet, muss es immer sofort sein. Notfalls will er eine besorgen. Der Wert einer Immobilie steigt, wenn der Vorgarten gepflegt aussieht, sagt er. Dabei steht er immer noch auf den arg vernachlässigten paar Quadratmetern Vorgartengrünfläche und lässt den Fuß über die langen, elastischen Halme streifen. Sonja hat vom Halmeschneiden keine Ahnung, Sonja ist ja auch nicht auf dem Bauernhof beim Großvater in Slowenien aufgewachsen. Jetzt steht er da, den Oberkörper leicht nach vorn gekrümmt, die Arme gegen die Stiche in den Lenden vor dem Magen verschränkt, und schaut sich die Fassade des Hauses an.

Sonja steigt über die herumliegenden Sachen, die sie aus ihrer Handtasche geschüttelt hat, und sucht den Lichtschalter. Links neben der Haustür, da konnte man ihn immer ertasten. Auch dass die Wand zugehängt ist, mit mehreren Schichten Kleidungsstücken an den Haken. Es ist immer so gewesen, seit sie denken kann. Streift mit der flachen Hand über die Wand. Mutters Stimme auf einmal ganz nah an Sonjas Ohr: Schmiert nicht die Wände ab mit euren klebrigen Händen! Weicher Stoff, zarte Seide, hartes, schweres Fell auf ihrem Handrücken. Schichtenweise Anoraks, Strickjacken, Mäntel, Umhänge. Auch Sachen, die gar nicht dort hingehören, Taschen und Beutel, Gürtel, Schals, Wintersachen im Sommer, Sommersachen im Winter. Egal, wie viele Haken es sind, es sind nie genug. Die Garderobe ist der feste

Ort für Gegenstände ohne festen Ort. Wollte einer die Geschichte der Familie Schwartz über drei Generationen erzählen, müsste er die einzelnen Schichten an der Garderobe links neben der Haustür freilegen.

– Ich finde den Lichtschalter nicht, sagt Sonja.

Ivo zwängt sich an ihr vorbei bis vor zur Küche. Die Haustür steht weit offen, das kühle Vormittagslicht von draußen leuchtet den hintersten Winkel des Flurs aus, der sanfte Luftzug lässt den Staub durch die Sonne schweben. Es riecht nach herumstehenden Schuhen, herumhängenden Mänteln, nach vertrocknetem Brot. Die Tür zur Küche ist angelehnt. Ivo klopft.

– Hallo? Jemand zu Hause?

– Hier ist keiner, sagt Sonja. Hier *kann* gar keiner sein.

Ivo klopft noch einmal, und dann noch einmal. Einmal mehr für Sonja.

Aber die ist gerade nicht in der richtigen Stimmung, um auf Ivos Späßchen zu reagieren. Da hält sie ihrem Mann lieber eine Standpauke, das tut sie hin und wieder, wenn auch nur im Geiste. Was sie in diesem Moment zu sagen hätte, klingt etwa so:

Ivo!, es gibt gewisse Sachen, die tut man nicht, gerade einer wie du nicht. Zum Beispiel klopft man nicht an offene Türen, das tun nur Bittsteller!

– Hier an dieser Stelle, da war der Schalter immer.

– Vielleicht verlegt, sagt Ivo.

– Wie verlegt?

– Jemand hat den Elektriker geholt, weil er den Schalter an einer anderen Stelle haben wollte.

– Wer, jemand?

– Deine Schwester zum Beispiel. Bei der ist doch alles möglich. Sagst du jedenfalls immer.

In diesem Moment ertastet Sonjas Hand den Schalter, das Licht geht an, der Flur ist jetzt gleichmäßig beleuchtet, der Staub hat sich niedergelegt. Vor den Fenstern sind die Rollläden heruntergelassen. Vorsichtig sieht Sonja sich um. Schuhschrank, Garderobenspiegel, Handschuhkommode. Ihr kommt es vor, als hätten die Wände früher weiter auseinander gestanden und die Türrahmen wären höher gewesen. Auch die Treppe in den ersten Stock hat sie ausladender in Erinnerung. Und die Korblampe an der Decke. Verdörrt und verblichen hängt sie da, wie eine vertrocknete Frucht an einem Baum im Winter. Genauso die Mäntel und Jacken auf den Kleiderbügeln, schmal und in sich zusammengesunken. Als hätte sich hier alles auf ein Leben in Abgeschiedenheit eingerichtet, unbehelligt von Tag und Nacht, Licht und Luft, halb im Totenschlaf.

Die Birne flackert, dann geht das Licht aus. Sonja zieht die unterste Schublade des Garderobenschränkchens auf und blickt auf einen gut sortierten Vorrat an Glühbirnen, keine unter hundert Watt.

– Schau dir das an! Hundert, hundertfünfzig, zweihundert Watt. Das halten die alten Fassungen nicht aus.

– Lass. Wir ziehen die Rollläden hoch.

– Muss das sein?

– Wieso.

Sonja am offenen Küchenfenster, schaut hinaus auf den Vorgarten, auf die Straße. Die mit Kreide auf den Gehweg gezeichneten Vierecke, der Himmel mit Wolkenumrandung und die Hölle mit Blitzableiterzeichen. Moni Feller hatte die kleinsten Füße, und trotzdem trat sie immer auf die Linie. Sie schielte und musste eine Brille tragen, bei der das eine Glas mit Pflaster zugeklebt war. Ivo legt von hinten die Arme um Sonja. Sie lehnt sich an ihn wie an einen Baum, schließt die Augen. So könnte sie lange stehen und den Erinnerungen zusehen, die durch das Küchenfenster hereinfliegen. Sie hat aber jetzt keine Zeit für so etwas. Sie blickt sich in der Küche um, sie sucht nach einem Gegenstand, mit dem sie anfangen könnte, Ordnung zu schaffen. Außer einem Kehrblech, das auf dem Tisch liegt, scheint hier alles an seinem Platz zu sein, dort, wo es immer war. Die Küche ist aufgeräumt, das Geschirr gespült und in die Schränke verräumt, keine Brösel, nur Staub. Für Klaras Verhältnisse ungewöhnlich ordentlich. Sonja kennt ihre Schwester.

– Komisch, sagt sie, komisch ist es schon.

Ivo setzt sich an den Tisch. Er dreht sich einmal um die eigene Achse, schaut sich alles an. Geht ans Fenster, dreht den Wasserhahn an der Spüle auf und wieder zu, setzt sich zurück auf den Hocker.

– Vielleicht bereust du es später, sagt er. So ein Haus kriegt man so schnell nicht wieder.

– Wir brauchen das Geld. Und mal ehrlich: Wolltest du hier wohnen?

Sonja zieht die Schubladen auf, schiebt sie wieder zu. Ihr ist, als stünde sie noch hier von früher, und doch fühlt sie sich fremd. Unter der Spüle stehen die Putzmittel, sie greift nach einem Lappen und nach dem Scheuerpulver. Eigentlich nur, um irgendetwas zu tun. Wenn sie daran denkt, was sie noch alles erledigen muss, bis die Maklerin kommt! Ivo hat sich gebückt und betrachtet das Foto, das mit einer magnetischen Erdbeere an die Kühlschranktür geheftet ist.

– Ist sie das?

– Wer?

– Deine Schwester.

Sonja kommt näher heran.

– Ach was, das bin doch ich!

– Und warum hängst du hier?

– Keine Ahnung.

Im Kühlschrank stehen zwei Milchflaschen, die eine halb leer, die andere nicht angebrochen. Um den Verschluss der Senftube hat sich eine braune, ölige Pfütze auf der Glasplatte gebildet. Sonja greift nach etwas, von dem sie nicht weiß, was es ist, ein Klumpen in Plastik, bläulich, grünlich.

– Wie lange warst du nicht mehr hier?

– Zehn Jahre, fünfzehn. Fast eine Generation.

Das mit der Generation hätte sie lieber nicht sagen sollen. Um die fast zehn Jahre, die Ivo jünger ist, hat sie sich eigentlich nie geschert, und Ivo auch nicht, jedenfalls soviel sie weiß. Aber seit einiger Zeit denkt sie manchmal daran, wie das in Zukunft sein wird. Hier, in der Küche, hatte sie ihren Vater einmal zur Mutter sagen hören, dass sie noch eine junge Frau sei und er ein alter Idiot. Sonja erinnert sich, wie sie damals hier an der Spüle stand, wie sie nicht verstand, was der Vater da sagte, denn weder kam ihr die Mutter besonders jung vor noch der Vater alt. Wie soll ein Kind auch ahnen, was das alles bedeutet. Aber über so etwas kann Sonja mit Ivo nicht reden, er würde sie nicht verstehen.

– Wurst? Käse? Tote Mäuse?

Ivo nimmt ihr die Plastiktüte mit dem Klumpen aus der Hand und lässt sie ganz nah vor Sonjas Gesicht hin und her schwingen.

– Klara isst doch kein Fleisch, nicht einmal Mäuse, sagt sie und schnellt zurück.

– Hier, riech. Riech!

Sonja schlägt die Hände vors Gesicht und schüttelt sich.

– Sei nicht kindisch, Ivo.

Einen Moment lang wünschte sie sich, Ivo wäre in Wien geblieben, wie er es eigentlich vorgehabt hatte. Dass sie jetzt das Gefühl hat, sich für alles, was hier herumsteht, rechtfertigen zu müssen, ist ihr zuwider. Aber andererseits ist sie auch froh, dass er mitgekommen ist, gewissermaßen zum Schutz. Sonja lehnt erschöpft am Spülbecken und hält sich die Hand vor Mund und Nase.

– Hör auf, Ivo. Hör auf damit! Bitte!

Er lacht. Ein bisschen fies, findet Sonja.

Ivo. Mit seiner Art. Manchmal ist er lästig wie ein ungezogenes Kind. Bei der Hochzeit hat seine Schwester Sonja noch vor ihm gewarnt. Sie standen im Damenklo nebeneinander vor dem Spiegel und wischten an ihren vom Tanzen verschwitzten Gesichtern herum.

– Mit dem wird dir nicht langweilig, sagte sie, dem fällt immer was Neues ein.

– Das ist ja gerade, was mir an ihm gefällt.

– Ja, aber manchmal kann er einem ziemlich auf die Nerven gehen. Wirst schon sehen.

Und jetzt? In *ihrer* Stadt, *ihrem* Haus, *ihrer* Küche? Sie darf sich jetzt nicht gehen lassen. Sonja will endlich mit dem Aufräumen anfangen. Das ganze Arrangement, die Abwicklung, all das liegt noch vor ihr. Was du brauchst, hat Ivo gesagt, ist eine *saubere Lösung*. Verkauf des Hauses, das Geld auf die Bank, von den Zinsen wird Vaters Heim und Klaras Klinik bezahlt. Mit Frau Wendland und Herrn Dr. Schöpf ist alles abgesprochen. Die *saubere Lösung*. Heute Abend geht es zurück nach Wien, dann ist, so Gott will, alles erledigt.

– Die Milch könnte von gestern sein, so frisch wie die aussieht, sagt Ivo.

– Milch verdirbt nicht mehr, heutzutage. Die hält jahrelang frisch, sagt Sonja.

– Ich mag eh keine Milch.

– Es gibt Frauen, die baden in Milch.

– Hast du schon mal?

– Nicht Kuhmilch. Eselsmilch.

7

Jetzt muss es schon eine ganze Weile sein, dass ich die Augenlider aufeinanderpresse. Der einzelne, in meiner Ohrmuschel fortdauernd vibrierende Glockenschlag erscheint mir mollhaft matt und passt gut zu dem Goldton, der sich gerade in meinem Kopf ausgebreitet hat. Möglich, dass ich darüber die anderen Glockenschläge versäumt habe. So viel ruhiges, goldenes Licht in meinem Kopf, so eine Wärme in Armen und Beinen. Der glänzende Elfenbeinlack auf der Oberfläche meines Metallnachtkästchens, staubfrei strahlend, die paar Kratzer tun nichts zur Sache. Die Wände, die Schranktüren, das Waschbecken aus Samt und Seide, überall rosa Alabaster, und der Boden, der Boden vor allem. Goldlicht im Herzen. Goldlicht im ganzen Haus. Noch bevor ich das Haus betrete, taste ich im Dunkeln: Die wollige Weichheit des Wintermantels, das Fedrige des Kaninchenkragens. Die Sekunde Ungewissheit, ob es nicht ein toter Vogel ist, der dort hängt. Es muss hell sein, überall müssen die Lampen brennen. Als ob ich nicht meine Gründe hätte! Als Nächstes mache ich Licht im Keller. Ordnung muss sein, von unten nach oben, also zuerst im Keller. Der Schalter ist am Treppenabsatz, rechts neben der Kellertür. Osram Lumilux 58 Watt Warmlight mindestens.

Meine Glühbirnen werden immer stärker. Früher reichten vierzig Watt. Jetzt müssen es schon mindestens hundertfünfzig sein. Da schmoren mir die Fassungen durch, es soll der Elektriker kommen. Schon das Gefühl, dass es hell ist im Keller, reicht mir zur Beruhigung. Bei geschlossener Tür, ohne den geringsten Schimmer, es geht nur um das Gefühl. Ich mache alle Lichter an. Die Lampenschirme leuchten von innen, die goldenen und die roten im Wohnzimmer, der weiße über dem Esstisch, *ich will sehen, was ich esse*, hat Vater immer gesagt, *wenn ich nichts sehe beim Essen, kann ich auch nichts schmecken*! Die Deckenspots in der Halle und der venezianische Leuchter im Musikzimmer, die Neonröhren in der Küche, die Tulpe im Gästeklo. Erst jetzt, da das ganze Parterre hell erleuchtet ist, ziehe ich meinen Mantel aus, die Schuhe voller Schnee, die weiße Mütze habe ich abgeklopft. Ich bin mutterseelenallein in meinem Haus, Mutter tot, Vater im Heim, Sonja schon längst über alle Berge. Die Überwindung, hinaufzugehen in den ersten Stock, wo es noch dunkel ist. Ich muss dem Elektriker sagen, er soll den Schalter für den oberen Flur nach unten legen. Und warum keinen Generalschalter? Einmal knipsen und alles ist hell! Wenn Sie das hinkriegen, Herr Elektriker, zahle ich die Rechnung bar, mit der doppelten Mehrwertsteuer!

Auf meinem zerkratzten Eisennachttisch steht jetzt nichts, ich habe alles in die Schublade verräumt, das Alpenveilchen hat Rodi auf den Tisch an der Wand gestellt, damit die anderen auch etwas davon haben. Als ich hier einzog, wurde mir ein privates Fach im Schrank zugewiesen. Gerade mal so groß wie ein Koffer und vollgestopft mit *persönlichen* Sachen, die man mich in den paar Minuten, die man mir gnädig gewährte, zusammenraffen ließ, aber die ich, bei genauer Betrachtung, hier gar nicht gebrauchen kann. Sie führten mich ab, und ich bat sie, noch ein paar Habseligkeiten holen zu dürfen. Ich stand in der Küche und öffnete alle Schränke. Im Nu stand ich da nicht mehr allein, mindestens drei oder vier Uniformierte um mich herum. Bei einem sah ich die Handschellen am Gürtel baumeln. Wenige persönliche Sachen, sagten sie, es musste schnell gehen, nach oben durfte ich nicht allein, da kamen zwei Bewacherinnen mit, auch die in Uniform. Ich griff in Windeseile nach Mutters silberner Zuckerdose voller Büroklammern und Reißnägel, holte den Karton mit roten Christbaumkugeln von oben auf dem Schrank. Wann ist wieder Weihnachten? Hier spricht man nur leise über Weihnachten, wie hinter vorgehaltener Hand. Die Patienten, sagen die Ärzte, sind für ein Fest wie Weihnachten nicht belastbar genug. Eigentlich feiern wir hier Weihnachten nur Frau Hüttl zuliebe, weil die so gerne singt. Oder vielleicht auch wegen Rafaela, weil es da, wo sie herkommt, ja noch nicht einmal einen richtigen Winter gibt. Gut, dass ich meine Taschenlampe mitnehmen konnte, die leuchtet immer, auch in der schwärzesten Nacht, wenn die Gedanken kreisen und mir den Fluchtweg versperren. Und Vaters Reiseetui. Das lag noch immer in der obersten Küchenschublade, gereist war bei uns schon lange keiner mehr. Die ganze Welt in Vaters Reiseetui: Schekel, Dinare, Dollars. Kam er von einer Reise zurück, stopfte er das, was er Restgeld nannte, hinein. Und umgekehrt, bevor er wegfuhr, suchte er darin nach Resten verschiedener Währungen. Ich habe das Reiseetui mitgenommen für den Fall, dass ich ins Ausland muss.

Ich werde Rafaela fragen, ob in meinem Horoskop etwas von einer Reise steht. Aber das bleibt unter uns, Rafaela, denn Dr. Schöpf würde mich doch am liebsten noch jahrelang hierbehalten. Aber so viel Zeit habe ich nicht, bei mir liegt der Fall anders als bei den anderen. Diese lächerlichen Therapiegespräche, in die mich Dr. Schöpf verwickeln will, werden zu nichts führen. Warum soll ich ihm auf die Sprünge helfen? Ich denke nicht daran! Bis der mit seiner Diagnose zurande gekommen ist, bin ich längst über alle Berge. Er braucht gar nicht so barmherzig zu lächeln, wenn er später bei mir hereinschaut! Ich liege hier in meinem Goldenen Vlies, im Schutz des sonnengetränkten Vorhangs, und es geht mir ausgezeichnet!

In allen unteren Zimmern gleißendes Licht. Doch die Stufen führen in die Dunkelheit hinauf. In die Treppenkurve, wo Mutter manchmal nachts gesessen hat. In meinem Kinderbett hatte ich die kühle Decke bis zum Kinn hochgezogen, ich hörte sie die Treppe heraufkommen, das schabende Geräusch der Nylonstrümpfe an der Innenseite ihrer Beine. Gleich würde sie ins Zimmer kommen und Gute Nacht sagen und mich auf die Stirn küssen. Aber dann: Mutter war auf der Treppe stehen geblieben, und ich, ich lag mit geputzten Zähnen und gerade wie ein Stock auf meiner Matratze unter der Decke und wartete. Gleich würde sie den Schleier ihres Parfüms über mir ausbreiten, ihren Atem, die warme, duftende Luft aus ihrer Nase. Gleich würde sie mit ihrem engen Rock an meiner Bettkante sitzen, ich würde hören, wie sie die Beine übereinanderschlägt, sie würde mir mit ihren lackierten Fingernägeln sehr sacht durchs Haar fahren, mir den Pony aus der Stirn streichen, in der Gewissheit, dass ich schlafe. Aber Mutter kam nicht. Ich lag in meinem Bett, bewegte mich nicht, wagte kaum zu atmen. Ich wartete auf Mutter, fragte mich, was sie in der Treppenkurve hatte verharren lassen, stellte mir vor, wie sie auf den Stufen saß, im engen Rock und Nylonstrümpfen, die gequetschte Haut ihrer Knie gelblich-weiß unter dem engmaschigen Nylongewebe. Wenn sie in die Hocke ging, sahen ihre Knie aus wie die umgedrehten Untertassen unseres Teegeschirrs. Nie habe ich mich getraut, aufzustehen und ihr entgegenzugehen. Stattdessen malte ich mir aus, wie ich sie vorfinden würde, dort auf der Treppe. Nie habe ich es gewagt, nach ihr zu rufen: Mutter? Mutter? Wo bist du so lange gewesen? Ich habe dich kommen hören! Was tust du auf der Treppe? So lange? Warum so lange, Mutter?

Eine Tür schlägt zu, links hinunter in Richtung Teeküche. Keine Ahnung, wer da schon am Vormittag die Tür zuschmeißt, wer sich da so gehen lässt. Kann einer der Ärzte gewesen sein, die haben manchmal ihre Wutausbrüche, wenn sie denken, sie hätten noch ein halbes Päckchen Zigaretten irgendwo in irgendeiner Schublade. Aber dann: falsch gedacht. Und: Tür geknallt. Ärzte auf der Suche nach Zigaretten sind wild und unberechenbar! Vielleicht sind die ersten vom Frühstück zurück, denn nach dem Frühstück ist es ganz besonders schlimm. Ein Schluck Kaffee, danach zwingen sie sich, einen Bissen zu essen, nur wegen der schönen Zigarette, die schon seit längerem in ihren Gedanken herumspaziert. Und wenn dann keine in erreichbarer Nähe ist! Da kann einem schon mal die Klinke aus der Hand rutschen. Nur Rodi, unser begnadeter Nichtraucher, unser Saubermann mit der glatten Haut, dem Acht-Millimeter-Haarschnitt und den vierundvierziger Absätzen, so einer kann gar nicht verstehen, dass man wegen einer Zigarette die Tür dem Luftzug überlässt. Und das ist noch die milde Variante! Einmal hat einer sein Stethoskop gegen die Wand geschleudert, weil die gerade besorgte und vor den anderen in der Schreibtischschublade versteckte Zigarettenschachtel plötzlich leer war. Einen Moment die Kontrolle über sich verloren. Wenn Herr Morlock mich besucht, soll er ein Päckchen mitbringen, ich muss ihm das am Telefon sagen. Ich könnte die Zigarettenkönigin sein, die Süchtigen müssten auf Knien zu mir rutschen, mich mit flatterndem Augenaufschlag bitten, ihnen eine zu leihen. Leihen! Nicht schenken!, würden sie mit ihren kraftlosen Stimmen rufen. Oder kaufen! Und in ihren Taschen herumsuchen nach Kleingeld. Wieso Kleingeld? Kleingeld reicht nicht, würde ich sagen und unverschämt lächeln. Ich würde sie zappeln lassen. Und dabei tiefgründig und süßlich lächeln wie der Teufel.

Da lob ich mir meinen Vater, der hatte seinen Aschenbecher zwischen die hohen Tasten geklemmt, fis und gis, ganz rechts, in den verstaubten Regionen der Tastatur. Mein Vater hatte immer Zigaretten, würde ich den Gierigen aus dem Arztzimmer sagen, mein Vater war kein Schnorrer, und er hat nie die Tür knallen müssen wegen so etwas. Wenn er mit Kraft das rechte Pedal trat, rutschte manchmal das kleine, rechteckige Glasaschenbecherchen heraus und fiel auf den Boden. Asche und Kippen zwischen den Teppichfransen. Er bemerkte es nicht einmal. Schwör mir, dass du niemals rauchen wirst! Ja. Nein. Vielleicht. Die kleinen Klavierschülerinnen machten große Augen. Na? Was sagt ihr nun?

Vater rauchte fast immer, auch während des Unterrichts. Einmal beschwerte sich die Mutter einer kleinen Schülerin. Ein zartes, gelbgesichtiges, schüchternes Kind, ein blutarmes Elfenbeinfigürchen mit Spindelbeinen, und seine Mutter tat so, als wäre es Vaters Schuld, dass es nicht richtig gedeihen wollte, als wäre unser verrauchtes Musikzimmer der Grund für die Mickrigkeit des Kindes. Die Mutter stellte meinen Vater zur Rede, mit ihrer unangenehmen Stimme und ihrem aufgebrachten Tonfall. Dem Kind war das furchtbar peinlich, es wollte meinen Vater unter allen Umständen als Lehrer behalten. Unter allen Umständen. Außerdem liebte es die verrauchte Luft, es saugte gierig die grauen Schwaden ein. Das Kind blühte ausschließlich während dieser einen Stunde auf, einmal die Woche, außer in den Ferien. Ausgerechnet in der Räucherkemenate meines Vaters kriegte das winzige, weiße Gesichtchen rosa Wangen! Es lachte und reckte seinen biegsamen Oberkörper, es zeigte jedem, der vorbeikam, wie es mit den Fingergelenken knacken und die Zunge einrollen konnte, es wickelte sein langes dünnes Haar um seinen mageren Zeigefinger und erzählte Witze, die es in der Schule aufgeschnappt hatte, manche waren deftig und weiß Gott nichts für so ein zartes Ding. Es war ein vergnügtes, blühendes Kind mit pfiffigen Augen und Grübchen, wenn es lachte. Es machte kleine Glücksgeräusche und schlug dabei ein Rad auf unserem Esstisch. Und seine Mutter bekam davon nichts mit.

Es hat auch andere Schülerinnen gegeben. Wanda zum Beispiel, die war Vaters Schülerin, aber kein Kind mehr. Einmal kam ich zwei Stunden zu früh aus der Schule, und weil ich Vater spielen hörte, öffnete ich die Tür zum Musikzimmer so leise, wie ich konnte. Da sah ich sie sitzen, Vater und Wanda. Ihren Kopf an seiner Schulter. Zuerst sah ich nur ihren hellen Rücken. Es kam graues Licht durch die Spalten des halb heruntergelassenen Rollladens vor dem großen Terrassenfenster. Vater hätte längst die Lampe anknipsen müssen. Wanda hatte den Kopf an seinen Ärmel gelegt und sah auf seine Finger. Ihre linke Hand lag in seinem Schoß, das habe ich genau gesehen. Ich blieb in der Tür stehen, das muss er gespürt haben. Er hörte auf zu spielen, ließ einen einzelnen Ton nachklingen, nahm den Zeigefinger nicht von der einen Taste, sekundenlang nicht, er drehte sich nicht einmal nach mir um. Aber sie, sie sprang auf und gab sich Mühe, ein unaufgeregtes Gesicht zu machen.

Hitzefrei?, fragte Vater. Seine Stimme ganz ruhig.

Ich blieb stehen, wo ich stand, und ließ meinen Schulranzen sehr langsam von der Schulter rutschen, bis er krachend auf das Holz der Türschwelle fiel.

Nein, geschwänzt, sagte ich.

8

Ivo rumort in der Küche. Er klappt eine Schranktür nach der anderen auf und wieder zu. Wozu das gut sein soll, weiß er selbst nicht.

– Jetzt los, Ivo! Auf die Beine, ins Geschirr. Die Zeit läuft. Um zwölf kommt die Maklerin mit dem Herrn, dessen Namen ich mir einfach nicht merken kann.

Sonja muss ihre Aktentasche vom Garderobenhaken nehmen, um in den Unterlagen nach seinem Namen zu suchen. In ein paar Minuten wird sie ihn schon wieder vergessen haben, sie kennt sich. Sie stellt sich vor, wie der Ablauf idealerweise sein könnte: Das Ganze ist doch gleich erledigt. Öffnen Sie die Mappe, geben Sie her! Ich unterschreibe, und hier ist meine Kontonummer. Hier, jetzt Sie. Unterschreiben. Wir haben es eilig, der Flieger wartet nicht. Viel Glück im neuen Haus!

Ihr Blick streift über Möbel, Lampen, Vorhänge. Abgehangen, ausgeleiert, angestaubt und verschlissen. Das Leben spielt im Hier und im Jetzt, redet sie sich ein, da ist kein Platz für Erinnerungsstücke. So zu denken hat Sonja sich fest vorgenommen. Kein Stück wird sie mit nach Wien nehmen, das hat sie sich immer wieder gepredigt. Kein Stück, dessen Anblick ihr, wenn sie einen schlechten Tag hat, auf der Seele liegen würde wie Blei. In ihrer und Ivos schönen Wiener Altbauwohnung mit dem Schlafzimmerfenster nach Osten hinaus.

Allerdings Vaters Flügel. Den kann sie unmöglich einem Fremden überlassen. In der Diele rechts, unter dem großformatigen Bild, macht er sich bestimmt gut. Auf dem alten, gebohnerten Parkett. Es ist ein besonderer Flügel, ein Bösendorfer, aber das ist nicht das Entscheidende. Für Vater war er eine Art Zufluchtsort, wenn Mutter wieder einmal spät nach Hause kam. Und der rote Ohrensessel. Der kommt auch mit nach Wien, schon allein, damit es nicht heißt: Immer bleibt ein Ohrensessel zurück, wenn sich eine Familie auflöst. Alle möglichen Besucher saßen darin mit übereinandergeschlagenen Beinen. Nur Wanda, Vaters Schülerin, die kein Kind mehr war und doch noch seine Schülerin, Wanda streifte die Stöckelschuhe ab, zog die Beine hoch und setzte sich auf ihre Füße. Und Gaucho Cavallis, der Bandonionspieler mit dem großen Herzen, so groß wie ganz Andalusien und La Mancha dazu. Tagelang saß der im roten Sessel, wenn er zu Besuch war. Einen Sommer lang, oder zwei, ging der im Hause ein und aus und spielte auf seinem Bandonion, und Vater saß am Flügel und nickte zu ihm hinüber. Nur Musiker können einander so verstehen, auf ein kleines Zeichen. Gaucho Cavallis konnte kein Deutsch, er und Vater brauchten keine Worte. Bis herauskam, dass er nicht nur wegen der Musik bei uns war.

– Der Ohrensessel hier, sagt sie zu Ivo, kommt aus Mutters Familie. Den nehmen wir auch mit.

– Aber wir haben doch keinen Platz für einen großen Sessel, sagt Ivo und hätte am liebsten Zollstock und Kompass geholt, um ihr zu beweisen, dass für den Sessel kein Platz ist.

Auch Onkel Bert hatte in dem roten Sessel gesessen. Auch er war nicht *allein* wegen der Musik im Haus gewesen, auch er verstand sich mit ihrem Vater ohne Worte, das war ja dann das Schlimme. Onkel Bert machte den Kindern oft etwas vor, einen Zaubertrick, eine Melodie auf einem selbstgebastelten Instrument, oder er sang ein Lied rückwärts. Aber vielleicht meinte er gar nicht die Kinder, sondern er machte es in Wirklichkeit nur für ihre Mutter. Vielleicht hatte Klara etwas gegen Onkel Bert. Wenn er sie abholen kam zum Skifahren, war Klara nie fertig, sie reagierte nicht einmal, wenn er unten am Treppenfuß stand und nach ihr rief. Und schließlich fuhr Sonja dann alleine mit ihm in die Berge.

Vaters traurige Augen, wenn er sagte: Die Männer verglühen an ihr, und sie merkt es noch nicht einmal. Vielleicht hat er sogar daran geglaubt, dass Mutter es nicht gemerkt hat. Sonja hatte sich das als Kind nicht vorstellen können, wie es ist, wenn ein Mann an ihrer Mutter verglüht.

– Wir haben noch nicht mal gefrühstückt, man bekommt ja heutzutage nicht einmal mehr ein Kipferl im Flugzeug, sagt Ivo. Er schaut aus zum Erbarmen, wie ein getretenes Tier, und hält sich den Unterarm gegen den Magen.

Aber Sonja hört ihn nicht. Sie ist auf die Terrasse hinausgegangen, nimmt den alten Reisigbesen und fängt an zu kehren. Hastig kehrt sie die Überbleibsel des Winters von den Steinplatten ins Gras. Schneckenhäuser, tote Käfer und dünne goldene Fäden, alles befördert sie mit weit ausholenden Bewegungen in die Wiese. Die angeschlagenen Blumentöpfe mit dunklen Strünken, ein ehemals gelber Sonnenschirm unter dem Vordach, die Gartenstühle sind ineinandergestellt, ein paar Kissen voller Stockflecken liegen auf dem Tisch. Sonja kehrt weiter, auf den Steinplatten ist längst nichts mehr, doch sie könnte stundenlang so weitermachen. Als hätte sie ganz vergessen, was noch alles zu tun ist, bis die Maklerin mit dem Käufer kommt.

– Ivo, du machst mir den Zeugen!, ruft Sonja in Richtung Küche, denn dort öffnet und schließt Ivo noch immer die Schranktüren. Ivo hat sich vorgenommen, Tempo zu machen, der Flieger heute Abend wartet nicht. Sonja ist leicht abzulenken, die Zeit vertröpfelt ihr unter den Fingern, so ein Tag dauert nicht ewig. Aber im Moment weiß Ivo nicht, wie er sich nützlich machen kann, deshalb geht er jetzt, in betont lässiger Körperhaltung, schlaksig, locker, ein bisschen blasiert und gelangweilt, hinaus auf die Terrasse zu Sonja.

– Den Zeugen? Wofür?

– Wenn man was verkauft, braucht man einen Zeugen im Schlepptau.

– Wie das klingt: im Schlepptau!

– Um zu beweisen, dass man nicht Sachen mitgenommen hat, die eigentlich schon dem Käufer gehören.

– Hab ich noch nie gehört.

– Blumen aus dem Beet ausgraben, Büsche, Gartenmöbel und Sonnenschirm wegtragen, die Mülltonnen, die Dachrinne, alles eben, was nicht niet- und nagelfest ist. So einen Besen zum Beispiel.

– Und dann?

– Es gibt Leute, die verkaufen dir ihr Auto, und wenn du es am nächsten Morgen abholen willst, ist der Auspuff abmontiert, und die hintere Rückbank, der Reservereifen, der Zigarettenanzünder, Radio, Warndreieck.

– Es heißt: Gekauft wie gesehen. Unter Zeugen.

– *Zwei* Zeugen braucht man schon für die Hochzeit.

– Soll keiner kommen und sich hinterher beschweren: die Zähne waren weißer, der Rücken gerader, die Füße hübscher, die Ohren kleiner. Gekauft wie gesehen. *Ja, ich will* gesagt, unter Zeugen.

Ivo sagt:

Und warum kehrst du jetzt andauernd die Terrasse?

In Ivos Hosentasche klimpert nicht nur das Kleingeld, sondern es steckt auch der neue Kompass darin, den Sonja ihm ein paar Tage zuvor zum zweiten Hochzeitstag geschenkt hat. Jetzt hat er den Deckel entfernt, hält das neue, handliche Gerät mal in die eine, mal in die andere Richtung.

– Terrasse 232° West/Südwest, Küchenfenster 58° Ost/Nordost, Eingangstür, Esszimmer, Kellerfenster. Sonja stellt den Besen ab, geht über die Wiese zum Schuppen.

– Hilf mir lieber beim Ausmisten, sagt sie. Vielleicht finden wir ja eine Sense für dich.

Doch im Schuppen ist keine Sense zu finden, nur ein Handrasenmäher, der zwar gar nicht so schlecht aussieht, aber die langen Halme im Vorgarten nicht schneiden, sondern allenfalls niederdrücken würde. Ivo ist Experte, kann er vergessen, den Rasenmäher. Ein paar verrostete Fahrräder hinten an der Wand und lauter Spinnweben.

Die beiden räumen ein bisschen herum, stellen Reste von Obststeigen, Kartons, Körben ineinander und räumen allerlei Verrostetes, Morsches, Kaputtes in eine Ecke. Sie halten die Sachen mit gestrecktem Arm weit weg von sich. Sie wollen sich nicht schmutzig machen, gleich kommt die Maklerin, da müssen sie nach etwas aussehen, Ivo ist Geschäftsmann und weiß, wie entscheidend es sein kann, nach etwas auszusehen. Nach so viel aussehen wie möglich, das Beste herausholen, kompetent, gut situiert, grenzenlos sympathisch.

– Bloß nicht den Anschein erwecken, als müssten wir aus einer Notlage verkaufen! Das drückt den Preis, sagt Ivo.

Egal ob es sich um den Verkauf von Schuhen dreht oder von Häusern, es herrschen die gleichen Gesetze, das ist Ivos Überzeugung. Als Verkäufer darf man keine Schwäche zeigen. Sonst ist man verloren. Ivos Schuhgeschäft in Wien läuft in letzter Zeit immer besser.

– Meine Erfahrung ist mein Kapital, sagt er, jetzt auf einmal völlig humorlos. Sonja liegt eine Bemerkung auf der Zunge, aber sie hält sich zurück. Manchmal verträgt Ivo nicht die kleinste Andeutung von Spott, dann ist er, ehe sie sich umdreht, eingeschnappt, und dann stünde sie hier mit allem allein da.

– Der Preis ist mir egal, Hauptsache heute, sagt Sonja. Dass sie Ivos Kapital nicht ganz so hoch einschätzt wie er selbst, sagt sie nicht.

– Sonja! Behalt das bloß für dich!

– Was?

– Dass dir der Preis egal ist!

An dem Balken, den Onkel Bert schon vor zwanzig Jahren als gefährlich marode und holzwurmstichig bezeichnet hat, hängt noch der rosa-gelb gestreifte Plastikreifen. Die Farben sind verblichen und fast nicht mehr zu erkennen. Ivo fragt, wozu man so einen Plastikreifen brauchen kann. Sonja schiebt die Jacke hoch und lässt den verstaubten Ring um ihre Taille kreisen. Zuerst schüchtern, sie weiß ja nicht, ob es noch klappt, dann mutiger. Der Ring eiert um ihren Bauch, dann schneller und immer schneller dreht er sich, sie kann es noch, deshalb hebt sie jetzt voller Selbstvertrauen die Arme. Spinnweben bleiben am Rockbund kleben und dunkle Ränder vom Staub auf Sonjas heller Haut, sie lacht und kann den Ring jetzt ganz waagerecht um ihre Taille drehen lassen.

– Einfach die Hüften, schau mal, Ivo.

Ivo sieht ihr zu und staunt und fragt, ob das aus Indien käme, und so schwarze Streifen machten sich gut auf ihrem Bauch. Langsam lässt sie den Reifen in die Kniekehlen rutschen, dann auf die Füße. Ivo hilft ihr mit seinen Papiertaschentüchern, die er immer in der Jackentasche mit sich herumträgt. Er spuckt darauf und reibt den schwarzen Staub und die Spinnweben von der Haut seiner Frau.

– Sieht schön aus, wenn du das machst, sagt er und wischt.

– Hula-Hoop. Habt ihr das nicht gemacht in Slowenien?

– Sieht richtig gut aus. Den nehmen wir mit nach Wien.

Sie werfen Gegenstände in die Körbe, kleine Schaufeln, elektrische Kabel, Vorhangschienen, verrostetes Werkzeug, rote Blumentopfscherben. Und Sonja reißt und wirft und schiebt und räumt und tut so, als suche sie nach Ivos Sense, obwohl sie doch genau weiß, dass es hier nie eine Sense gegeben hat. Sie flucht über den Schmutz und die Unordnung und das Gerümpel – aber eigentlich meint sie Klara. Sie redet sich in Rage, dass sie es nie ertragen hat, wenn das Durcheinander zu groß wurde, dass der Zustand des Schuppens seine Gründe habe, dass Menschen, die in ihrem Chaos versinken, ihr Leben verpassen – und eigentlich redet sie über Klara. Schimpft über Leute, die sich um nichts kümmern, nicht in der Lage sind, ihr Leben in die Hand zu nehmen – und eigentlich beschimpft sie Klara. Die, die nichts Besseres zu tun haben, als sich mit medizinischen Fachausdrücken zu verteidigen, Psychotiker, Psychopathen, Schizoide, Desperados, die überschnappen und die Selbstkontrolle verlieren und sich ins Unglück stürzen – und meint Klara. Die jede Verantwortung ablehnen, ein Leben lang Opfer spielen und darauf warten, dass einer kommt und sie erlöst. Die mit ihren Geschichten im Mittelpunkt stehen wollen, die ...

Auf einmal wackelt ihr die Stimme, sie dreht sich um, das Gesicht gegen die Schuppenwand, jetzt ist es ganz still. Sonja bewegt sich nicht. Mit dem Gesicht gegen die Wand steht sie ein paar Se-kunden regungslos da. Keiner soll sehen, wie ihr die Tränen auf den Augenrändern sitzen. Dann beginnt sie von Neuem. Sie wirft die dunklen Gegenstände einen nach dem anderen in einen Korb, aber jetzt sagt sie nichts mehr. Luftpumpen, Badezimmerkacheln, Reste von Pappkartons, Kinderschlittschuhe, Teppichreste. Schleudert den Schrott in die Körbe. Die Tränen schon auf dem Weg zum Kinn und dann auf den staubigen Boden. Bis Sonja auf eine tote Maus tritt und schreit, und Ivo den Kompass in die Hosentasche steckt und sie um die Schultern fasst und zurück ins Wohnhaus begleitet.

Das mit den Schuhen auf der dritten Stufe hätte ihnen eigentlich schon beim Hereinkommen auffallen müssen. Ein paar hellbraune Herrenschnürschuhe der Größe fünfundvierzig, in paralleler Ausrichtung Ost-Südost auf einer akkurat zusammengefalteten Zeitung auf der Treppe. Sonja behauptet, sie könne mit hundert Prozent Bestimmtheit sagen, dass es solche Schuhe in ihrer Familie nicht gegeben habe und, solange diese Familie noch irgendwie bestehe, auch niemals geben könne. Braune, ganz besonders *hell*braune Schuhe waren in der Hagemannstraße schon immer verpönt. Auch wenn der Vater in letzter Zeit ein bisschen durcheinander ist – aber braune Schuhe! Die Schuhe gehören nicht ins Haus, so viel ist sicher.

– Robuste Schnürbänder, korrekt über Kreuz eingefädelt, das Leder hat einen ordinären Glanz, keinerlei Spuren von Straßenschmutz, die Absätze wurden erst vor Kurzem erneuert. Kommissar Ivo hebt einen Schuh hoch, begutachtet ihn von allen Seiten. Und das Resultat der Spurensicherung: die Sohlen, die Profile, keinerlei Schmutzpartikel. Kommissar Ivo ist schlau und überprüft das Datum auf der Zeitung, auf der die Schuhe stehen. Süddeutsche Zeitung vom 8. April 2000.

– Und der wievielte ist heute?, fragt Sonja

– Der 22.

– Genau. Klaras Geburtstag. Hab ich nicht vergessen. Sogar ein Geschenk habe ich besorgt. Zweiundvierzig müsste sie werden, wir fahren noch vorbei und gratulieren. Auf alle Fälle fahren wir heute Abend noch bei ihr vorbei.

– Wenn die Zeitung vom achten ist und wir heute den zweiundzwanzigsten haben, dann muss jemand in der Zeit hier im Haus gewesen sein, während Klara schon in der Klinik war.

– Wir werden dich zum Hauptkommissar befördern, Ivo. Jemand ist hier gewesen.

– Wieso *gewesen*? Jemand ist hier. Und dieser Jemand hat seine Schuhe ausgezogen auf dem Weg nach oben.

9

Was, wenn ich fragen darf, haben Sie bloß damit gemeint, Herr Doktor Schöpf: *Kinderwunsch*. Zuerst muss mein Vater versorgt sein, *das* ist mein Leben. Solange ich meinen Vater habe, brauche ich doch kein Kind! Erst neulich klagte er, er habe keine Socken mehr, seit Wochen seien alle Socken verschwunden. Sein Teint war frisch und rosig, beim Bücken schoss ihm das Blut in den Kopf. Ich sagte:

– Wir kaufen dir wieder welche, und legte meinen Arm um seine kleinen, dürren Schultern. Aber er wollte sich nicht zufriedengeben mit *irgendwelchen* Socken. Er ließ nicht locker:

– Ich will die aus Wolle. Ich will genau dieselben wiederhaben.

Ich streckte meine Hand aus, um ihm übers Haar zu streichen, aber er duckte sich darunter weg und rollte die Orange, die er vom Nikolaus bekommen hatte, auf dem Boden von sich fort. Ich stand auf, tippte mit dem Fuß gegen die Orange und rollte sie wieder zurück. Vater lachte. Er lachte lauter. Immer wieder rollte er die Kugel von sich fort und lachte, sobald sie wieder auf ihn zurollte. Wir spielten Ball, hin und her, wieder und wieder. Vaters Lachen. Immer noch einmal wollte ich Vaters verrostetes Lachen hören, konnte nicht genug bekommen. Ich wünschte mir, das Spiel mit ihm solle nie zu Ende sein. Und er, er wünschte sich bestimmt auch, dass es nie zu Ende gehen würde. Wir waren gerade zusammen so glücklich! Plötzlich Schluss. Er hielt sich an der Lehne des Sessels fest, richtete sich auf und ging, ohne sich von mir zu verabschieden, in Richtung Speisesaal.

Die rehäugige Rafaela. Die Einzige, die ein Erbarmen mit mir hat. Mit ihrem Katzengehör muss sie das Knurren meines Magens bis hinunter in die Küche gehört haben. Ganz kurz, nur ein paar Sekunden hatte ich die Augen geschlossen, nichts Schlimmes, nur damit ich die Geräusche besser sortieren konnte. Und wie ich sie wieder aufmache, steht ein Tablett auf meinem Nachttisch. Ich habe Rafaela nicht hereinkommen hören, obwohl ich sonst alles höre. Auf ihren spanischen Katzensamtpfötchen muss sie hereingekommen sein und auch wieder hinaus. Es ist die über mich hereinbrechende Geruchsschwade, die mich aufschreckt: Kaffee türkisch, Zucker ist darin, das rieche ich!, und Schweizer Bergkäse, mindestens drei Jahre gereift, davon vier Stunden in der Sonne auf diesem Teller, gemischt mit dem ebenfalls sonnengereiften Fleischwurstaufschnitt, und dann die stinkende Kondensmilch. Rafaela, du Kluge, du Rücksichtsvolle. Hörst wie eine Katze und bewegst dich flink, obwohl du die Figur einer Küchenhilfe hast, rundlich wie ein Dachs. Auf dem Tablett sieht es aus wie immer: Eine weiße Tasse, dickwandig und unelegant zylindrisch mit plumper Untertasse, daneben ein Kaffeelöffel aus Leichtblech. Die Semmel aufgeschnitten, eine Hälfte mit Käse, die andere mit Kalbfleischwurst, darin zwei grüne Stücke Pistazien. Und wieder einmal kein Messer. Da steckt System dahinter! Selbst wenn es sonntags die am Samstag vorgebratenen und vor dem Servieren in der Mikrowelle wieder flottgemachten Hühnerschenkel auf Stampfkartoffeln gibt, verweigern sie einem hier das Messer, und man ist gezwungen, die glitschige Geflügelkeule in die Hand zu nehmen und an ihr herumzunagen, wenn man ein Stückchen ablösen will. Die würdeloseste Art, an Fleisch heranzukommen! Hier muss alles ohne Messer gehen: Rindfleisch wird durch den Wolf gedreht oder klein geschnitten, Orangen schälen wir mit den Fingernägeln, die Brotscheiben fürs Abendessen kommen bestrichen und belegt ans Bett. Am Tellerrand ein Gruß aus der Küche: ein paar rote Zwiebelringe, neuerdings ein halbes, hart gekochtes Wachtelei, das ist jetzt Mode. Jeder soll sein Brot selbst dekorieren. Sie bringen dir einen Apfel, eine dicke Bratenscheibe, ja sogar Kiwi und Ananas ohne Messer. Schickt doch lieber einen Polizisten mit oder sonst einen, der mir die Hand führt beim Schneiden. Damit es nicht zu Kurzschlusshandlungen kommt, für die keiner die Verantwortung übernehmen will. Das ist es doch, was ihr befürchtet. Kurzschlüsse. Und wer übernimmt die Verantwortung?

Wo kommt die Sehnsucht auf einmal her, diese plötzliche Sehnsucht? Ich muss schneller atmen, sonst sprengt es mir den Brustkorb. Frau Hüttl, stellen Sie das Alpenveilchen wieder zu mir auf den Nachttisch, die roten Blüten, das eiskalte Rot in der Vormittagssonne. Vielleicht können Sie meinen Vater im Heim anrufen, der hat so ein gelungenes Arrangement bestimmt noch nicht gesehen. Fragen Sie doch mal nach, ob es dort nicht jemanden gibt, der den klapprigen Herrn Schwartz zur Geburtstagsfeier seiner Tochter fahren kann. Auch Urs, der Schweizer, hätte Interesse, der wollte sich schon lange mal mit ihm unterhalten. Die beiden müssten verkuppelt werden, weil beide eine heimliche Leidenschaft für Devisen hegen. Dieses kindliche Interesse an ausländischen Währungen! Der Wert ist ihnen egal, nur auf die Schönheit der Münzen und Scheine kommt es ihnen an. Auch sonst passen die beiden gut zusammen. Ich stelle mir vor, wie sie am Tisch im Besucherraum sitzen mit Vaters Schlangenlederetui. Der Schweizer fischt das alte Geld heraus, seine langen weißen Finger eignen sich besser für den kleinen offenen Schlitz als Vaters krumme mit den Bernsteinnägeln. Sie breiten alles auf dem Tisch aus, legen einzelne Münzen auf ihre Handrücken, die Handgelenke dienen als Samtkissen, auf denen sie die schönsten Stücke aus fernen Ländern balancieren und sich gegenseitig unter die Nase halten. Dann macht Vater den Zaubertrick von Onkel Bert und lässt eine Münze in der rechten Manschette verschwinden. Urs hat sich schon unter den Tisch gebückt, macht ein ärgerliches Gesicht, weil er die Münze nicht finden kann. Vater lässt ihn noch einen Moment zappeln. Doch kurz bevor der Schweizer die Nerven verliert, bringt Vater die Münze aus der anderen Manschette wieder zum Vorschein.

Statt dass der Schweizer stundenlang im Frühstücksraum herumsitzt und aus dem Fenster starrt. Das ist doch nicht normal, dass er da sitzt und den ganzen Tag zum Fenster schaut. Viel gibt es nicht zu sehen: ein paar geparkte Autos, hin und wieder jemand, der einsteigt oder aussteigt, und die Amsel, die in den Rost des Gullys im Rinnstein hineinpickt. Rodi, fragen Sie ihn doch mal, ob es *das* ist, was er sich den ganzen Tag anschaut: die Regenwürmer, die vom Regenwasser in den Gully gespült werden und sich auf dem Rost schlängeln, als lägen sie frisch gewaschen und sortiert nach Dicke und Qualität auf einem Sieb, zur größten Freude der fetten, klugen Amsel. Das fragen Sie ihn mal! Ich höre Ihre Schritte, Rodi, *mich* kann man nicht austricksen, dafür habe ich ein Gespür, dass *Sie* es sind, Rodi. Nur immer herein mit der Post!

Er geht vorbei.

Und Sie, Herr Dr. Schöpf? Haben Sie eigentlich eine Frau? Und Kinder? Das ist ja wohl nicht indiskret, wenn ich Sie das frage. Oder genauso sehr, wie wenn Sie mich nach meinen Wünschen fragen! Woher nehmen Sie überhaupt das Recht, mir diese Fragen zu stellen? Sie wollen nur Ihr Bild von mir komplett machen. Ein paar Teile fehlen mir noch, sagen Sie sich morgens im Auto, auf dem Weg zur Klinik, wenn Sie Ihre Stunden vorbereiten. Vielleicht kann ich heute etwas aus ihr rauskriegen, wenn ich meinen Trick anwende. Dieses simple Einmaleins der Psychotherapeuten. Sie unterstellen mir vehementen Kinderwunsch, und wollen in Wirklichkeit etwas über das Verhältnis zu meinem Vater herauskriegen. Ein allzu bekannter, abgestandener, mieser Trick. Aber zum Schein lass ich mich darauf ein.

Ich war eine Viertelstunde früher dran als gewöhnlich. Vater saß mit Frau von Auer in der Halle. Ich konnte die beiden schon von draußen sehen. Sie sprachen nicht miteinander, jeder sah vor sich hin auf den Teppichboden. Ich ging nicht gleich hinein, sondern blieb auf dem gepflasterten Fußweg vor der Eingangstür stehen und betrachtete die beiden durch die große Fensterscheibe. Wie immer lief der Fernseher im Hintergrund. Es war gerade Werbung. Auf Vaters Schoß ein Päckchen, das goldene Geschenkpapier blitzte in den schräg einfallenden Sonnenstrahlen. Ich trat einen Schritt zur Seite, verschwand hinter einem Mauervorsprung. Vater sollte mich nicht sehen. Frau Wendland kam zu den beiden heran, unverkennbar in ihrem Dirndl. Sie beugte sich ein wenig zu Vater herab und legte ihm die Hand auf die Schulter. In der anderen hatte sie zwei Sektgläser und einen Piccolo. Sie goss ein, sagte etwas zu Frau von Auer und entfernte sich wieder. Vater und Frau von Auer stießen die Gläser aneinander.

Frau von Auer hatte ihre Nägel frisch lackiert, das sah ich sogar durch die verdreckte Scheibe. Ihre Fingerspitzen leuchteten signalrot, bis hinaus zu mir. Überhaupt sah sie furchtbar adrett aus, hatte den Kragen ihrer weißen Bluse nach oben geklappt und eine Perlenkette um. Vaters Jackett wirkte daneben schäbig. Als ich durch die Glastür die Halle betrat, sahen mich die beiden kommen, erhoben noch einmal ihre Gläser und prosteten mir zu.

– Da bin ich ja gerade richtig. Was wird denn heute gefeiert?, sagte ich.

– Das wissen Sie nicht?

Frau von Auer stellte, ohne zu trinken, ihr Sektglas wieder auf den Tisch. Vater sah mich nicht an, zerrte ein wenig am Ärmel meines Mantels. Dann sah er die Plastiktüte in meiner Hand.

– Was ist da drin?

– Ein Geschenk. Für dich.

– Zum Geburtstag?

– Wieso, du brauchst doch welche.

Ich zog meinen Mantel aus und warf ihn auf den Sessel neben ihm. Frau von Auer sah mich plötzlich freundlich an.

– Na also! Und ich dachte, Sie hätten jetzt auch schon den Geburtstag Ihres Vaters vergessen!, sagte sie und nickte ein paar Mal.

Vater holte aus der Plastiktüte drei Paar Socken heraus, die ich für ihn gekauft hatte, hielt sie Frau von Auer vor die Nase und strahlte. Frau von Auer trank einen Schluck aus ihrem Sektglas, blickte zum Fernseher hinüber.

Frau Hüttl, wenn Sie mal für einen alten Menschen Socken kaufen, nehmen Sie nur welche aus reiner Wolle! Keine Zusätze, die mit *Poly* anfangen und auf keinen Fall *Nylon*! Reine Wolle, und bloß keine Ausreden! Für die Alten nur das Gesündeste! Je weniger Zeit sie noch haben hier unten, desto genauer nehmen sie es mit den Textilien für ihre Füße. Dass die Wolle *rein* ist, darauf kommt es ihnen an. Alte Menschen sind da sehr speziell, das kann ich Ihnen sagen!

Vater hatte das Goldpäckchen an sich genommen und versuchte, die Schleife aufzumachen, und ich sagte:

– Das ist ja wirklich wie Geburtstag.

Aber er reagierte nicht. Jetzt musste ich ihm helfen, dass er nicht aufflog. Ich sah ihm an, dass er spürte, dass es jetzt brenzlig für ihn wurde. Stumm schlug er das goldene Papier zurück und nahm ein Paar Socken heraus. Und Frau von Auer tat, als ob sie sich ganz auf das Fernsehbild konzentrierte, aber ich bemerkte doch, wie sie aus den Augenwinkeln heraus aufmerksam beobachtete, ob ihre Socken gut ankamen bei ihm, besser als meine. Dann stießen sie noch einmal an.

– Alles Gute, Herr Schwartz. Genau solche hatten Sie sich doch gewünscht. Übrigens: der wievielte ist es denn?

Er tat, als müsste er überlegen. Er spielte den Überrumpelten. Ich sprang ihm bei, wollte unter allen Umständen verhindern, dass er, nur weil ich gekommen war, zugeben musste, dass heute gar nicht sein Geburtstag war.

– Der vierundachtzigeinhalbste ... antwortete ich, nahm Vater sein Glas aus der Hand und prostete Frau von Auer zu.

– Im November feiern wir noch einmal.

Der Vater zuerst. Das ist man seinen Eltern schuldig. Er hat ja niemanden mehr außer mir. Seit Mutters Tod machte ich das Frühstück. Und irgendwann musste ich ihm beim Anziehen helfen. Geh hinaus, sagte Mutter immer, und schon tut sich was.

Mutter ist schon lange tot, dabei war sie noch gar nicht alt. Frau Hüttl, haben Sie noch Eltern? Sind die Eltern erst einmal tot, steht man selbst schon mit einem Fuß im Grab. Kennen Sie das, Frau Hüttl? Diese Deutlichkeit, die muss man erst einmal verkraften. Vielleicht sind wir deswegen so ungeduldig mit unseren Eltern, weil sie alt sind und uns auf unser eigenes Ende hinweisen. So nah, wie sie dem Tod sind. Und wir, wir sind die Nächsten! Dabei sind wir doch noch jung, oder, Frau Hüttl? Das halbe Leben haben wir noch vor uns! Wir lassen uns noch lange nicht unterkriegen, ich nicht, und Sie auch nicht, Frau Hüttl. Frau Hüttl?

Heute scheinen sie länger zu frühstücken als sonst, keine Schritte, kein Türenschlagen. Die wollen mich zwingen aufzustehen, nicht im Bett zu frühstücken. Ich soll in den Speisesaal gehen und unter Aufsicht frühstücken. Aber meine Rafaela hat mir heimlich etwas gebracht. Sie ist vielleicht die Einzige, die nicht mit Dr. Schöpf unter einer Decke steckt. Rafaela, wo bleibt die Post, und denk auch an die Zeitschriften. So war es doch ausgemacht, dass ich erst aufstehe und mich anziehe, wenn die Post ausgetragen ist. Oder Sie, King Körner! Wenn die Rafaela gerade keine Zeit hat, dann besorgen Sie mir mal von irgendwoher etwas richtig Gutes! Fragen Sie in der Küche, die Rafaela weiß, was ich gerne mag, und bestellen Sie ihr einen schönen Gruß von mir. Und irgendwann, Herr Doktor Schöpf, müssen wir unser Gespräch von gestern fortsetzen!

Kinderwunsch. Wie sind Sie nur auf so was gekommen? Jetzt reden Sie mir auch noch ein, ich wollte das *Feld meiner Dominanz* ausweiten! Die Abhängigkeit eines Kindes genießen! Nichts anderes wollen Sie mir doch unterstellen! Dass ich es brauchte, um es zu beherrschen. Es mir gefügig machen wollte, um es zu berühren. Sie sind auf dem Holzweg, bei mir liegt der Fall anders! Kinder machen mir Angst! Man kann sich nicht auf ihre Vernunft verlassen. Kinder sind gefühllos, weinen nur um sich selbst. Es weinte fast die ganze Zeit. Ich fragte es immer wieder, warum es weinte, aber es verstand noch nicht einmal meine Frage. Erst redete ich ihm sanft zu, beschwor es, damit aufzuhören, versprach ihm alles Mögliche, was Kinder gern haben. Alles würde gut, sagte ich ihm, wenn es nur endlich aufhörte. Es blieb stur. Da zog ich ihm die Hose aus und gab ihm einen Klaps, damit es gehorchte, aber es schrie nur noch lauter. Natürlich schlug ich es nicht, ich wollte es nur ein bisschen erschrecken, es sollte endlich Ruhe geben! *Kinderwunsch*. Etwas Absurderes fällt Ihnen wohl nicht ein.

Und außerdem: *Wünschen* tut man sich etwas zu Weihnachten.

Was ist los? Ich habe das Gefühl, das Licht wird rot und röter. Du könntest dich mal nach Vater erkundigen, Sonja. Er ist alt, und er schleppt sich tapfer vorwärts. Frau Wendland sagt, er würde dich vielleicht nicht einmal mehr wiedererkennen. Stell dir vor, du wolltest ihm eine Überraschung bereiten, Sonja, kämest extra angereist aus Wien, stündest vor ihm, in Erwartung, dass er vor Freude zittert und deinen Namen ausruft, aber er würde dich nicht erkennen und sich umdrehen und hinaus in den Garten gehen. Und du hinter ihm her über die engen Steinwege zwischen den Rosen, würdest ihn an der Schulter zupfen und rufen, ich bin es, die Sonja! Aber er würde seinen Weg in Richtung Pavillon fortsetzen, ohne sich umzuwenden. Es geht ihm nicht gut, Sonja, aber du hältst dich aus allem heraus.

Und wenn von *ihm* wieder nichts dabei ist, dann sicher nicht, weil er mich vergessen hat. Wenn *er* im Ausland ist, hat *er* vielleicht keine Briefmarke zur Hand. In einer fremden Sprache eine Briefmarke besorgen ist nicht so einfach, und seine Sekretärin kann *er* nicht einspannen, denn die Angelegenheit ist geheim. Sehr sogar. Oder dass *er* vor lauter Reiserei nicht einmal weiß, in welchem Land *er* gerade ist, und schon gar nicht, wo er eine Briefmarke findet, die ihm seinen Brief an mich hierher expediert. Auf diesen Auslandsreisen ist *er* mit mir verbunden, auch wenn *er* wenig Zeit hat und Entscheidungen treffen muss. Ich verstehe, dass *er* auf diesen Auslandsreisen keine langen Briefe an mich schreiben kann. Deshalb meine Bitte, nur ein Wort, nichts Großes, nichts weiter als ein Lebenszeichen. Auch wenn *du* heute nicht da sein kannst, ich weiß, *du* denkst an mich. Bis zu unserem Wiedersehen ist es noch eine Weile hin, aber ich verspreche *dir* schon jetzt, ich werde zur Stelle sein. Mein schönstes Kleid, meine schönsten Augen!

10

Ivo braucht gar nicht zu fragen. Er ahnt, warum Sonja sich im Schuppen auf einmal weggedreht hat. Oder glaubt sie jetzt selbst schon daran, dass es die *Unordnung* ist, die ihr die Laune verdirbt? Dass es an diesem Durcheinander, diesem ganzen verrotteten Gerümpel in der Gartenhütte liegt, diesen Gegenständen, die mehr als zwanzig Jahre von niemandem angefasst wurden, dass sie sich wegdrehen musste? Sonja hat sich geirrt, so leicht ist es nicht, das Zurückkommen. Keinem Menschen auf der Welt hätte sie gezeigt, dass sie sich falsch eingeschätzt hat. Nicht einmal Ivo.

– Wir haben im Haus die Schuhe nicht ausziehen müssen, sagt sie. Hausschuhe waren verpönt bei uns. Und diese Schuhe hier, oh Gott.

Sonja betrachtet die Schuhe.

– Das sind ganz normale Schuhe, Sonja.

Da kennt Ivo sich aus, das ist seine Domäne. Und er weiß, dass er jetzt für Sonja etwas tun muss. Und dass es hier gar nicht um die Schuhe geht, und nicht um die Plastiktüte im Kühlschrank und den Hula-Hoop-Reifen, das weiß Ivo auch. Sonja schimpft immer weiter.

– Ekelhaft. Und überhaupt, getragene Schuhe sind etwas Privates, man lässt sie nicht einfach so auf unserer Treppe stehen. Schon aus Respekt. Unseren Eltern gegenüber. Und außerdem: gerade du, Ivo! *Du* müsstest doch am allerbesten verstehen, dass mir diese geschmacklosen, stinkenden Billigschuhe schlechte Laune machen.

Gerade Ivo. In seinem Laden am Mölkersteig gibt es Schuhe von dieser miesen Qualität natürlich nicht. Im Schaufenster hat er nur zwei, drei Paar stehen, und die sind etwas Besonderes. Seine Kundschaft hat ganz bestimmte Vorstellungen, wie Schuhe aussehen sollen, wie sie verarbeitet sein müssen, aus was für einem Leder. Billigmassenware aus Portugal hätte am Mölkersteig nichts zu suchen. Im Gegenteil, Ivo überlegt sogar, ob er in Zukunft einen Schuhmacher beschäftigen soll, der ihm die Aufträge für Maßschuhe ausführt. Antilope, innen und außen. Die würden zwar kaum Gewinn abwerfen, aber das Niveau des Ladens heben. Am Mölkersteig ist man anspruchsvoll, und Ivo muss zusehen, dass er das Niveau nicht nur hält, sondern immer mal ein bisschen anhebt, sonst kann er seine verwöhnte Kundschaft nicht halten.

– Komm, hör jetzt auf damit. Wir müssen dein Haus verkaufen, und wir haben wenig Zeit, sagt Ivo.

– Aber die Schuhe sind das Letzte, sagt Sonja.

Trotzig klingt das und widerspenstig. Die Erinnerungen, die hier in den Ecken hocken wie die Paviane in ihren Felshöhlen, wollte sie gar nicht erst wecken. Aber dann, im Schuppen, krochen sie ihr auf die Schulter, da blieben sie sitzen und waren nicht abzuschütteln. Bis die Tränen kamen.

Die Schuhe auf der Treppe, kombiniert der schlaue Kommissar Ivo jetzt, können zumindest nicht die Schuhe von Einbrechern sein.

Würde das Sonjas Stimmung guttun, wenn er ihr das sagte? Oder passt das jetzt nicht.

– Gut. Gehen wir nach oben. Wie zur Beschwörung stemmt Sonja die Hände in die Hüften. Oben waren unsere Zimmer.

Nach der Treppenkurve, dort, wo sich der Flur teilt und es rechts zu den Zimmern auf der Gartenseite geht, dem Gästezimmer, dem Elternschlafzimmer, dem Elternbad, ist der Weg versperrt. Eine weiß lackierte Holztür mit einem glänzenden Messingknauf, eine richtige, professionell eingebaute Wohnungstür, die sich von außen nur mit einem Schlüssel öffnen lässt. In Sonjas Haus.

– Hier ist alles umgebaut! Und die Tür! Die haben sie eingebaut! Aber wofür?, sagt Sonja.

– Wer sie?

– Keine Ahnung. Klara eben.

Sonja betrachtet die Tür. Ein Klingelknopf, ein Pappschild, *Ch. Morlock* steht darauf.

– Das fehlt uns jetzt noch! Klopf doch mal, sagt Ivo. Sieht aus, als ob hier jemand wohnt.

Es dauert, bis von innen aufgesperrt wird. Zuerst das graue Gesicht, das graue Kinn, graumelierte, streichholzlange, an den Schläfen abstehende Haare, im rechten Ohr ein Stöpsel, der verbunden ist mit einem weißen Kabel und dem kleinen Apparat, den der Mann in seiner Hand hält. Die Krawatte verdreht, die weinrote Strickjacke um einen Knopf falsch zugeknöpft. Vielleicht hat er am Schreibtisch gesessen, oder er ist kurz eingeschlafen, oder er hat sich auf die Töne, die aus dem Stöpsel in sein Ohr drangen, konzentriert, und das Klopfen nicht gehört.

– Wer sind Sie? Was wollen Sie?

Der Mann hat eine zarte, hohe Stimme. Irritierter, scheuer Blick auf Sonja, dann auf Ivo.

– Wir ... also ich ... Sonja stockt. Was soll sie sagen, wo soll sie anfangen? In einem Satz schildern, was sich hier in den nächsten Stunden abspielen wird?

– Sind Sie der Herr Morlock?, fährt Ivo dazwischen.

Der Mann sieht auf seine Armbanduhr.

– Was machen Sie hier? Wie sind Sie hereingekommen? Woher haben Sie den Haustürschlüssel?, fragt er.

Gleich will er losbrüllen, denkt Sonja. Aber Herrn Morlocks Stimme hat keine Kraft, kommt ängstlich und schüchtern. Er fasst sich an den Adamsapfel, fragt noch einmal:

– Wer sind Sie?

– Sie wohnen hier? Ivo fragt, ohne Morlocks Frage zu beantworten. Sein Instinkt sagt ihm, dass er derjenige sein muss, der die Fragen stellt.

– Ja, rutscht es Herrn Morlock heraus.

Pause.

Pause.

Von einem *Mieter* hat die Maklerin nichts gesagt. Sonja greift in ihre Jackentasche. Der Hausschlüssel liegt in ihrer Hand, sie schiebt den Bart unter den Daumennagel, bis es wehtut. Herr Morlock ist jetzt einen halben Meter aus seiner Wohnungstür herausgekommen und stützt sich auf das Treppengeländer und ringt um seine Fassung.

– Worum geht es eigentlich?, fragt er. Sein eines Augenlid zuckt. Und während Ivo mit scharfer Stimme nach dem Mietvertrag fragt und verkündet, dass er sich nicht davon abbringen lassen werde, diesen Vertrag, so er überhaupt existiere, zu prüfen, fährt sich Morlock mit dem Zeigefinger unter das Brillenglas, um das zuckende Lid ruhig zu stellen. Aber kaum hat er die Brille zurechtgerückt, macht sich das Lid schon wieder selbstständig. Ungeduldig dreht er seinen Schlüsselbund in der Hand, die einzelnen, aneinanderstoßenden Schlüssel machen ein nervöses Geräusch. Sonja räuspert sich, um etwas zu sagen. Und sie weiß auch nicht, wie sie es sagen will, denn der Morlock ist, wie es scheint, ein schwächlicher Mann, zart und dünnhäutig, auch wenn er jetzt versucht, sich aufzupumpen, wie einer, mit dem nicht zu spaßen ist.

Sie gibt sich einen Ruck:

– Das wussten ... wir wussten das nicht. Dass hier jemand ... also, dass sozusagen jemand hier wohnt, sagt sie. Aber eigentlich wollte sie etwas anderes sagen.

Morlock fasst sich an die Nase und sieht an sich herunter, ein Zipfel seines hellblauen Oberhemds hängt über dem Hosenbund, das nimmt Sonja den Wind aus den Segeln. Aber Morlock kümmert sich nicht um seinen heraushängenden Hemdenzipfel.

– Wie sind Sie hier hereingekommen?, fragt er noch einmal.

– Durch die Tür, sagt Ivo, wenn Sie es genau wissen wollen.

– Ivo!, zischt Sonja. Was soll das?

Ivo zieht den Kopf ein. Dreht sich um und geht ohne ein weiteres Wort langsam die Treppe hinunter. *So* muss er sich von Sonja nicht zurückpfeifen lassen, denkt er, und schon gar nicht vor dem. Ivo hat nur seine Rolle gespielt, wie abgesprochen. Er versteht nicht, warum Sonja dem Morlock nicht freiheraus sagt, dass es Umstände gibt, die sie zwingen, das Haus zu verkaufen und ihm fristlos zu kündigen. Hätte Sonja ihm freie Hand gelassen, denkt Ivo, wäre der Morlock bereits beim Kistenpacken. Einen Moment steht Ivo unten in der Garderobe und horcht, ob Sonja herunterkommt. Aber sie kommt nicht. Und während er wartet und überlegt, wo er sich jetzt ein Frühstück besorgen kann, hört er sie sagen:

– Wir ... Ich bin die Schwester von Klara Schwartz.

11

Es ist still, Herr Dr. Schöpf. So still. Nicht einmal nachts ist es so still. Als hätten sich alle versteckt vor mir, als würden sie etwas aushecken hinter meinem Rücken, vielleicht eine Überraschung, von der ich nichts wissen, nicht einmal etwas ahnen darf. Wenn ich nicht aufpasse, wenn mir die Augen zufallen, schleichen sich wieder die lauten Bilder in meinen Kopf. Sie verdrängen alles andere, mäandern hinter meinen Augen herum, machen Krach in meinem Gehirn. Ich kann mich davor nicht in Acht nehmen, oder gibt es da einen bestimmten Trick? Soll ich weiter atmen? Oder die Luft anhalten? Und die Augen? Was ist mit den Augen?

Der Herr Urs hat gestern wieder mal seinen Schrank aufgeräumt. Der Schweizer ist ja nicht nur fromm, sondern auch ordentlich und rundherum gut organisiert. Zuerst alles auf sein Bett geschmissen, die Hemden, die Unterwäsche, Socken, Briefpapier, Stifte, die Waschsachen, Rasierzeug, den ganzen persönlichen Kram, Leseheftchen, Tabletten und sogar Weintrauben und Bananen. Alles auf sein Bett geschmissen. Die zusammengefalteten Wäschestücke schüttelt er aus, wedelt sie in der Luft herum, knüllt das Zeug zusammen wie gebrauchtes Geschenkpapier. Je schlimmer es aussieht auf seinem Bett, desto froher wird er. Er steigt darauf herum und juchzt und reckt die Arme. Dann wird er ruhig, setzt sich auf die Bettkante und beginnt mit dem Aufräumen. Legt die Wäschestücke zusammen, faltet sie genauso, wie sie vorher gefaltet waren, streift die Briefblöcke glatt, sammelt die Stifte ein. Ich kam an seinem Zimmer vorbei, die Tür stand offen, und ich blieb stehen und konnte ihn beobachten. Er hat mich nicht bemerkt vor lauter Eifer. Vor lauter Freude. Es heißt, dass er mindestens einmal am Tag Ordnung schafft, und manchmal, gleich nach der Therapiestunde noch einmal. Er sagte, es sei das Einzige, das ihn an das Leben erinnert. Ich werde ihn fragen, wie er darauf gekommen ist, sich ausgerechnet auf diese Weise an das Leben zu erinnern.

Das ist doch wirklich absurd, Herr Dr. Schöpf! Wenn Ihre ganze Ausfragerei zu nichts anderem führt als zu Irrtümern und Fehldiagnosen! Da horchen Sie mal ruhig zuerst in sich selbst hinein mit Ihrem Stethoskop. Wer weiß, was Sie da alles zu hören bekommen. Würde mich nicht wundern, wenn da so manches an die Oberfläche gelangte, was Sie lieber unten halten würden. Was Sie lieber nicht hören wollen. Wovon Sie lieber nichts wissen wollen. Ein paar Leichen haben Sie doch bestimmt im Keller. Ich stehe Ihnen für ein Gespräch gern zur Verfügung, ich kann gut zuhören, und für meine traumwandlerisch sicheren Diagnosen bin ich berühmt.

Ich höre Gummisohlen quietschen auf dem Gang. Es müssen die Kreppsohlen von der Frau Hüttl sein, erst gestern hat sie mir ihre neue Errungenschaft gezeigt. Sie jubilierte. Die bequemsten Schuhe, die sie je hatte. Lebensretter, hier bei ihrem Job. Den ganzen Tag hin und her, die Schuhe, die Füße, die Fersen, die Sohlen, die Zehen! Und die Probleme damit! Wer den ganzen Tag auf den Beinen ist, für den ist die Qualität der Schuhe an seinen Füßen das Wichtigste. Abends, sagt Frau Hüttl, kaum dass sie zu Hause ist, legt sie die Beine hoch, damit das Blut wenigstens ein paar Minuten lang in die umgekehrte Richtung fließen kann. Sie legt sich aufs Sofa in ihrem Wohnzimmer, die Beine steil bergauf, die Füße auf das Fensterbrett. Zehn Minuten nach ihr kommt ihr Mann von der Arbeit nach Hause. Der sieht dann schon von unten, von der anderen Straßenseite aus, wo der Bus hält, die zwei Füße seiner Frau im Fenster, da läuft er schnell nach oben und massiert ihr die Fußsohlen. Manchmal sogar noch im Mantel. Er hat so wunderbar muskulöse Daumen, sagt Frau Hüttl, mit denen er kräftig in ihre Füße hineindrücken kann, so lange und so stark, bis es ihr wehtut und sie ihr Schreien und Stöhnen kaum unterdrücken kann. Nach so einer Fußmassage ist sie dann ein neuer Mensch.

– Das schafft kein Schuh!, ruft sie, und ist schon wieder vorn am Treppenhaus. Sie kommt noch einmal kurz zurück und steckt den Kopf herein und sagt:

– Das schafft nur mein Mann!

Wenn Sie irgendwann einen Augenblick Zeit haben, Frau Hüttl, setzen Sie sich zu mir, denn ich will Sie jetzt mal etwas anderes fragen: alte Leute und kleine Kinder. Und wir anderen dazwischen. Wir, die wir gerade mitten im Leben stehen. Und merken es nicht einmal. Oder spüren Sie etwas, Frau Hüttl? Dass Sie so richtig mittendrin im Leben stehen? Ich meine, so richtig? Über diese Dinge möchte ich mit Ihnen sprechen, denn Sie sind hier die Einzige, die sich mit mir über so etwas unterhalten kann, von Mensch zu Mensch. Einfach so und ohne dass jemand dabeisteht und etwas auf seinem Block notiert.

Mit Ärzten kann man ohnehin nicht über das Ende reden, Herr Dr. Schöpf. Davon verstehen sie nichts. Den noch so kleinsten Gedanken an das Ende wollen sie einem ständig ausreden. Als ob sie selbst es sind, die sich fürchten. Sie kurven doch immer nur herum um die wirklich wichtigen Fragen. Lösen Sie Ihre Scheuklappen, Herr Doktor Schöpf, und trauen Sie sich! Trauen Sie sich ruhig, den Teufel an die Wand zu malen. Vor dem Ende ist der Anfang. Der Anfang schiebt das Ende vor sich her. Was wissen die Ärzte vom Anfang, wenn sie schon vom Ende nichts verstehen? Und dazwischen das Leben. Du lieber Himmel, vom Leben versteht ihr Ärzte überhaupt nichts. Nur, was eure Instrumente anzeigen, was ihr auf den Displays eurer Maschinen erkennt, was ihr in die Krankenakten notiert. Da halte ich mich lieber an meine Mutter. Die hat mir vorausgesagt, dass das Leben für mich noch einiges in petto hat.

Mein Vater, Herr Dr. Schöpf, weiß zum Beispiel seit langem, dass er am Ende angekommen ist. Darüber hat er schon gesprochen, als ich noch mit ihm zusammen in der Hagemannstraße wohnte.

– Ich bin ein alter Mann, der sein Leben gelebt hat, sagte er. Auch so ein Satz, Vater. Er war in nachdenklicher Stimmung: Er befände sich, sagte er, zwar noch ein paar Takte vor dem Schlussakkord, so hat er sich ausgedrückt, aber wenn die Komposition ernst machte und aufs Finale zusteuerte, sei das ein unvergleichlicher Vorgang. Ein wahrhaft skandalöses Gefühl! Im Kopf, in der Seele.

Dabei klopfte er sich mit der Faust auf die Brust. Ich glaube, er hat in jenem Moment das Herz mit der Seele verwechselt.

– Da herinnen, sagte er und klopfte weiter. Nicht nur in den Knochen!

Einmal habe ich meinen Vater bei Anbruch der Dunkelheit nackt bis auf die Unterhose am Küchenfenster gefunden. Er zitterte, sein Unterkiefer schlug heftig gegen den Oberkiefer, sodass es laut klapperte, er hatte am Fenster gestanden und nach mir Ausschau gehalten. Er hatte sich ausgezogen und ein Bad nehmen wollen, aber dann hatte er das Baden vergessen oder war aus wer weiß welchen Gründen davon abgekommen, hatte sich lieber darauf konzentriert, auf mich zu warten. Den ganzen Nachmittag. Vollkommen vergessen, dass er in seiner weißen Unterhose am Küchenfenster stand und fror. Das Schlimmste war, Herr Dr. Schöpf, dass ich ihn wie einen Fremden behandelte, wie jemanden, für den ich kein Gefühl hatte, nicht warm, nicht kalt, kein Mitleid, kein Erbarmen, nichts. Ich stand jemandem gegenüber, der mit den Zähnen klapperte und der alt war und nackt bis auf seine weiße Unterhose. Er störte mich. Seine Anwesenheit in diesem Zustand störte die Vorstellung, die ich mir von meinem Abend gemacht hatte. Seine erbarmungswürdige Lage interessierte mich überhaupt nicht, ich dachte nur daran, dass ich gestört wurde bei dem, was ich gerade vorhatte. Dabei hatte ich gar nichts vor, wobei man mich hätte stören können. Ich kam nur nach Hause. Still und gewöhnlich kam ich nach Hause. Das müsste Ihnen als Arzt doch vertraut sein, dieses Abgebrühte. Der teilnahmslose Blick, das versperrte Herz. Das können Sie mir nicht weismachen, dass Sie nicht wissen, was ich meine! In Ihrer Zunft gehört das doch zur Grundausstattung, dieses seelenlos Unnahbare! Ich wies also meinen frierenden Vater in seiner weißen Unterhose auf seinen würdelosen Zustand hin und hielt ihm mit ausgestrecktem Arm seine Jacke vor die Nase. Ich sagte: Zieh dich an. Das war alles; ich berührte ihn nicht einmal, legte die Jacke nicht um seine zitternden Schultern, tat nichts, was ihm Wärme und Schutz gegeben hätte. Die Jacke hing an meinem ausgestreckten Arm wie am Garderobenhaken, von dort musste er sie sich holen! Das darf einem nicht passieren, Herr Dr. Schöpf, aber es *ist* passiert! Es passiert immer wieder! Ich wollte ihn dann doch berühren, aber er wich mir aus. Damals wachte er häufig nachts auf und öffnete alle Fenster. *Gut durchlüften* nannte er das. Einmal hatte er mitten in der Nacht die Bettdecke aus dem Fenster geschüttelt, Kaffeemaschine und Fernseher angestellt und zwei Eier auf die glühend rote Herdplatte geschlagen, weil er vergessen hatte, dass sie in die Pfanne gehörten. Die Eier verbrannten auf der Stelle und verqualmten das Treppenhaus, bis ich von dem bitteren Geruch erwachte. Ich stürmte die Treppe hinunter, riss die Küchentür auf und schnauzte ihn an: Auf der Stelle gehst du zurück ins Bett! Sechs Stunden mindestens sind es noch bis zu deinem Scheißfrühstück! Aber er, er wiegte nur stumm den Kopf und sah mich an. In seinem Blick lag Verständnis, für mich und meinen unfreundlichen Auftritt, in seinen Augen Weisheit und Souveränität. Warum, fragte er ruhig, kann ich nicht frühstücken, wann ich will? Ich wusste keine Antwort. Auf solche Fragen gibt es keine Antwort, Herr Dr. Schöpf. Es war seine Haltung! Ich würde ihm das gerne noch sagen, dann würde es mir besser gehen. Nur das eine. Aber vielleicht versteht er mich gar nicht mehr. Ich würde meine Arme um seinen Hals schlingen, wie ich es nie konnte, und dann würde ich ihm mit meinem Gesicht ganz nah kommen und ihm sagen, dass ich schon mal Wasser für den Tee auf den Herd stelle. Oder interessiert Sie das nicht, Herr Dr. Schöpf? Sind Sie überhaupt noch da? Herr Dr. Schöpf?

Wenn man über das Leben sprechen will, dann muss man sich jemanden suchen, der davon etwas versteht. Die Therapeuten haben längst die Lust daran verloren, und die Gründe liegen auf der Hand.

Besser aufgehoben fühle ich mich beim Hauspersonal, *das* sind die Leute vom Fach!

Ist *das* das Leben, Frau Hüttl? Oder Rodi, Sie mit Ihren ewigen Absätzen. Stehen *Sie* mitten im Leben? Oder ist das erst der Anfang? Sie haben doch von so manchem Ahnung. Nicht so schüchtern, rücken Sie heraus mit allem, was Sie wissen! Ihren kleinen Lebensweisheiten! Und den großen.

Dabei haben wir die Frage nach dem Glück noch gar nicht gestellt. Die noch immer nicht beantwortete Frage nach dem Glück.

Jetzt kommen sie, ich höre Schritte, die Toilettenspülung, jemand hustet oder räuspert sich. Sogar die leise Musik vom Kofferradio aus dem Schwesternzimmer dringt herein. Die Schwestern hören am liebsten Bert Kaempfert, besonders die Frau Hüttl dreht immer auf, wenn etwas von Bert Kaempfert kommt. Herr Dr. Schöpf, ich bin gut vorbereitet auf unser Gespräch. Schütten Sie mir ruhig Ihr Herz aus.

Allerdings: Den Schweizer, den sollten Sie sich vielleicht zuerst zur Brust nehmen. Fragen Sie ihn, ob er es sich leisten kann, sein ganzes Leben nur mit Hinausschauen zu vertrödeln. Die Amseln picken in ihrem Würmersieb herum, egal, ob ein Schweizer ihnen dabei zusieht oder nicht. Er kann die kleinen, krummen Würmer nicht retten, sie sind verloren. Bitte sagen Sie ihm das. Die Leute steigen aus ihren Autos, ob ihm das nun gefällt oder nicht. Der Herr Urs soll lieber herüberkommen und mir ein Lied zum Geburtstag singen oder ein Gedicht aufsagen, vielleicht kennt er ein Nationalgedicht auf Schweizerdeutsch, damit wir etwas haben, was uns noch lange in den Ohren klingt. Die Schweizer haben doch so etwas wie Nationalgedichte. Oder?

Ich darf mich nicht zu lange in meinen Gedanken über das verpasste Leben des Herrn Urs verlieren. Das bekommt mir nicht. Augen auf und nach vorn schauen, den Blick auf die gelben Vorhänge gerichtet, Geduld, Geduld, auf einmal bewegen sie sich. Ich habe meinen Verstand auf Geduld eingerichtet und meine Empfindlichkeit auf die warmen Schenkel unter dem Laken. So kann ich hin und her schalten, gerade so, wie ich will. *Das* ist das Leben, verstehen Sie, Frau Hüttl, das wollte ich Ihnen eigentlich schon vor ein paar Tagen sagen und habe es immer wieder vergessen: Das Leben! Eine einzige große Erschütterung.

Je weiter wir uns von *seinem* Haus entfernten, desto schneller lief ich. Der Kinderwagen flog über die Bordsteinkanten, fast wäre mir der Wagen umgekippt. Es war bockig und schrie und schlängelte sich. Fast wäre es herausgefallen, fast hätte es sich den Kopf gestoßen und die Hände aufgeschürft. Ich rief ihm zu, dass nichts passieren würde und dass es endlich still sein solle. Der Abend senkte sich über uns herab. Die Sandwege schienen hell im Mondlicht. Irgendwann legte ich meine Hand an die kleine pochende Schläfe. Wie lange wir im Park waren, weiß ich nicht.

Eine Zeitungsseite voller Druckerschwärze, voller dummdreister Behauptungen über diesen Mann. Diffamierungen aus durchsichtigen Gründen. Die von der Zeitung haben vor allem schlechte Laune. Oder sie sind neidisch, weil sie den ganzen Tag lang in schlecht gelüfteten Redaktionsstuben ihre Zeit absitzen müssen. Entscheidungen treffen immer nur die anderen. Und woher haben die eigentlich das Foto? Wie *er* sich auf seinem Stuhl nach hinten wendet, von der Seite angeschnitten, wie schön *er* ist, der arrogante Nasenrücken, der ernste Blick. Kein Problem herauszufinden, wo das Foto aufgenommen worden ist. Ein Anruf bei *seiner* Frau, ein Anruf im Büro zwischen zwölf und eins, wenn der Zerberus beim Mittagessen ist, und schon gibt mir ein unschuldiger Praktikant etwas über *seine* Termine preis. Ich habe meine Tricks!

Er hatte mir keine Wahl gelassen. Ein Zeichen in meine Richtung, ein Zuwinken, ein kleines Lächeln. Aber *er* hatte keine Zeit, als ich ihn abholen wollte, *er* war verschwunden, bevor ich auf mich aufmerksam machen konnte. Wenn die innere Verbindung stark genug ist, richtet sich das Leben danach! Das wollte ich *ihm* eigentlich noch zurufen, *ihm* Mut machen, als ich abends an *seinem* Zaun stand. Einen Fuß zwischen den Latten durchgeschoben, mit einem Fuß in *seinem* Garten. Das Haus, das Wohnzimmer, alles schien mir trist an jenem Abend, wie *er* dastand, hinter dem Tisch, die Hände auf die Platte aufgestützt, den Oberkörper nach vorn gebeugt, als fehlte ihm die Kraft, aufrecht zu stehen. Die Miene verdüstert und grau, der Mund ein Strich, bewegungslos. Die toten Augen, ein erschöpfter, entkräfteter Mann, das versteinerte Gesicht auf die große Fensterscheibe gerichtet. Er bemerkte mich nicht, ich stand so, dass er mich weder sah noch atmen hörte. Vielleicht hätte es ihm ja geholfen, wenn ich gerufen hätte: Es schläft! Es ist endlich still!

Rodi, plötzlich ist mir ein bisschen flau. Mir ist, als ob ich ein ganzes Huhn verschluckt hätte, mit allen Knochen, dem gesamten Chassis. Irgendetwas rührt sich in meiner Magengrube, ein ungutes, spitzes Gefühl. Dabei denke ich nur an meine Terrasse, dass ich die vertrockneten Larven und Blätter und Schneckenhäuser zusammenkehren muss, die kleinen braunen Sachen, die der Winter übrig gelassen hat, damit man ihn nicht so schnell wieder vergisst. Das Frühjahr, das Leben, die Luft, und ich vergeude hier meine Zeit, die gar nicht meine Zeit ist, auch wenn sie mich alle Viertelstunde an sich erinnert. Ich komme ganz durcheinander, keine Ahnung, ob ich die verronnene Zeit verrechnen soll, die verronnene gegen die vor mir liegende. Und wem um Himmels willen würde so eine Abrechnung nützen? Mir bestimmt nicht, das habe ich im Gefühl. Wieso bewegt sich denn nichts, und wieso kommt keiner? Offenbar denkt hier jeder nur an sich!

Die vor Fett triefenden Teller. Die schweren Eisentöpfe, die Bratreine. Madame Sonja musste nach dem Mittagessen nie abspülen, immer hat sie sich herausreden können, wie auch Mutter sich immer herausgeredet hat. Dass ihre spröden Fingernägel das Prilwasser nicht vertrugen. Immer wieder Ausreden. Mutter und Sonja mit ihren Bandscheiben, und mit ihren empfindlichen Mägen, die weder Zwiebeln noch Erbsen vertrugen. Die beiden, immer im Gleichklang, gleiche Beschwerden, gleiche Vorlieben, die gleichen Zimperlichkeiten, gleichzeitig schlaflos und gleichzeitig wach. Sofort nach dem Essen gingen sie in ihre Zimmer und legten sich auf ihre Betten, rangen mit ihrem zu gierig, zu hastig verschlungenen Mittagessen. Manchmal hörte ich sie ächzen, schnell schnaufen, sich leise beschweren.

Mein Glück war das offene Fenster in der Küche. Während Vater, Mutter und Sonja damit beschäftigt waren, ein halbes Stündchen Schlaf zu finden, stand ich Punkt zwanzig nach zwei am offenen Fenster in unserer Küche und pfiff und sang und trällerte. Ich drehte den Stöpsel in den Ausguss, nicht zu wenig Pril, heißes Wasser, wie wunderbar die Schaumkrone. Ich wartete auf Bruce, den Amerikaner. Er kam jeden Tag, und jeden Tag wartete ich auf ihn. Nicht lange. Nur ein paar Sekunden, da sah ich ihn von Weitem kommen, gab mich überrascht, wenn er endlich vor meinem Küchenfenster auftauchte. Wir unterhielten uns über alles Mögliche, eigentlich über alles. Grünäugig war er und rotblond und selbstverständlich irischer Abstammung wie alle Amerikaner damals. Er kam immer Punkt zwanzig nach zwei, weil er wusste, dass ich es war, die er schon von Weitem hörte, die am offenen Fenster pfiff und trällerte und abwusch. Und ich tat so, als hätte ich im Leben nicht an so etwas denken können, dass er, ein Amerikaner aus der Nachbarschaft, vor meinem Küchenfenster erscheint. Und er, er tat, als käme er gerade des Wegs, rein zufällig und in Gedanken. Und nicht, um mir beim Abwaschen Gesellschaft zu leisten. Jeden Tag, außer Samstag und Sonntag. Er war sechzehn, so alt wie ich. Bruce kam aus kleinen Verhältnissen, wurde gesagt. Und wenn das gesagt wurde, dann wurde gedacht: So einer, dazu noch Amerikaner, so einer kann doch der Tochter vom alten Schwartz, der doch immerhin so eine Art Künstler, so eine Art Pianist ist, das Wasser nicht reichen.

Der Vater von Bruce trug eine amerikanische Soldatenuniform. Er hatte den Kopf rasiert, kaute Kaugummi, und zur Uniform trug er Soldatenstiefel. Bruce wohnte mit seiner Mutter und seinem zwölfjährigen Bruder Rick am anderen Ende unserer Straße. Am Wochenende kam der Vater aus der Kaserne zu Besuch. Deshalb konnte Bruce am Wochenende nicht kommen. Schon an seinem ganzen Aufzug, sagte Mutter, könne man erkennen, dass der aus kleinen Verhältnissen komme. Ich habe das nicht verstanden, und ich fragte nicht nach, weil ich so ein Gefühl hatte. Ich wollte lieber nichts wissen über die kleinen Verhältnisse und was sie bedeuteten. Mutter ließ mich aber nicht in Ruhe, sie sagte, dass sie nichts Gutes bedeuteten, dass sie nichts für mich waren. Bruce trug Jeans und T-Shirt und hatte lange Haare, manchmal kam er barfuß und hatte seine Turnschuhe über die Schulter gehängt, an den Schuhbändern zusammengeknotet wie Schlittschuhe. Das gefiel mir. Und während ich die Hände in dem immer höher steigenden, heißen Schaumwasser im Spülbecken langsam hin- und herbewegte, erzählte Bruce von Amsterdam und Westberlin und auch von Amerika. Zuerst die Gläser, danach das Besteck, die Töpfe zum Schluss. So hatte man es mir beigebracht, auch abwaschen will gelernt sein. Ich stellte die tropfenden Sachen auf das Fensterbrett und warf Bruce das blau karierte Küchenhandtuch zu. Wenn die Sonne schien, stellte er die polierten Stielgläser auf das Trottoir oder mitten auf die Straße. Mittagsruhe, Stille, die spitzen Schnäbel der heranfliegenden Spatzen, das muntere Zucken der kleinen Köpfe, das stumpfe Geräusch der Flügel bei ihrer Landung. Die von Bruce abgetrockneten Gläser stehen im Kreis oder in einer Reihe oder durcheinander auf Straße und Gehsteig, Töpfe auf Autodächern, Besteck blinkt vom Mauervorsprung, Weingläser im Kies zwischen den Spatzen.

Funkeln und wechseln die Farben im Licht, grün wie die Blätter der Bäume, blau wie der Himmel, rosa vom Asphalt der Straße. Dafür hatte Bruce nämlich ein Auge. Trotz der kleinen Verhältnisse. Ich zögerte das Abwaschen hinaus, bis sich die anderen vom Mittagsschlaf erhoben hatten, und, in Wolldecken eingewickelt, nach Kaffee riefen. Das Abwaschwasser wurde immer lauer, irgendwann war es kalt, und meine Finger fühlten sich verschrumpelt an wie alte Datteln. Bruce kam nie zu uns ins Haus. Und ich ging nie zu Bruce hinaus. Nicht ein einziges Mal.

Dienstmädchengespräche, nannte Mutter das. Du benimmst dich wie eine Küchenhilfe. Rafaela, stimmt das? Benehmen sich Küchenhilfen so?

– Ich ertrage es nicht, dass du wie ein Dienstmädchen am Küchenfenster stehst und mit dem Amerikaner sprichst, sagte Mutter. Sie sagte, er sei kein Umgang für mich, weil sein Vater Soldat war, noch dazu Amerikaner. Wäre Bruce' Vater nicht eines Tages zurück nach Frankfurt versetzt worden, ich hätte mit ihm, trotz des Verbots, immer so weitergemacht, Mutter wäre gestorben, Vater im Heim, Sonja über alle Berge in Wien. Ich stünde vielleicht noch heute am offenen Küchenfenster in der Hagemannstraße. Ich an der Spüle mit Dattelfingern im lauwarmen Deckswasser, und er draußen zwischen den aufgeregten Spatzen und den irisierenden Gläsern auf dem Asphalt. Mit unserem blau karierten Geschirrtuch.

Ich könnte jetzt aber etwas zu essen vertragen! Die lassen mich hier glatt noch verhungern. Im Magen ist mir flau, aber Hunger habe ich trotzdem. Rafaela, hast nicht wenigstens du ein Herz für mich? Und übrigens, Rafaela: Die Illustrierten heute bitte nicht schon vormittags, ich habe jetzt den Kopf nicht dafür frei! Am Nachmittag vielleicht, besser noch gegen Abend, da kannst du sie mir bringen. Mein Horoskop kann ich immer noch lesen. Dann weiß ich wenigstens, wie mir zumute ist und wie es weitergeht.

Ich werde vielleicht doch aufstehen, aber nur, um nach vorn zur Teeküche zu gehen. Im Bademantel. Und wenn mir King Körner wie immer auf dem Flur begegnet, werde ich ihn bitten, mir etwas aus der Küche zu organisieren. Alles hier auf der Station dreht sich nur um mein Innenleben, ob ich dabei verhungere, scheint niemanden zu interessieren. Mein Magen knurrt, ich habe Hunger! Aber so ein ganz normaler, gesunder Bärenhunger ist Ihnen wohl zu gewöhnlich, Herr Dr. Schöpf! Womit Sie sich wichtig machen können, sind Liebeshunger und Hunger nach Aufmerksamkeit. Überdenken Sie noch einmal Ihre unzuverlässigen Diagnosen, und bringen Sie mir lieber ein Käsebrot!

Vielleicht sollte ich Herrn Morlock anrufen, er könnte mir wenigstens ein paar Nüsse bringen, oder ein Stück Schokolade. Wir hatten doch sehr schöne Abende, er und ich. Ich wartete, bis ich den Schlüssel im Schloss hörte, bis er nach Hause kam. Normalerweise ging er sofort nach oben. Aber manchmal stellte er die schweren Plastiktüten auf der Treppe ab und sagte:

– Jetzt kann uns nichts mehr passieren. Verhungern können wir jedenfalls nicht.

Er sah oft erschöpft aus. Einmal kam ich gerade nach Hause, da sah er noch verlorener aus als sonst. Ich wollte ihm sagen, dass er zu viel allein ist da oben in seiner Wohnung, dass man immer einen haben muss, der einem etwas bedeutet im Leben, so wie ich meinen Vater habe. Er blieb dann noch einen Moment lang stehen, die schweren Plastiktüten auf der Treppe abgestellt, mit den Händen noch in den Griffen, auf dem Weg nach oben, den Rücken mir zugewandt. Er drehte den Kopf kurz in meine Richtung, sagte aber nichts. Schließlich gab er sich einen Ruck und hob die Tüten an.

– Na, dann wollen wir mal, sagte er und verschwand nach oben.

– Wir lassen trotz allem nicht locker, Herr Morlock, Sie nicht und ich auch nicht. Jeder hat sein Leben, Sie Ihres und ich meines, habe ich ihm gesagt. Gesprächen geht er aus dem Weg und verschwindet rasch nach oben. Und sobald er seine Wohnungstür von innen versperrt hat, höre ich die vertrauten Geräusche. Jetzt hängt er seinen Mantel auf den Garderobenbügel, jetzt setzt er den Wasserkessel auf den Herd, jetzt. Kühlschranktür auf, Kühlschranktür zu. Rückt mit dem Stuhl an den Schreibtisch. Später höre ich ihn ins Bad gehen. Das Wasserrohr, das aus *seinem* Bad kommt, wurde nachträglich eingebaut und vereinigt sich mit dem Wasserrohr, das aus *meinem* Bad nach unten führt. Ich höre sein Wasser rauschen und in unser gemeinsames Rohr abfließen. Ich habe meinen Blick, mein Gehör auf die Rohrverzweigung gerichtet. Ich höre seine Füße ohne Schuhe gehen, die dumpfen Trommelschläge seiner Fersen auf dem Teppichboden. Jetzt muss er vor seinem Bett stehen. Ich trete auf die Terrasse, ein paar Schritte hinaus auf das nebelfeuchte Gras. Oben bei Herrn Morlock ist alles dunkel.

12

Wie ein Hieb aus dem Nichts heraus schlägt es ein in Ivos Oberschenkelmuskulatur und gleichzeitig in die Kniekehlen. Gleich darauf das taube Gefühl, dazu ein Unwohlsein in der Magengegend. Beim Treppabgehen ist er dann fast noch über die letzte Stufe gestolpert, jetzt steht er in der Garderobe, den Rücken an Mäntel und Jacken gelehnt. Sonja wird er davon nichts erzählen, sie hält ihn für einen Hypochonder, einen *lupenreinen Wiener Hypochonder*. Sie sagt, in Wien seien alle Männer Hypochonder, säßen herum in ihren Kaffeehäusern mit Gesichtern, als seien sie dem Tod näher als dem Leben. Dabei sei der Kaffee besser als überall und die Stadt so barock wie keine sonst. Dann zieht sie die Mundwinkel herunter. Aber wie eine echte Wienerin sieht sie trotzdem nicht aus.

– Frauen, sagt Sonja in solchen Momenten, sind da robuster. Frauen gehen zum Arzt, wenn ihnen was wehtut, und so ein Gesicht machen sie auch nicht.

Die Hypochondrie der Männer ganz allgemein, aber besonders der Männer, wie Ivo einer ist, das ist Sonjas Spezialgebiet. Wenn sie einmal angefangen hat mit dem Thema, hört sie so schnell nicht wieder auf. Ivo wirft ihr vor, dass sie für ihre Standpauken immer die gemeinsamen Autofahrten nutzt, weil er bei Tempo neunzig auf der Landstraße nicht fliehen kann. Zum Beispiel, wenn sie am Wochenende in den Wienerwald hinaus ins Forsthaus fahren. Kaum, dass sie außerhalb des Rings sind, legt Sonja ihm die Hand aufs Knie und sagt, wie froh sie sei, dass es noch Männer gebe, die zuhören könnten. Sonja weiß, wie sie den Ivo nehmen muss. Und wenn er sich auch manchmal ärgert, weil sie mit ihren Vorhaltungen zu weit geht, so ist ihm das, wenn er ehrlich ist, mit Sonjas Spezialgebiet gar nicht einmal so unrecht. Denn als echter Hypochonder, der er nun mal ist, mag er es, wenn sie sich mit ihm beschäftigt.

Und dann seine Ticks. Das mit den Himmelsrichtungen. Dass er immer wissen muss, in welche Richtung er schaut oder in welche Richtung andere schauen, die gerade herumstehen oder irgendwo hinlaufen. Sein Interesse für Balkone, oder Betten, oder Schreibtische und wie sie ausgerichtet sind – den Kompass hat Ivo immer dabei. Und jetzt, mit dem neuen *Silva Ranger*, den Sonja ihm zum Hochzeitstag unters Kopfkissen gelegt hat, kann er noch viel genauer sagen, wie genau östlich der Osten wirklich ist, und präzise in die Richtung zeigen, wo sich die alten Männer gerade an verrosteten Tischen mit einem Glas Raki trösten, ostnordöstlich von Bukarest. Dort ist es schon dunkel, hier ist es noch hell. Und doch stecken wir alle unter *einem* Himmel. Solche Gedanken macht sich Ivo häufig. Sonja sagt, der Kompass sei ein Tick, wie auch seine Spitzfindigkeiten, wenn es ums Essen und guten Wein geht. Und eben, dass er manchmal glaubt, in Ohnmacht zu fallen.

Als Kind ist er manchmal umgefallen. An das Gefühl kurz davor kann er sich gut erinnern: kalter Schweiß unter der Nase und im Nacken, kurz darauf das taube Gefühl auf den Schenkeln, dann auf einmal schwarz. Auch jetzt, wie er mit dem Rücken in der Garderobe zwischen Mänteln und Jacken an der Wand lehnt, zwischen all den Klamotten, die hier seit Jahren hängen und nach Staub und sitzen gebliebenem Zigarettenrauch riechen, spürt er kalte Nässe am Hals. Vielleicht ist es, weil er nichts im Magen hat. Vielleicht hat es aber auch damit zu tun, dass er vorhin den Herrn Morlock nach seinem Mietvertrag gefragt hat. Sonja wird ihm, sobald sie herunterkommt, wieder Vorhaltungen machen, sagen, dass er manchmal einen Ton am Leib hat, der die Leute verschreckt. Jetzt, da er daran denkt, tut es ihm schon leid. Er hört Sonja reden, dann Morlock, dann wieder Sonja, oder beide zugleich. Die Stimmen sind aber zu leise, als dass Ivo einzelne Wörter verstehen könnte. Er stellt sich auf die dritte Stufe, reckt den Hals, legt den Kopf schief, versteht trotzdem nichts.

Ivo steht allein im Flur. Er sieht sich um, zieht die oberste Schublade des Handschuhschränkchens heraus, schiebt sie wieder hinein, macht eine Tür auf, von der er vermutet, dass es die Tür zum Keller ist. Gleißendes Licht, hell wie eine Ohrfeige, schlägt ihm entgegen. Sofort macht er wieder zu. Möglich, dass Sonja schon im Keller war heute früh und das Licht nicht ausgemacht hat. Kann auch sein, das Licht brennt, seitdem Klara in der Klinik ist, und niemand hat sich darum gekümmert. Kann alles sein, denkt Ivo, was geht es mich an? Einen Moment fragt er sich, ob es möglicherweise an seinem Zustand liegt, dass ihm das Licht so hell und so weiß vorkommt.

Kurz überlegt er, ob er noch einmal hinaufgehen und die Sache mit Herrn Morlock kurzerhand selbst regeln soll – knapp, trocken und geschäftlich, auf *seine* Weise eben –, aber seine körperliche Verfassung hält ihn davon ab. Die Diagnose liegt auf der Hand, Ivo tippt auf akute Unterzuckerung. Entschlusslos steht er vor dem Garderobenspiegel, sieht in sein graues Gesicht, sieht sich selbst dabei zu, wie er wartet, dass Sonja ihr Gespräch im ersten Stock beendet.

Alles wegen Klara, denkt Ivo und streicht sich mit der Hand über den Bartschatten auf Kinn und Wangen. Es gibt Frauen, die es immer fertigbringen, dass sich alles um sie dreht. Mit dem Kind, das ist doch völlig verrückt! Und ausbaden müssen es immer die anderen, denkt Ivo. Er dreht sich um und sucht nach Spuren hier im Flur, an der Garderobe, irgendein Zeichen, das ihn auf eine Fährte führt, eine Erklärung liefert für das, was er nicht versteht. Sonja hat nie viel über Klara gesprochen. Schwierig sei sie immer gewesen, zu kurz gekommen, verschlossen, ohne Energie.

Ivo denkt an den Morgen und dass der Tag schon so unfreundlich angefangen hat. Um fünf Uhr aufgestanden, kein richtiges

Frühstück, nur eine Tasse Pulverkaffee und die vertrocknete Spitze eines alten Nusskipferls aus dem Brotkasten. Dann ins Taxi und zum Flughafen. Sonja hat noch die Unterlagen und die Mappe mit der Vollmacht suchen müssen, dann, als sie schon im Taxi saßen, musste Ivo noch einmal hinauf, weil er den Kompass am Abend zuvor in die Flanelljacke gesteckt hatte, die er eigentlich hatte anziehen wollen. Die Zeit wurde knapp, und bei dem ganzen Durcheinander hat er dann vergessen, die Eibrote mitzunehmen. Gestern Abend, vor dem Schlafengehen, hat er sie hergerichtet und in den Kühlschrank gelegt. Als Prophylaxe. Damit er nicht genau in den Zustand gerät, in dem er sich jetzt befindet. Weißbrotscheiben mit Mayonnaise bestrichen, Salatgurke dünn aufgeschnitten, hart gekochte Eier in Scheiben oder gehackt mit Schnittlauchröllchen vermischt, Salz, Pfeffer. Einen Zettel wollte er sich noch abends hinlegen, zur Erinnerung. Und jetzt die Unterzuckerung!

Ivo steigt über die kleinen, im Sonnenlicht funkelnden Sachen, die Sonja, beim Suchen des Schlüssels in Panik geraten, aus der Handtasche gefallen sind und die noch immer auf den Steinstufen vor der Haustür herumliegen. Leise zieht er die Tür hinter sich zu. Vorn an der Ecke biegt er links in die große Straße ein. Kein Mensch, nur schnell vorbeifahrende Autos. Die Sonne steht noch nicht ganz senkrecht. In Wien braucht er die Sonne nicht, da kennt er sich aus und weiß, ob die Straßen nach Norden oder Süden verlaufen und in welche Richtung Häuserfassaden, Balkone und Vorgärten schauen. Der Aprilwind schießt in seinen feuchten Nacken und in die Kniekehlen. Ostwind. Oder Nordost. Oder doch West? Der Kompass ist noch in der Manteltasche, und der Mantel hängt an der Garderobe. So schwach wie er ist, hat er nicht daran gedacht, ihn mitzunehmen. Gerade noch war ihm heiß, jetzt ist ihm kalt. Einen Schal hätte er gebraucht.

Auf einmal der Hund. Wieder dieses verwaiste Wesen von heute Morgen. Als hätte er die ganze Zeit hinter dem Müllcontainer auf Ivo gewartet. Er bemerkt Ivo, wirft sich mit staksigen Beinen in eine Art Galopp, auf Ivo zu. Die Krallen machen ein Geräusch auf den Gehwegplatten. Dreht sich zweimal um sich selbst, dann um Ivo herum. Zwingt Ivo, seinen Schritt zu verlangsamen, schaut ihn an. Schnuppert an der Außennaht von Ivos Hosenbein, stößt mit der Stirn ein paar Mal fordernd an Ivos Knie.

– Was willst du, fragt Ivo. Hast du kein Zuhause?

Aber Ivo will sich nicht mit dem Hund beschäftigen, er muss zuerst etwas zu sich nehmen und dann das Problem Morlock lösen, ohne Verzögerung, freundlich und dennoch bestimmt. Der Hund reißt das Maul auf, als ob er gähnt, macht ein Geräusch, ein unterdrücktes Quietschen, den Schwanz aufgestellt, die schütteren, herabhängenden Fellhaare bewegen sich sanft mit dem Wind. Ein paar Schritte traben die beiden nebeneinander her, bis Ivo heiser flüsternd sagt, hau ab, scher dich weg. Der Hund gehorcht, fällt zurück, trottet im Abstand von einem Meter diskret, aber beharrlich hinter Ivo her, auch wenn der jetzt seinen Schritt beschleunigt.

Schneller als gedacht wittert Ivo den Duft von warmem Hefeteig, und linker Hand ist auch schon die Bäckerei. Im Verkaufsraum läuft ein Transistorradio. Ivo kauft zwei Amerikaner, zwei Himbeersahne und zwei Käsebrezen, dazu zwei Pappbecher mit Milchkaffee, gut verschlossen, und während er das Geld abzählt, sagt die Stimme aus dem Radio, dass sich der Wind gedreht habe seit heute Morgen, was für die augenblickliche Wetterlage ungewöhnlich sei.

Als er mit seinen Tüten aus der Glastür tritt, ist der Hund wieder da. Schaut ihn an. Mit wissenden, verständnisvollen Augen. Wie vorhin, als gehörten sie seit eh und je zusammen, stößt der Hund die Stirn gegen Ivos Schienbein. Als sei es ein altes Ritual, dass der klapprige Hund neben dem Fahrradständer vor der Bäckerei steht und auf Ivo wartet, bis der, immer zwischen elf Uhr fünfunddreißig und elf Uhr vierzig, täglich, jahrein, jahraus, sein Gebäck kauft. Als wäre diese Zuverlässigkeit und der Austausch solcher sparsamen Gesten ihr Alltag und ihr Leben.

Die beiden überqueren die große Straße und laufen in den angrenzenden Park. Kaum betreten sie den sandigen Parkweg hinter dem mannshohen Gebüsch, ist der Stadtlärm verklungen. Einzelne Vogelstimmen und das Knirschen des groben Sandes unter Ivos Schuhen und unter den langsam tappenden Pfoten des Hundes. Mit seiner Nase stößt der jetzt wieder bei jedem Schritt an die Außennaht von Ivos Hosenbein. Weiß Gott kein schöner Hund, zu blass die Farbe des Fells, die Augen grau verschossen. Ein Kurzsichtiger könnte denken, der Hund hätte gar kein Fell, es sei die nackte Haut, die so violett schimmert. Im Park steuern sie eine Bank in der Sonne an. Ivo setzt sich, der Hund setzt sich auch, vor ihn auf das abgetretene Gras, mit der Stirn an Ivos Unterschenkel. Der Amerikaner bröselt schon beim Herausnehmen auf Ivos Hemdbrust, gierig beißt er ab, dann wieder, gleich noch einmal, macht die Beine breit, dass die Brösel dazwischen hindurchfallen können. Obwohl der Hund ziemlich verhungert aussieht, scheint er sich nicht für die Brösel auf dem Boden zu interessieren. Er schmiegt seine Wange jetzt mit noch größerer Nachdrücklichkeit und Hingabe an Ivos Wade. Ivo isst gierig beide Amerikaner, und während er die trockenen Kuchenstücke herunterschluckt, achtet er darauf, wie sich sein Zustand bessert, sein Puls sich normalisiert, Kraft und Aufmerksamkeit zurückkehren. Die Kohlehydrate schießen ihm in die Blutbahn, in den Muskeln spürt er die Potenz des Zuckers, die Gelenke werden wieder stabil. Der Nacken trocken, der Kopf ruhig und klar, die Schultern gerade. Irgendwann spürt er, dass der Hund die Stirn von seinem Bein löst, den Kopf hebt und ihn anschaut. Bloß keinen Blickkontakt, denkt Ivo, Blicke binden fürs Leben. Er befürchtet, dass selbst ein unbeteiligt gemeinter Blick von dem Hund falsch aufgefasst werden könnte und dass ihm dieses Wrack bei Fuß bleibt, mit der Nase an der Hosennaht, bis zum Taxi am Abend, bis zum Flughafen, bis nach Wien.

Und dann tut Ivo auf einmal etwas, womit er selbst nicht gerechnet hat. Er fasst den Kopf des Tieres unter dem Kinn, nähert sich ihm mit seinem Gesicht bis auf ein paar Zentimeter, schaut ihm in die ausgeleierten Augen und sagt laut:

– Kla – ra.

Dann noch einmal:

– Kla – ra.

Der Hund springt auf die Hinterbeine. Winselt leise und zieht den Kopf aus Ivos Hand. Biegt das Rückgrat durch, bis die Brust den Kies berührt. Ivo denkt, jetzt springt er gleich davon, ich habe ihm Angst gemacht, das wird ihn vertreiben. Er wartet, dass der Hund sich eindeutig benimmt und ihn auf eine Fährte führt, irgendwohin, ihm offenbart, worauf alles hinausläuft. Doch der Hund springt nicht davon, er schaut Ivo an, eindringlich und weise. Einmal bellt er kurz, erschrickt, unterdrückt ein Jaulen. Der Schwanz schlägt hin und her, die verschlissenen Augen würden leuchten, wenn sie könnten, es ist ein farbloser, silberner Schimmer auf den hellen Wimpern und der knochigen Stirn.

– Verdammt, sagt Ivo. Er spürt, dass sein Widerstand weicht.

– Verdammt noch mal. Ein maroder Köter, das fehlte ihm gerade noch.

Sonja lehnt im Haustürrahmen, als Ivo zurückkommt und über den Zaun in den Vorgarten ruft.

– Schau!

Er winkt mit den Tüten, schuldbewusst, kommt sich vor wie ein Schulbub, der die Lateinstunde schwänzt und auf der Straße zufällig seiner Mutter in die Arme läuft.

– Na endlich! Wo warst du?, fragt Sonja, so wie auch seine Mutter gefragt hätte.

– Wo werde ich gewesen sein? Beim Frisör!, antwortet Ivo.

– So lange?

Die Ruhe in Sonjas Blick täuscht, das weiß Ivo genau. Er kennt sie gut genug, um zu wissen, dass sich hinter dem ruhigen Blick etwas verbirgt, das ihm imponiert, vielleicht weil er es nicht ganz verstehen und schon gar nicht im Vorhinein berechnen kann. Er will den raren Moment noch auskosten. Und so betrachtet er sie aus der Entfernung, als Fremder, aus einem anderen Garten oder einer anderen Welt, als hätte er sie noch nie gesehen. Aber auch so, über den verrosteten Zaun hinweg, erkennt Ivo, dass seine Frau besser aussieht als die Frauen in *seinem* Alter, reifer und schöner und klüger. Mit ihrem klaren Profil, dem kurz geschnittenen, dunklen Haar, den rätselhaften, steingrauen Augen. Nein! Jetzt ist wirklich nicht der Moment für solche Gedanken. Jetzt, da Probleme aufgetaucht sind, von denen weder er noch Sonja heute Morgen etwas geahnt haben und die sie bis heute Abend, bis sie ins Taxi zum Flughafen steigen, lösen müssen.

– Zwei Käsebrezen in der einen Tüte, und in der anderen ist Kuchen. Und wenn du willst, bringst du deinem Mieter etwas davon nach oben.

– *Meinem Mieter?* Also wirklich, Ivo, es reicht jetzt.

– Und? Was habt ihr ausgehandelt?, fragt er.

– Na, ich habe es ihm gesagt.

– Und?

– Der tut mir leid.

– Hat er mit der Maklerin gesprochen?

– Er behauptet, es sei nie eine Maklerin hier gewesen.

In dem Moment quetscht sich der Hund mit der Brust durch den schmalen Spalt der offenen Gartentür. Das Hinterteil noch außerhalb des Zauns, das Gesicht im Vorgarten, zwischen Tür und Angel bleibt er stehen, wartet. Der Schwanz geht hin und her und nimmt den mageren Körper mit, die verschossenen Augen fest auf Ivo geheftet.

– Was will der denn hier, fragt Sonja.

– Das ist meiner, sagt Ivo.

13

Als Bruce auf einmal nicht mehr kam, war die Zeit nach dem Mittagessen düster und kalt. Ich stand am Becken bei offenem Fenster, ich spülte Geschirr, Besteck und Gläser wie ein Roboter. Mein Blick ging durchs Fenster nach draußen, wo Bruce mit dem Geschirrtuch gestanden hatte, und wo er jetzt nicht mehr stand. Vielleicht hatte er es selbst bis zum Schluss nicht glauben wollen. Zuerst dachte ich, er läge krank im Bett mit Fieber und Halsweh. Er kam schon den dritten Tag nicht, und ich malte mir aus, wie er in der amerikanisch möblierten Wohnung seiner Eltern in seinen mit amerikanischer Comicfigurenbettwäsche überzogenen Kissen lag und von seiner Mutter Pancakes mit Ahornsirup, und Erdnüsse und Popcorn ans Bett gebracht bekam. Ich versuchte, mir die kleinen Verhältnisse vorzustellen, alles aus Plastik, das Geschirr, die Gläser, die Möbel. Ich stellte mir seine Mutter vor, so wie mir meine Mutter amerikanische Frauen beschrieben hatte, mit Lockenwicklern und im Büstenhalter, und wie der Vater in seiner Uniformjacke vor dem Fernseher saß und mit Bruce über den Umzug nach Frankfurt sprach. Und wie Bruce sagte, er könne nicht umziehen, weil er mittags fest verabredet sei, an einem offenen Küchenfenster, und dass man ihn dort erwarte. Oder wie Bruce seiner Mutter beim Einkaufen im P.X. half, wie sie all diese Dinge, die es bei uns nicht gab, in die riesigen braunen Papiertüten mit roter Aufschrift und ohne Henkel packten und wie Babys an die Brust gedrückt herumtrugen, wie man es in amerikanischen Filmen sieht. Ich wartete jeden Tag auf Bruce.

Wenn Sie mich heute sehen, können Sie sich das vielleicht nicht vorstellen, Herr Dr. Schöpf, aber ich pfiff und trällerte, lehnte mich dabei sogar weit hinaus aus dem offenen Küchenfenster, hoffte, mein Gezwitscher könnte mir Bruce wiederbringen. Den ganzen Tag und die ganze Nacht dachte ich an Bruce. Frühmorgens beim Aufstehen verfluchte ich die viele Zeit, die vergehen musste, bis es so weit war, dass ich den Tisch abräumen und das Küchenfenster aufmachen konnte. Ich schloss die Augen, sog die Luft ein, und da war der Geruch nach amerikanischem Waschpulver, dieser Duft, den ich noch heute in meiner Nase habe, der von Bruce kam, von seinen Hemden, T-Shirts, Jeans. Aber Bruce erschien nicht mehr. Nach einer Woche sagte meine Mutter: Die Amerikaner sind weg! Gott sei Dank. Wäre ja noch schöner!

Jetzt bin ich aber wirklich hellwach. Kann mal bitte einer kommen? Die Schublade von meinem Nachtkästchen klemmt. Ich kriege sie nicht mehr auf, weil sich das Elektrokabel von der Klingel verklemmt hat. Rodi, das ist etwas für Sie, Sie sind doch ein begnadeter Bastler und Reparierer! Ich wollte nachsehen, ob das Geldstück aus der rosa Seidentasche noch immer in der Schublade ist, aber ich komme gerade nicht ran, Rodi. Wie heißen Sie eigentlich wirklich? *Rodi,* das ist doch kein richtiger Name, so heißt doch keiner. Jedes Mal wieder vergesse ich, ihn nach seinem richtigen Namen zu fragen. Wenn er mir die Post nachher bringt, muss ich unbedingt daran denken. Jetzt höre ich zwei Glockenschläge, ganz deutlich zwei Glockenschläge. Die klingen mir munterer, als vorhin. Jetzt ist es schon halb. Aber halb was? Acht? Neun? Zehn? Man kommt ganz durcheinander mit den Glocken und der Zeit. Die Hauptsache ist, es läutet überhaupt. Wenn es nicht mehr läutet, dann ist da draußen etwas nicht in Ordnung. Gerade ist ein großer Vogel hinter meinem Vorhang vorbeigeflogen. Sein grauer Schatten schob sich von links nach rechts hinter dem gelben Stoff vorbei. Ein Mäusebussard oder eine Krähe. Kann aber auch sein, dass es ein Flugzeug war.

Und wenn *er* darin sitzt? Auf dem Weg in ein wichtiges Land zu einer wichtigen Konferenz? Dann spürt er jetzt, dass er in dieser Sekunde durch *meinen* Luftraum fliegt, plötzliche Unruhe, Turbulenzen, kein Halt, dort oben nicht und hier unten auch nicht. Aus dem Fensterloch nur Schiefes, die Welt falsch eingehängt, die Wälder bergauf und der Himmel bergab, die Sonne am Boden und der Fluss im Zenit. Schweißperlen auf der Stirn, kein Steward zu sehen, die haben sich längst hinter den Vorhang verzogen. Es knackt, die Räder raus, Bruchlandung, Bauch aufgeschlitzt. Das sind jetzt keine leeren Drohungen, keine falschen Versprechungen, aber meine Gedanken an *dich* sengen die Tragflächen an und verbiegen das Steuer! Hoffentlich geht das gut! Da habe ich es doch besser hier, in Bodennähe, unter meiner Decke, in Erwartung des goldenen Wohlklangs von immer mehr Glockenschlägen, zehn, elf, zwölf, und eines sonnigen Tages.

Dass einer wie *er* keine Lust hat, zu tanzen, habe ich auch auf die Entfernung gesehen. Ich saß ganz oben, auf der Balustrade, und *er* unten, mit ein paar Statisten aus seinem Amt, die Ehefrauen in Reichweite. *Seine* Frau nahm auf seine Unlust keine Rücksicht, im Gegenteil, sie ließ ihm keine Ruhe, zupfte und puffte und bettelte verhohlen und hört damit nicht auf. Ich aber weiß, wie er aussieht, wenn ihm etwas nicht passt, wenn er nervös ist und mit seinen Gedanken beschäftigt. Amüsieren tut er sich mit mir!, das hätte ich ihr von meiner Balustrade herunter zurufen sollen. Lassen Sie ihn, er hat Absichten, die haben mit seiner Ehefrau nichts zu tun, Absichten, die *mich* betreffen! An ihrer Stelle hätte ich ihn in Ruhe gelassen. Etwas stimmte nicht zwischen den beiden, seine Gedanken weit weg, weit weg von dem, was sich im Kopf seiner Ehefrau abspielte. Er blieb sitzen, und sie blieb *stehen*, dicht neben ihm, sodass sie mit ihren Hüften im Takt der Musik an seinen Arm stieß. Sosehr sie sich auch bemühte, er nahm ihre Aufforderung, sich mit ihr im Takt zu wiegen, nicht auf. Das hätte sie doch spüren müssen, dass er nicht wollte. Ich fühlte mit ihm, oben auf meinem Platz, ich wusste, wie es um ihn stand. Und außerdem, es war *unsere* Musik, die da spielte, seine und meine. *You are my happiness*.

Die Feier zur Einweihung des neuen Schwimmbads in den Räumen des angegliederten Restaurants *Swimmingpool* fiel in *sein* Ressort – und ganz offensichtlich passte ihm das nicht. Der Name des Restaurants war ihm zu provinziell, die Feier zu kleinkariert, das Publikum zu banausenhaft, die Ehefrau lästig. Pflichttermin mit ihr. Lieber wäre er mit *mir* gekommen. Von meinem Platz aus, oben auf der Galerie, hatte ich alles im Auge, auch sie im rosa Rohseidenkostüm. Er saß neben der Frau eines Kollegen oder seiner Sekretärin und unterhielt sich widerwillig. Seine kleine, unbedeutende Frau war schon aufgestanden, um zur Tanzfläche zu gehen, und als er nicht reagierte, stellte sie sich so dicht neben ihn, dass sie mit ihrer rohseidenen Hüfte im Rhythmus seinen Arm berührte. Aber er wollte immer noch nicht reagieren, ich sah von oben, wie er stur blieb, weil er mit seinem Gegenüber etwas zu besprechen hatte. Ich sah, wie er unruhig wurde und sich ab und zu über die Stirn und durch die Haare fuhr. Irgendwann hatte sie ihn dann so weit. Er quälte sich von seinem Stuhl hoch, es dauerte eine Ewigkeit, bis er endlich stand. In Richtung seines Gesprächspartners machte er eine hölzerne Geste: Keine Chance, Herr Kollege, Sie wissen ja, wenn Frauen sich etwas in den Kopf gesetzt haben ... Und *meine* ganz besonders ... die gibt nicht auf ... die ist hartnäckig ... lange geht das nicht mehr ... wissen Sie, lange halte ich das nicht mehr aus ... Sie werden das kennen.

Sie voran. Den Arm nach hinten ausgestreckt, suchte seine Hand, zog ihn hinter sich her, ließ ihn nicht los. *Er* hatte längst erkannt, dass Widerstand zwecklos war. Im Augenblick jedenfalls. Noch war sie sich ihrer Sache sicher, weil sie nicht bemerkte, wie er zu mir hinaufsah, fragend, voll Sehnsucht, um Vergebung bittend. Dann Feuer speiend, ungeduldig, brennend. Mitten in meinen Blick hinein, in mein Herz und in mein Leben. Und *wie* ich brannte, und wie ich ihm verzieh, und wie ich seine Ausrufezeichen erwiderte! Was wichtig ist, dafür hatte seine Frau keine Antenne. Mein Blick hielt ihn noch fest im Durcheinander auf der Tanzfläche, auf der die erloschenen Männer ihre erloschenen Frauen herumschoben, die vielen Paare, die sich überdrüssig geworden sind, ohne dass es ihnen jemals aufgefallen wäre. Starre, erfrorene Gesichter, graue Gestalten, die sich im Halbdunkel schlurfend bewegten, Troglodyten ohne Zukunft, ohne Hoffnung. Auf einmal sah ich ihn nicht mehr. Ich zitterte, meine Augen im Zickzack, bis sie wund waren, und als ich ihn wiederentdeckt hatte, war mein Gesicht heiß. Sie hatte ihr Haar zu einem Knoten gesteckt, und er nahm Rücksicht auf ihre Frisur, oder *er* wollte sie nicht berühren, wie geschickt er es vermied, sich auf ihre Bewegungen einzulassen, mit seinem Unterarm ihr Haar zu berühren. Aber ich, ich spürte seinen Arm an meinem Nacken.

Alles geht mir im Kopf durcheinander, die Vergangenheit verschwimmt, ich will nur an die Zukunft denken. Es kommen schöne Zeiten auf mich zu. Sie schweben heran, durch das geöffnete Fenster. Als er mich oben auf der Galerie sitzen sah und mich fest in seinen Blick nahm, da hatte er noch seine Brille auf. Die Brille, die er jetzt vermissen wird, weil sie hier, in der Schublade meines Nachtkästchens liegt. Womöglich kann er sich immer noch nicht erklären, wo sie geblieben ist. Ich höre Musik! Rafaela, was für ein unerträgliches und doch schönes Gefühl. Ich kannte dieses Gefühl nur aus den Berichten, die in deinen Illustrierten stehen, aber jetzt, nachdem ich das erlebt habe, sage ich dir, Rafaela, die Wirklichkeit ist zart wie ein Hauch, die Wirklichkeit ist etwas ganz anderes! Das muss ich auch noch der Frau Hüttl sagen, weil ich doch gerade erst vor Kurzem mit ihr über das Leben gesprochen habe.

Zur ständigen Kontrolle. Zur weiteren Beobachtung. Zur unauffälligen Beobachtung. Ich stehe den ganzen Tag unter Beobachtung, ich lege die Strecke eines Tages zurück unter Beobachtung. Wie befriedigend sind eigentlich Ihre Beobachtungen, Herr Dr. Schöpf? Bei mir werden Sie sich schnell langweilen. Ich lasse mich nämlich nicht von Ihnen beobachten, ich beobachte selbst. Auch Sie sind einer meiner Beobachtungsgegenstände. Könnte auch sagen Beobachtungsobjekte, das passt noch besser zu Ihnen. Beobachten ist allemal besser als beobachtet werden. Und, was *Sie* meinen, an *mir* beobachtet zu haben, ist nur das, was ich Ihnen zeige. Da müssen Sie nicht lange auf der Lauer liegen! Das werfe ich Ihnen zum Fraß vor. Jeder macht ja seine eigenen Beobachtungen, aber wenn wir alle in einem Raum sind, dann müssten die sich doch in der Luft kreuzen, sich gegenseitig den Weg versperren, dann würden uns auch die Beobachtungen, die uns gar nichts angehen um die Ohren fliegen. Und wer, bitte schön, regelt den Verkehr? Man müsste in der Luft Geräusche hören, ein Rumpeln und Krachen und Brausen!

14

Kurz bevor es an der Haustür klingelt, ist Sonja in einer verlorenen und gleichzeitig unruhigen Stimmung. Vielleicht sind das die Nachwirkungen des Gesprächs, das sie mit dem zarten, aber auch widerspenstigen Herrn Morlock auf der Treppe führen musste. Oder es ist, weil Ivo gerade den Rollladen neben Vaters Flügel hochzieht. Rrrschschsch macht es, rrrschschsch. Sonja ist empfindlich, ihre Kopfhaut bietet keinen Schutz mehr, als wäre ihr Kopf oben offen. Sie weiß nicht, in welche Richtung sie denken soll, gerät in Panik. Nicht verkaufen! Das Haus wird nicht verkauft! Es ist doch unser schönes altes Haus! Unser Leben! Unsere Kindheit! Klaras Zuhause! Sie hat sonst nichts in ihrem Leben! Was für eine Entscheidung! Was für ein Frevel! Welcher Wahnsinn! Ich verkaufe nicht! Niemals!

Und das Geräusch der Jalousie! Früher hat sich Sonja immer erschrocken, und der Vater amüsierte sich darüber, und jetzt, der Rollladengurt in Ivos Händen, die ihr fremd und falsch vorkommen in jenem Moment. Und Klara. Und Vater im Heim. Und Mutters Andenken. Anhalten! Stopp! Alles zurück! Augen zu, hört ihr Blut rauschen, schwarz ist das Blut hinter den Lidern, und kreist und pocht und strömt und alles auf einmal. Fast hätte sie Ivo zugerufen, dass er den Rollladengurt loslassen soll. Fast. Sie ruft nicht.

Der vor langer Zeit verklungene Widerhall eines Geräuschs, Vaters Rrrschschsch. Sobald die Sonne hinter Frau Fellers Tannen verschwunden war. Nachmittags zwischen halb zwei und fünf hatte der Lichtfleck auf den hohen oder mittleren Tasten gelegen, der helle Schein auf den weiß glänzenden Tasten irritierte die

Schüler und störte den Vater beim Unterrichten. Der heruntergelassene Rollladen machte das geheimnisvolle Dämmerlicht im Zimmer, alles war plötzlich verwandelt, weich und sanft. Die klirrenden Dissonanzen, die immer gleichen Fehler an den immer gleichen Stellen waren bei Dämmerlicht besser auszuhalten. Das war Vaters feste Überzeugung. Kaum hatte er die letzte Klavierstunde beendet, zog er am Gurt, riss das ganze Gewicht der Jalousie wieder nach oben, ein barscher, heiserer Lärm. Jeden Tag wartete Sonja auf dieses ganz bestimmte, kurze, gewalttätige Geräusch. Vormittags runter, nachmittags rauf. Jeden Tag um die gleiche Zeit, egal, ob die Sonne schien oder nicht. Das Geräusch bedeutete nichts, und doch. Sonjas Kopf ist immer noch empfindlich, und das Haus steht nicht mehr zum Verkauf.

Sonja hört jetzt ein lautes Klacken, näher kommend, so laut, dass es ihr im Kopf dröhnt. Es ist das Klacken von Stöckelschuhen auf den Steinplatten im Vorgarten.

Die Maklerin trägt ein ochsenblutrotes Kostüm, eine blendend weiße Bluse mit einer großen, schlapp herunterhängenden Schleife vorne am Hals, zur Bluse passende, mehlweiße Nylonstrümpfe und ochsenblutfarbene Pumps, im Ton des Kostüms. Sie ist nicht alt und nicht jung, eine Frau, die schon allein wegen ihres Berufes so aussehen muss, wie sie aussieht, gepflegt, neutral, unpersönlich. Sie macht mit ihren hohen Absätzen einen großen Schritt über die auf der obersten Steinstufe liegenden kleinen Sachen aus Sonjas Handtasche. Das sieht bei ihr so selbstverständlich aus, als mache sie jeden Tag einen großen Schritt über Lippenstifthülsen, kleine Glasröhren mit Parfüm, Feuerzeuge, Kugelschreiber, Rabattmarken, Fetzen von getrockneten Edelweißblüten und was sich sonst noch alles aus einer Damenhandtasche herausschütteln lässt bei der Suche nach dem Hausschlüssel.

Sie sei ein bisschen früher dran, sagt die Maklerin anstelle einer Begrüßung, aber man habe ja noch einiges zu besprechen und vorzubereiten, ehe der Herr Dr. Reblaus gegen halb zwei komme und man *Nägel mit Köpfen* machen werde. Und mit jedem Wort, das die Maklerin sagt, verfliegt Sonjas seltsamer Zustand, die Panik zerrinnt, im Kopf wird es ruhig. Kurz denkt sie noch, ob der Morlock geschickt worden ist? Von wem? Den Verkauf zu verhindern? Oder als Schicksalsengel, als ... Dann denkt sie nicht mehr weiter, sie betrachtet die Maklerin, die hat jetzt ihre ganze Aufmerksamkeit. Sonja drückt den Rücken durch, und dann sagt sie, ihre Zeit in München sei knapp bemessen, sie müsse noch zum Vater ins Heim und zu ihrer Schwester, die habe heute Geburtstag. Sie stellt Ivo vor, als ihren Mann und als ihren Berater in geschäftlichen und juristischen Angelegenheiten.

Die Beine der Maklerin haben die Form und die Farbe von Rettichen. Fesseln, Waden, Knie, alles verläuft in einer Linie, nach oben breiter werdend, ohne Ein- und Ausbuchtungen an den Gelenken. Die weißmehligen Nylonstrümpfe täuschen zwar eine Haut aus Alabaster vor, sind aber trotzdem nicht vorteilhaft für diese Art Beine. Dennoch stakst sie unerwartet graziös auf ihren hohen Absätzen durch den Flur und schnurstracks hinein ins große Zimmer.

– Bitte, sagt Ivo. Schaut hinter ihr her und streckt den Arm aus in Richtung Wohnzimmer. Sie kennen ja den Weg.

In den folgenden Minuten hat die Maklerin das Wort. Keine Silbe über die bevorstehende Transaktion, dafür spricht sie über das Wetter, den ewigen Tiefdruck, die ewigen Kopfschmerzen, die Börse, die Aktien, die Hypothekenzinsen, die Immobilienpreise. Es kommt ihr darauf an, dass alle einer Meinung sind. Ivo und Sonja aber warten nur auf eines: dass die Maklerin von ganz allein auf das Thema Morlock zu sprechen kommt. Dass die Maklerin sagt, das Problem sei schon gelöst, dass sie mit Herrn Dr. Reblaus alles besprochen und der sich kulant und kooperativ gezeigt habe und dass man den Verkauf, wie erwartet, in der kürzest möglichen Zeit abwickeln werde.

– Spielen Sie auch?

Die Maklerin streicht über die glatte Oberfläche des Flügels und schaut sich nach Sonja um.

– So ein schönes Instrument. Klavierspielen können war immer mein Traum. Ein Flügel macht noch aus dem einfachsten Wohnzimmer einen vornehmen Salon.

– Sie kennen ja das Haus, sagt Sonja. So vornehm auch wieder nicht.

– Ich kenne nur das Parterre, ich hatte mich kaum umgesehen, dann kam der Anruf und ich musste weg.

– Wie? Was?

– Als der Herr Fries umgefallen ist. Umgefallen in doppelter Hinsicht (sie lacht). Er hat es sich anders überlegt. In der Kanzlei des Notars hat er auf einmal weiche Knie bekommen. Plötzlich wollte er nicht mehr verkaufen. Und dann ist er umgefallen. Diesem Stress war er nicht gewachsen. Herzinfarkt. Notarzt.

– Tot?

– Ach was, sagt die Maklerin, Hausbesitzer sind generell zäh. Nur in dem einen Moment, wenn sie verkaufen, dann, wenn sie den Vertrag unterschreiben beim Notar, das können manche nicht, da fangen sie an zu hyperventilieren. Wochenlang hat man auf so einen Moment hingearbeitet, nichts kann mehr schiefgehen. Und dann so etwas. Nicht belastbar. Psychisch instabil.

Sie macht eine wegwerfende Handbewegung.

– Futsch ist die ganze Provision. Jedenfalls vorerst, sagt die Maklerin. Der hat seinen Infarkt als Zeichen gedeutet, da war dann absolut nichts mehr zu machen. Künstlerpech. Oder Schicksal. Wie Sie wollen.

– Sie lächelt geschmerzt und befühlt ihre Schleife am Hals.

Ivo fragt, ob so etwas öfter vorkomme.

Der Rolladengurt! Sonja sieht hinüber zum Fensterrahmen. Der Gurt hat die Farbe einer Schnur, mit zwei fadendünnen, roten Streifen. Rrrschschsch macht es, und die Mutter kommt die Treppe herauf, geht in ihr Schlafzimmer und schließt die Tür ab.

Rrrschschsch macht es, und Klara sieht sie an, mit verheulten Augen, weil sie ihre Skisachen nicht finden kann, und weil Onkel Bert schon dreimal gerufen hat. Rrrschschsch macht es, und die Tonreihen der *Arabesque von Débussy* in e-moll schweben, getragen von silbrigen Rauchschwaden aus dem Musikzimmer empor ins Treppenhaus. Nach Mutters Tod blieb die Jalousie für ein paar Wochen geschlossen. Den ganzen Tag und die ganze Nacht. Da gab Vater keinen Unterricht, da saß er nicht einmal am Flügel, um für sich zu spielen. Nach Mutters Tod lag Vater tagelang im Bett. Und Klara hatte die ganze Last. Sonja zog aus, und Klara hatte die ganze Last. Die ganze Last.

Der Vertrag liegt jetzt auf dem Flügel, das weiße, schöne Papier, als ob es von innen leuchtet. Die Maklerin, Sonja und Ivo stehen davor, aber im Moment spielt der Vertrag noch keine Rolle. Sie schauen durch die große Scheibe auf die Terrasse und das Wiesenstück und die Büsche entlang des Zauns im hinteren Teil des Gartens. Die Büsche, die jetzt noch im Schatten liegen und die an manchen Novembertagen, in weiße Nebelschwaden eingehüllt, wie Gespenster aussahen, die den Zaun entlangschlichen. Die Maklerin, Sonja und Ivo schauen auf den Schuppen, auf das grün bemooste Dach, das ein Loch hat, aus dem die Dachlatten herausragen. Ein paar Vögel schießen am Himmel von oben nach unten und zurück, von links nach rechts. Aber die sehen sie nicht, denn sie beobachten die Amsel, die herumspaziert und sich benimmt, als sei *sie* die rechtmäßige Besitzerin der Terrasse. Und diese Terrasse, darauf beharrt die Amsel, ist um keinen Preis der Welt zu verkaufen, nicht jetzt und auch nicht in hundert Jahren. Und, darauf beharrt die Amsel ebenso, eines müsse hier jedem, auch den dreien hinter der großen Fensterscheibe, klar sein: So wie sie, die aufmerksame, rege Amsel, sind hier alle Käfer, Würmer, Pflanzen, natürlich auch die Vögel und die Heckenrosen und Hortensien in allen Vorgärten und Rückgärten der gesamten Hagemannstraße der Meinung, dass alles so bleiben muss, wie es, zumindest die vergangenen fünfzig Jahre lang, war. So! Siegessicher blickt die Amsel auf die drei hinter der Scheibe, dann pickt sie mit geblähter Brust in den bemoosten Ritzen zwischen den Steinplatten und hüpft ihr Revier ab, einmal herum um die unverkäufliche Terrasse. Die Maklerin kommt jetzt zum Thema. Sie sagt, sie müsse noch ein paar Worte über den Käufer Herrn Dr. Reblaus, sagen, denn auf den ersten Blick mache der Herr Dr. Reblaus nicht gerade den Eindruck eines solventen, vielleicht nicht einmal den eines seriösen Herrn. Sie sagt:

– *Altes* Geld – das muss man einmal kapiert haben – leuchtet im Verborgenen und hinter vorgehaltener Hand. Ab der vierten Generation. Da hat man es nicht mehr nötig.

Während sie das sagt, flackert eine leise Sehnsucht um ihre Mundwinkel.

– Es interessiert uns nicht, ob das Geld alt oder neu ist. Uns interessiert, dass die Angelegenheit schnell und glatt über die Bühne geht, sagt Ivo und schaut zu Sonja, denn er spricht auch in ihrem Namen. Und seine Knie, das merkt er jetzt deutlich, haben wieder ihre alte Stabilität. Auf seine Knie ist immer noch Verlass.

Die Maklerin scheint ihn nicht gehört zu haben. Sie fährt fort:

– Häufig erscheinen die in einem Aufzug ... Ein Butterbrot möchte man ihnen schenken. Kommen in einer ausgeleierten Haushose und in einem Auto von anno Tobak. Unterschreiben dann aber ohne jedes Zucken Schecks mit siebenstelligen Beträgen. Und die Schecks sind auch noch gedeckt! Tja, so kann man sich täuschen.

Die Maklerin sagt, sie habe sich in ihren fast vierzig Berufsjahren eine nahezu unfehlbare Menschenkenntnis angeeignet, und die sei ihr größtes Kapital. Auch in Dr. Reblaus habe sie sich nicht geirrt. Ein Mann, vielleicht nicht ganz von dieser Welt, emeritierter Professor, Sie verstehen, ein manischer Sammler französischer Zeichnungen aus der Barockzeit. Potente Familie mit zuverlässigem Hintergrund mindestens in der dritten, vierten Generation. Jetzt macht die Maklerin mit ihrem Arm eine Bewegung, die Kraft bedeuten soll, Potenz in Geldangelegenheiten, sie ballt die Faust und spannt ihren Bizeps an, während sie von der Liquidität des Dr. Reblaus spricht. Man brauche sich bei dem keine Sorgen zu machen. Das Objekt Hagemannstraße kaufe er für seine Tochter, und Gott sei Dank laufe die Immobilie für den Sohn in ein paar Jahren ebenso über ihre Agentur.

– So müssen Geschäftsverabredungen sein, sagt sie, zuverlässig, planbar, zukunftsorientiert. Und menschlich. Da bin ich altmodisch.

Die Maklerin redet in aller Ruhe weiter, sie kommt jetzt zu vertrags- und notartechnischen Feinheiten, es geht um Verzinsungsvolumina und Lastenfreistellung.

Ivo Pokerface. Dass er seine Grenzen kennt, dass er sein Jurastudium schon nach einem Semester abgebrochen hat, weil er gespürt hat, dass er viel zu ungeduldig ist für ein Studium, das Jahre dauert und ihm trotzdem nicht den Erfolg im Leben garantiert, dass ihm das ganze Juristische eigentlich schon immer schlechte Laune gemacht hat, das lässt er sich jetzt, da die Maklerin die einschlägigen Fachausdrücke herunterspult, als hätte sie es mindestens bis zum Doktor jur. gebracht, nicht anmerken. Währenddessen überlegt er schon, wie er wohl am elegantesten die Rede auf Herrn Morlock bringen könnte.

Die rechte Hand der Maklerin liegt schon die ganze Zeit auf dem Tastendeckel des Flügels, plötzlich, während sie redet und ohne hinzusehen, hebt sie den Deckel hoch und schlägt mit dem Mittelfinger ein paar Tasten an. Ihre Fingernägel sind oval gefeilt und ochsenblutrot lackiert, und die Töne, die sie anschlägt, klingen verstimmt und bleiben, jeder für sich, lange in der Luft stehen.

– Wirklich. Ein schönes Instrument, sagt sie. Bleibt der Flügel eigentlich hier?

Ohne die Antwort abzuwarten, fährt sie fort in ihrer Rede, dass es nämlich noch ein paar Punkte zu klären gebe, bei denen die Anwesenheit des Herrn Dr. Reblaus nicht *vonnöten* sei. Sie sagt *vonnöten* und spitzt die Lippen. Etwa stelle sich die Frage, ob die

Vollmacht des alten Herrn Schwartz noch beglaubigt werden müsse, und wie es um die Zurechnungsfähigkeit der Klara Schwartz beziehungsweise wie es um das psychologische Gutachten von Seiten der Klinik stehe. Außerdem, wie man mit dem Rest des Mobiliars verfahren werde, ob da eine Bestandsliste existiere, und wann der Käufer mit der Übergabe rechnen könne, wegen der Handwerker. Kein Wort über Herrn Morlock.

– Das ist jetzt dumm, sagt Sonja, wir dachten Sie wüssten Bescheid ...

– Worüber Bescheid? Wieso Bescheid? Was heißt Bescheid?

– Sie haben das Haus doch schon vor Wochen abgenommen, hakt Ivo nach, heilfroh, dass er jetzt wieder auf der Höhe des Gesprächs ist.

– Abgenommen, abgenommen. Ich musste schnell weg, das habe ich doch gerade gesagt!

Die Gelassenheit der Maklerin ist hin, über ihre Stirn ziehen plötzlich alle geplatzten Verträge ihrer Laufbahn.

– Es ist da etwas dazwischengekommen, sagt Sonja, wir wussten nicht, dass hier ... also sozusagen, dass hier jemand wohnt.

Auf Sonjas Wangen liegt ein leichter Rosé-Schimmer. Während sie spricht, horcht sie in sich hinein, ob sie nicht doch darauf hofft, dass eine Schicksalsmacht den Verkauf noch verhindert. Die Maklerin fasst Sonja am Handgelenk. Sie ist außer sich.

– Wieso wohnt? Was heißt sozusagen?

Ihre Miene verfinstert sich augenblicklich, und in die kleinen Falten um ihre Oberlippe schieben sich winzige, glitzernde Perlen.

– Wir konnten nicht wissen, dass im ersten Stock jemand wohnt, sagt Ivo.

Er lockert seine Knie, drückt sie wieder durch und macht ein breites Kreuz. Von der Tür im ersten Stock hätten sie nichts geahnt, auch nichts von einem Umbau hinter ihrem Rücken. Und wenn ihr als Maklerin so etwas nicht auffalle ... Das sei nicht ihre

Schuld, sie könnten doch nicht dafür verantwortlich gemacht werden, sie, die hier extra aus Wien zur Vertragsunterzeichnung angereist seien. Das sei doch weiß Gott nicht ihr Fehler gewesen, und außerdem stünde er, Ivo, ohnehin unter Zeitdruck, müsse sich eigentlich mit ganz anderen Sachen beschäftigen, zu Hause, in Wien. Die Tür sei abgeschlossen gewesen, und erst auf mehrmaliges Klopfen sei dann dieser Herr Morlock erschienen und der habe behauptet, er wohne bereits seit zweieinhalb Jahren hier. Mit Mietvertrag. Von Klara Schwartz unterschrieben. Unbefristet. Das sei jetzt nun mal die Situation.

– Punkt!

15

Vater wollte immer nur Torte. Torte zum Frühstück und Torte zum Abendbrot. Je älter er wurde, desto öfter rief er: *Ich habe Lust auf Torte.* Oder Eis oder beides. Dazu *Grand Marnier* und *Eier-* und *Whiskylikör, Amaretto* und *Coconut* und *Limoncello.* Alles, was süß und klebrig ist. Das liebt mein Vater.

– Die Zeiten sind nicht nach Torte, Vater, habe ich einmal zu ihm gesagt, ohne dass ich genau wusste, was ich damit sagen wollte. Er hat sofort geantwortet, musste nicht einmal Luft holen:

– Die Zeiten sind *nie* nach Torte!

Aber wonach sind sie sonst? Sobald ich ihm etwas Gesundes unterschieben wollte, fing er an zu zetern: Mag ich nicht! Will ich nicht! Brauch ich nicht! Ess ich nicht! Aber wenn es darum ging, Schokolade, Eis oder Torte durchzusetzen, mobilisierte er die allerletzten Kräfte. Einmal hat er mit dem Suppenlöffel nach mir geworfen, so wütend war er. So enttäuscht und verletzt. Der Löffel flog pfeilgerade in den Geschirrschrank, zerschlug die Scheibe und mehrere Weingläser auf dem mittleren Bord.

– Ich bin doch kein Kind mehr, rief er, ich bin ein alter Mann, warum kann ich nicht essen, was mir schmeckt? Woher willst du wissen, dass mir Linsensuppe mit Speck und Petersilie besser tut als Schwarzwälderkirsch und Prinzregenten? Später, als er sich beruhigt und seinen Suppenteller leer gegessen hatte, sah er mich an (er hatte seine Augen schräg gestellt, das kann er auf Knopfdruck, immer noch), er lachte wie ein Spitzbube und fügte hinzu:

– Und die Lebensfreude? Hat die keine Nährstoffe?

Ich kann nicht immer alle Fragen beantworten, Frau Hüttl. Besonders nicht die, wie man es richtig macht, mit dem Leben.

Vielleicht hätte ich es gar nicht so weit kommen lassen dürfen. Die kleine, im Farbton zur Rohseide des Kostüms passende Satinhandtasche hatte sie an die Armlehne ihres Stuhls gehängt. Von meinem Platz aus, ganz vorn am Geländer der Balustrade, konnte ich das Geschehen überblicken. Sofort hätte ich bemerkt, wenn sich ein Unbefugter an ihrer Handtasche vergriffen hätte. Dann wäre ich aufgestanden und auf dem roten Velours die Treppe hinuntergelaufen.

– Daran werden Sie keine Freude haben, hätte ich dem Dieb gesagt, die Besitzerin hat nichts als ein paar Münzen für die Toilette bei sich, außerdem einen Lippenstift, eine Puderdose, ein Taschentuch und einen alten Parkschein. Nichts von Wert, nichts, was für Sie von irgendeinem Interesse sein könnte!

Ich kannte jeden Gegenstand, der sich in dem rosa Täschchen befand, ich hatte mir mit ihrer Puderquaste aus der Perlmuttdose über meinen Nasenrücken gewischt, unten, im Tiefparterre in der Toilettenkabine. Ich hatte mir das Täschchen *kurzfristig ausgeliehen*, so könnte man das nennen, Rafaela, *vorübergehend, kurzfristig ausgeliehen*, und an die Brust gedrückt, ganz fest an die Brust, unter meiner Bluse. Mein Herz raste, ich spürte, wie es hinter der feinen rosa Seide pochte, unregelmäßig und doch im Takt meiner eiligen Schritte die Stufen hinab.

Die Hitze im *Swimmingpool* war unerträglich geworden, die Musik dröhnte mir in den Ohren, fast alle Gäste waren auf der Tanzfläche. Niemand hatte bemerkt, wie ich, äußerlich ruhig und selbstverständlich, doch innerlich vibrierend, die Handtasche seiner Frau unter meinen Arm geklemmt hatte. Wie ich mit geschmeidigen, unauffälligen, doch raschen Schritten die weiße Marmortreppe hinab ins Souterrain lief und, ohne mich umzusehen, ins Damenklo verschwand, die Tür verriegelte und den Inhalt auf den Boden leerte. Den Lippenstift herausdrehte, am Parfümzerstäuber roch, zwei Visitenkarten prüfte, die mir nichts sagten, ein verknicktes Foto betrachtete, mit einem Kinderwagen darauf und einem kleinen Kind. Ich zögerte, steckte das Foto probeweise in meine Jackentasche, dann zurück in das seidene Etui. Mit fliegenden Fingern klaubte ich alles vom Boden auf und steckte es wieder zurück, auch den alten Parkschein. Eine Sekunde überlegte ich, ob ich die Garderobenmarke an mich nehmen sollte. Tat es nicht, weil ich mir in jener Sekunde nicht klar werden konnte, ob das Folgen haben würde und wenn, welche, viel zu nervös war ich. Ich sah dem Zweicentstück nach, wie es auf den Kacheln rollte, ein paar Runden drehte, über die Fugen eierte, einen Haken schlug unter der Tür durch. Beinahe hätte es mich verraten, es war nur zu bremsen durch meinen Fuß. Ich hob es auf. Souvenir, Trophäe, Pfand in meiner Hand.

Als sie vom Tanzen zurück an ihren Tisch kamen, ihre Plätze einnahmen und sich über ihre Teller beugten, saß ich längst auf meinem Stuhl, oben, an der Balustrade. Mein Atem hatte sich beruhigt, mein Herzschlag war gezähmt, mein flatternder Blick flatterte nicht mehr. Nur das Geldstück. Es brannte Löcher in meine Handfläche. Das Täschchen hing dort, wo es vorher gehangen hatte. Er und sie müssen noch am Büfett vorbeigegangen sein, ich konnte beobachten, wie sie ihre Teller balancierten, mit nach oben ausgestreckten Armen schlängelten sie sich durch die Menge. *Er* hatte zwei Scheiben Braten, ein paar Kartoffeln und grüne Bohnen darauf, sie nichts weiter als einen Löffel Meeresfrüchte. Keiner hatte etwas bemerkt. Aber ich, ich wusste, dass in ihrem rosaroten Etui ein Geldstück fehlte.

Ein Ei! Rafaela, was für eine Überraschung! Ich hatte es zuerst gar nicht bemerkt. Nur leider, liebe Rafaela, fehlt das Salz dazu. Wenn du frisch verliebt wärest, hättest du sicher an Salz gedacht. Aber leider. Ich schließe daraus, dass du wieder Probleme mit deinem schönen Gabriel hast. Auf das Messer kann ich notfalls verzichten – wenn auch der größte Spaß am Eieressen das Köpfen ist –, nicht aber auf Salz. Ein Ei ohne Salz! Mindestens genauso sinnlos wie Kartoffeln ohne Butter. Rafaela, du kommst doch aus dem Süden, wie hält man es eigentlich da, wo du geboren bist, mit den Kartoffeln? Gibt es die nur gebraten oder kennt ihr auch die feine Pellkartoffel? Und: Gibt es bei euch überhaupt so etwas wie ein weiches Ei zum Frühstück? Passt irgendwie nicht in eure Landschaft, oder? Habt ihr nicht. Bei aller Kultur und Lebensart. Bei allem, was ihr uns voraushabt! Altertum, Kulturschätze in Meeresnähe und Artischocken. Und Palmen und Feigen und Mimosen. Dazu kommt noch die Schuhindustrie. Weiß Rodi eigentlich, dass die Spanier den Italienern in dieser Beziehung längst den Rang abgelaufen haben? Und dann: eure Nähe zum Orient! Die Rudel siecher, herumstreunender Hunde und Katzen, die mit hängenden Köpfen auf der schattigen Straßenseite trotten. Schneiden sich die Zungen ab, weil sie alte Konservendosen aus den Mülltonnen holen und in ihrer Gier darin herumlecken! Außerdem: Sherry, alt und trocken, auch so eine spanische Erfindung, ich allerdings mag ihn medium, obwohl Mutter immer gesagt hat, es gehört sich nicht, den Sherry medium zu trinken, dann schmeckt er nämlich wie Likör, und Likör trinken Dienstmädchen.

Nur mit dem Frühstück könnt Ihr Euch nicht anfreunden. Es wird sparsam gefrühstückt im Süden, habe ich mir sagen lassen. Sparsam und im Stehen.

16

– Punkt, sagt Ivo noch einmal. Selbstbewusst und unzweideutig.

Punkt hat Sonja Ivo noch nie sagen hören. So hat er noch nie geredet, in diesem entschiedenen, keinen Widerspruch duldenden Ton.

– Rücken Sie lieber gleich damit heraus, wenn es noch mehr Haken gibt, sagt die Maklerin und sucht im linken Ärmel nach ihrem zusammengeknüllten Taschentuch. Dabei schweifen ihre Augen über die Wände und die Zimmerdecke, als seien sie auf der Jagd, sie legt sogar den Kopf ein wenig in den Nacken, sieht plötzlich aus wie ein faltiges Kind, das man in eine ochsenblutrote Jacke gesteckt hat und in eine Bluse mit einer weißen Schleife am Hals, ein greises Kind, das einen Luftballon am Himmel fliegen sieht. Über dem Türstock entdeckt sie dann den Riss in der Wand.

– Zum Beispiel Risse in den Wänden, Schimmel, Schwamm, Feuchtigkeit, wurmstichige Balken, morsche Treppenstufen, vermoderte Kellerräume. Haben wir alles schon gehabt. Bei der Übergabe zufällig entdeckt, natürlich *rein zufällig*. Haben wir alles schon gehabt.

Noch bevor Sonja darauf etwas sagen kann, hat Ivo sich breitbeinig vor die Maklerin gestellt. Nur seine Backenmuskeln sind jetzt in Bewegung, sonst bleibt er ruhig.

– Es gibt ein Sachverständigengutachten, das liegt Ihnen vor, und mehr haben wir dazu nicht zu sagen, sagt er mit diesem näselnd arroganten, aber irgendwie doch sympathischen wienerischen Ton.

Die Maklerin erwidert etwas, der Name Morlock fällt, es ist die Rede von Preisnachlass weil teilvermietet, auch von Konsequenzen, mit denen man nun bei der veränderten Lage rechnen müsse. Und die Sonne, die auf dem Weg ist vom Vorgarten über das Hausdach hinweg nach Westen, auf die Terrassenseite, hat einen hellen Fleck vorausgeschickt, der liegt, noch blass, auf den tiefen Tasten des Flügels. In einer Stunde wird der Fleck so hell sein, dass das Weiß der Tasten blendet, und Ivo wird das Rollo herunterlassen und sich um das Geräusch nicht kümmern. Woher soll er auch wissen, dass dieses Geräusch etwas bedeutet. Und dass es nichts bedeutet. Sonja ist aus dem Zimmer gegangen, für die beiden anderen unmerklich, so, wie man aus dem Zimmer geht, um sich ein Glas Wasser zu holen oder eine Strickjacke. Durch den Flur, die Treppe hinauf nach oben, links an Morlocks Tür vorbei. In ihr altes Zimmer.

Sonja steht am Fenster. Sie streicht mit der Hand über das verstaubte Fensterbrett, holt eine verlassene Spinnwebe ein, wischt langsam und bedächtig ein paar verdörrte Fliegen herunter, die noch im Fallen zu Staub werden. Sie sieht hinüber auf die schwarzen Tannen von Frau Feller jenseits des Zauns, am Himmel drei Vögel, die wirken so klein, als wären sie winzige schwarze Käfer. Sieht hinunter auf Frau Fellers Küchenfenster, den Gartenzaun und die bemoosten Fugen zwischen den Steinplatten auf dem Steinplattenweg. Starrt auf die Ritzen bis sie anfangen zu zittern. Und dann verschwimmen und sich selbstständig machen in Mustern vor der weißen Himmelswand. Auch als Kind ist sie oft so dagestanden, bis die Ritzen begannen zu zittern. Frau Fellers Schlafzimmerfenster im zweiten Stock mit der Deckenlampe, ein rosa irisierender Riesentropfen. Der hängt noch immer dort, und er wird immer dort hängen als Zeichen für die Ewigkeit, damit niemand vergessen soll, dass es erkennbare Zeichen für die Ewigkeit gibt. Und das Alpenveilchen auf dem Fensterbrett, das noch genau so rot herüberleuchtet wie in all den Jahren ihrer Kindheit. Als stünde Sonja noch immer am Fenster, übriggeblieben von damals, steht und wartet, dass Onkel Bert endlich kommt. Ihre Skisachen hat sie schon am Abend zuvor gepackt, damit es schnell geht und er nicht lange warten muss und nichts vergeudet wird von der kostbaren Zeit. Wenn Onkel Berts Auto auf der Straße heranrollt, der Motor kaum zu hören, Sonja am Fenster in ihrem Zimmer, den Rucksack schon seit dem frühen Morgen auf dem Rücken, und wenn sie ihn kommen sieht, rennt sie die Treppe hinunter, und noch bevor er läuten kann, reißt sie die Tür auf und klammert sich an ihn. Stumm wie eine Schlingpflanze, niemand im Haus soll hören, wie sie sich freut. Und dass Klara nicht zurande kommt, dass sie ihre Sachen nicht bereit hat, dass die Knöpfe nicht angenäht sind und die Skisocken Löcher haben, und der Anorak mit dem kaputten Reißverschluss. Dass Klara sich in ihr Zimmer einsperrt, und sich unter dem Fenster wegduckt, ist Sonja doch gerade recht. Und schon sitzt sie in Onkel Berts Auto auf dem Rücksitz und wartet. Wartet, bis Klaras weißes Gesicht hinter dem Fenster erscheint, weiß und groß wie der Mond, wartet, weil Onkel Bert lange nicht aus dem Haus kommt, und dann doch, mit seinem unternehmungslustigen Gang und dem Norwegerpulli und seinen breiten Schultern. Klara, willst du mit?, hört sie ihn unten an der Treppe rufen, und noch einmal und noch einmal. Klara wollte doch mit, und Onkel Bert ruft und wartet und ruft wieder und noch einmal, aber Klara kommt nicht. Klara kommt nicht mit. Klara kam nie mit. Sonjas Gebet ist erhört worden, ihr Flehen abends im Bett, lieber Gott, mach, dass Klara ihre Skihandschuhe nicht findet und dass ihre Bindung klemmt und ihr die Hose vom letzten Jahr nicht mehr passt und sie noch keine neue Hose hat, und der kaputte Reißverschluss und die kindische Mütze und: Lieber Gott mach.

Der liebe, liebe Gott hat Sonja belohnt, weil *sie* pünktlich ihre Sachen zusammen hatte und Klara nicht. Weil *sie* am Abend gebetet hatte und Klara nicht. Weil *sie* allein sein wollte mit Onkel Bert. Klara blieb zu Hause, und Sonja fuhr mit. Und der Mond am Fenster verschwand nach unten, und Sonja saß längst auf dem Rücksitz in Onkel Berts altem Taunus. Ein Skitag allein zu zweit mit Onkel Bert verging langsam, oder er verging schnell und

Sonja hatte es nur heraus, wie man es macht, dass der Tag langsam vergeht. So wie sie es heraushatte, ein Bonbon über Stunden hinweg nicht vergehen zu lassen, und die Süße im Gaumen und auf der Zunge und im ganzen Kopf. Das konnte Sonja. Am Lift anstehen mit Onkel Bert, Schritt für Schritt, noch hundert, noch fünfzig, noch zehn Leute bis zur Gondel. Er stellte Sonjas Ski und seine eigenen immer einen Schritt weiter vor sich hin, hob an und wieder ab, Meter für Meter, das machte ein sattes Geräusch, ihre Ski und seine zusammen. Wie er ihr die Liftkarte am Ärmel festmachte und die Sonnencreme auf Stirn und Nase, und heißer Himbeersaft mit Zitrone und am Hang Studentenfutter mit der heißen Zunge aus seiner salzig schmeckenden Hand. Am Lift, zwischen all den Wartenden, legte er seine dicke Handschuhhand auf Sonjas Schultern. Sie gehörte zu ihm, er gehörte ihr. So klein war sie auch nicht mehr, dass sie nicht bemerkte, wie die Frauen sich nach ihm umdrehten und die Hälse langmachten, die Sonnenbrillen ins Haar schoben und vielsagende Blicke auf ihn losfeuerten, glühende, sehnsuchtsvolle, schmachtende Blicke. Von überall her kamen die, alles versprechende, alles verlangende Blicke aus grünen und braunen und blauen Augen, Blicke, die im Wünschen beharrlich blieben. Aber Onkel Berts Hand lag auf Sonjas Schulter, und die Ski trug er ihr auch, und der Kaugummi, den er aus der Tasche zog, war für sie. Sonja mit Onkel Bert, in einer Wolke aus Schnee, und dann schnell weg, den lüsternen Augen davon. Sonja behielt die Skibrille auf. Alles konnte sie beobachten, und keiner bekam mit, wohin sie sah. Die Zeit ließ sie sich auf der Zunge zergehen, mit der wattedicken Handschuhhand auf ihrer Schulter und dem Kaugummi im Mund.

Wenn Onkel Bert sie abends zurück in die Hagemannstraße brachte, und ihr das Gesicht glühte und die Füße taub waren von den harten Skistiefeln, legte sie sich in ihr Bett und zog schnell die Decke über den Kopf und ließ den Tag noch fortdauern durch die Nacht bis zum Morgen, ohne ein einziges Mal an Klara zu denken, und dass sie nicht mitgekommen war. Das konnte Sonja.

17

Gestern Abend soll er wieder unten gestanden haben, Rafaelas Gabriel. Der dürfte gar nicht anders heißen als Gabriel, Rafaelas reizendes rollendes Zungen-*r* käme sonst nicht zum Zuge. Das erzählt man sich hier auf der Station: Der Herr Urs hat den schönen Gabriel observiert. Mit dem einen Auge hat er die fette Amsel auf dem Parkplatz fixiert und mit dem anderen hat er sich Gabriels Auto genauer angesehen. Schweizer können das, die Augen getrennt arbeiten lassen. Wo hat der bloß das Geld her für so einen hellgrünen Nissan? Das romantische Farngrün passt so überhaupt nicht zu seinem verschlossenen Gesicht. Der ist nichts für dich, Rafaela! So einer macht dir das Leben zur Hölle mit seiner schlechten Laune. Der steht erst mittags auf und frühstückt ein Bier, weil er nichts zu tun hat, keine Aufgabe, keine Verantwortung. An so einem, Rafaela, rauscht das Leben vorbei. Mittags steigt er in sein Auto – die bequemste Art, Fahrt aufzunehmen, wenn schon nichts anderes läuft. Und abends noch ein paar Bier und hat immer noch schlechte Laune, weil er gar nicht weiß, was er mit den paar Bier im Bauch und seinem Leben anfangen soll. So einer ist nichts für unsere Rafaela. Wenn es kein anderer tut, dann muss ich eben mit ihr reden. Wir glauben hier, dass er es auf Rafaelas Geld abgesehen hat. Sie soll um Himmels willen ihr sauer verdientes Geld zusammenhalten!

Er seit Stunden im Flugzeug. Irgendwo in einer Mauerritze steckt ein Kassiber. Wenn ich alles andere in mir wegdränge, mich nur auf den Kassiber konzentriere, kann ich, wenn auch noch vage, sehen, *wo* er steckt: in einer Mauerritze. In einer weiß gekalkten

Wand, die auf trockenem Boden steht, wahrscheinlich irgendwo im Süden. Aber ich kann nicht lesen, was darauf steht. Höchstens die ersten drei Worte: *Meine Gedanken sind…* Seine kleine, rohseidene Frau steht zu Hause in der Küche. Sie bereitet das Abendessen, bringt das Kind zu Bett, räumt das Wohnzimmer auf. Die Kasperlepuppe mit der roten Zipfelmütze, der Rumpf liegt auf dem Fensterbrett, der Kopf hängt herunter. Die kleine, langweilige, unselbstständige Frau wartet auf seinen Anruf, sehnt seine Rückkunft herbei, kann doch ohne ihn nicht leben! Vergebens. Denn er hat sich in eine andere verguckt. Seine Mitarbeiter im Büro werden ihm seine Nervosität nachsehen. Sie verstehen, manche waren selbst schon in einer ähnlichen Lage. Räuspern. Betretenes Schweigen, wissendes, nachsichtiges Lächeln, Blicke zur Zimmerdecke. Ziehen ihre Manschetten aus den Ärmeln heraus, ihre Fäuste halten die blendend weißen Manschetten fest, lassen die speziellen Manschettenknöpfe, Morgengaben ihrer dankbaren Ehefrauen, hervorblitzen.

Er sieht mich an. Er hat nur Augen für mich.

Rafaela hat mir verraten, wie sich *Herz* in der spanischen Hochsprache ausspricht. Das Zungen-r kullerte über ihre zierlichen, für ein Küchenhilfegesicht viel zu zierlichen Lippen, und wie perfekt der Lispellaut zwischen ihre niedlichen Schneidezähne passt. Ich wünschte mir, sie hätte Zeit, mir manchmal etwas vorzulesen, aber es sieht so aus, als verbrächte sie ihre Zeit lieber mit dem Nichtsnutz. Ich wünsche mir die Märchen der Gebrüder Grimm, nur wegen Rafaelas charmantem Zungen-r, ich höre es einfach zu gern!

Die Luft ist in Bewegung, vielleicht war es Rafaela mit dem Tablett, die den Luftzug in meinem Zimmer verursacht hat, und schon ist sie gar nicht mehr da.

Die Puppe mit der roten Zipfelmütze hatte auf dem Fensterbrett gelegen, sie leuchtete bis hinaus zu mir. Es muss ein Zeichen gewesen sein. Das Rot bedeutet, dass *er* und ich, dass wir zusammen, dass ich mit *ihm*. Er muss doch gespürt haben, dass alles gut wird. Wie lange mag ich am Zaun hinter seinem Garten gestanden haben? Der Abendnebel senkte sich herab, kühl und feucht. Die Katzen kamen aus ihren dunklen Verstecken und wollten in Ruhe gelassen werden. Sie stießen mit ihren Nasen an die dürren Grashalme, die sich sachte im Wind der Dämmerung bewegten. Stumm nahmen sie ihre Spur auf, schlichen leicht und lautlos, jede in ihre Richtung. Als wüssten sie genau, welches ihre Richtung ist.

So einer wie dein Gabriel, Rafaela, hat der überhaupt Arbeit? Ich will mich da nicht einmischen, nur, dass es später nicht heißt, ich hätte dich nicht gewarnt. Du wärest da in etwas hineingeraten und ich hätte dich nicht gewarnt. Sein schöner Name ist das eine. Aber es gibt auch andere Namen, bei denen dein herrliches Zungen-r so charmant angerattert kommt. Mit deinem r kannst du noch aus allen Namen das Letzte herausholen. Wie heißt er eigentlich mit Nachnamen?

Immer noch keiner auf dem Flur! Sind denn auf einmal alle verschwunden? Dabei müsste ich unbedingt mit dem Schweizer reden und ihn fragen, ob er sich auch bei jedem Essen ärgert, dass im Speisesaal keine Messer gedeckt werden. Ihm sieht man so etwas wie Ärger nicht an, ihm sieht man gar nichts an, das mag an seiner ledrigen Gesichtshaut liegen, die sieht aus, als hielte sie dicht wie eine Öljacke, als ließe sie von außen nichts rein und von innen nichts raus. Nur, wenn er wieder sein Zimmer aufräumt, hat er Spaß. So richtig. Mit Haut und Haar. Spontan ausbrechende, übermütige Glückslaute, von denen sich ein paar triste Gestalten hier anstecken lassen könnten. Und so käsig ist der Schweizer dann auch nicht mehr, seine Lippen kriegen wieder Form und Farbe, die missmutig herabhängenden Mundwinkel heben sich. Vor ein paar Tagen hat er nicht nur Wäschestücke und

Pullover in seinem Zimmer herumgeschmissen, sondern auch härtere Gegenstände. Das hat einen ziemlichen Lärm gemacht, es gab auch Scherben. Nichts Wertvolles, ein Bierkrug, den er einmal auf dem Oktoberfest hat mitgehen lassen, und der hier als Vase für seine geschmacklosen lila Plastiktulpen herhalten musste. Es krachte und klirrte. Irgendjemand hat sich beschwert und nach dem Personal gerufen. Jedenfalls mussten Rodi und Rafaela ihn festhalten, denn der Schweizer hat nicht aufhören wollen, auch nicht, als sie ihm zuriefen, er solle sofort aufhören damit. Sagen Sie mal, Dr. Schöpf, wann kippt eigentlich Verantwortung um in Bevormundung? Und wann ist der Bevormundete dann so weit, dass er sich wehren muss? Das sind doch die Spezialthemen eines Doktors Ihres Fachs, das ist doch Ihre Domäne, Sie sind der Fachmann! Über solche Dinge haben Sie doch bestimmt auch schon nachgedacht. Dazu wollte ich Sie seit langem einmal etwas fragen. Zwischen meinem Vater zum Beispiel und mir. Plötzlich war alles so unübersichtlich.

Vater konnte sich nicht wehren. Vielleicht haben die Alten keine Waffen, mit denen sie sich vom Leib halten können, was sie bedrängt. Vielleicht sind sie deshalb so eigensinnig. Auch ich musste mich wehren. Sie wundern sich, Herr Doktor Schöpf, so etwas hätten Sie gerade von jemandem wie mir nicht erwartet. Aber ich musste mich gegen seine Schwermut und Lethargie auf *meine* Weise zur Wehr setzen:

Zieh das an, knöpf das zu. Nicht schon vor dem Frühstück Torte, auch nicht zum Frühstück. Schuhe stellt man nicht auf den Tisch. Sitz nicht herum, geh spazieren. Schnäuz dir die Nase. Doller. Es ist noch nicht alles raus! Noch doller! Alles muss raus! Mach nicht so ein Gesicht. Ich höre meine Stimme, von innen und von außen. Das Raspeln fremder, nicht zu mir gehörender Stimmbänder. Sie hatten keinerlei Verbindung mit den Gedanken in meinem Kopf. Meine Stimme klang, als käme sie von jemandem, der nicht lange fackelt. Zwischendurch seufzte ich, keineswegs leise und unauffällig, ich rollte die Augen hoch zur Stirn und ließ sie dort. Und schüttelte den Kopf, wie man es tut, wenn man alles besser weiß. Zis zis zis. Das gesamte Repertoire setzte ich ein, um mein Ziel zu erreichen. Mein alter Vater sollte sich krümmen vor schlechtem Gewissen! Und sobald ich ihn so weit hatte, tat ich alles, es ihm wieder auszureden. Ich sagte, dass er weiß Gott kein schlechtes Gewissen haben müsse für all das, was ich für ihn tat, für die viele Lebenszeit, die ich ihm widmete, schenkte, opferte. An ihn verlor. Dafür, daß ich mein Leben verplemperte. Mein Gesicht. Meine Jugend. Meine Gefühle.

– Ich ertrage dein schlechtes Gewissen nicht, rief ich, es geht mir auf die Nerven!

Er sah mich an. Unter seinem Blick beugte ich den Rücken. Ich machte mir Vorwürfe, so schreckliche Vorwürfe, dass ich nicht mehr weiterwusste. Ich öffnete die Verandatür, die kleinen Töne, die von draußen hereindrangen, beruhigten mich etwas. Auf einmal die Amsel. Sie war nicht grau oder braun wie zuvor, sondern feuerwehrrot. Stolzierte aufreizend vor mir herum, schmiss die stöckerigen Beine, mal nach rechts, dann nach links. Pickte in die dünnen Moosstreifen zwischen den Steinplatten auf dem Steinplattenweg. Zwitscherte ihre Standpauke in Richtung Himmel, beäugte mich mit schiefem Kopf und flog davon. Ich musste allein damit fertig werden.

– Vater, warum lässt du ununterbrochen den Fernseher laufen, Tag und Nacht?

– Warum sollte ich *nicht*? Macht ihm das was?

– Vater, du musst auch mal an die frische Luft!

– Warum sollte ich? Muss ich das?

– Wenn du den Fernseher nicht ausschalten kannst, Vater, dann tu ich es.

Ich drücke auf den Knopf.

– Ich will fernsehen! Ich will nicht, dass du ihn ausschaltest! Lass mich!

Er ist aufgebracht, das Blut schießt ihm in die Wangen. Er geht zum Fernseher und drückt auf den Knopf. Bild und Ton sind zurück. Ich versuche es noch einmal.

– Zu viel fernsehen macht dich im Kopf dumm, Vater. Und das will *ich* nicht!

Mein Daumen ist noch einmal auf dem Knopf. Kaum bin ich zur Tür hinaus, höre ich wieder die Stimmen, die aus dem Fernseher kommen, jetzt noch lauter. Jetzt tue ich etwas, was ich eigentlich nicht tun will, weil ich eigentlich etwas ganz anderes tun will, auf gar keinen Fall *das*: Ich stürme zurück in sein Zimmer, schnurstracks zur Steckdose, ziehe den Stecker des Fernsehapparats heraus.

Die Stille danach ist so still, dass ich die ganze Nacht nicht schlafen kann.

Rafaela? Stehst du etwa vor der Tür und lauschst? Das Horoskop von heute würde mich sehr interessieren. Wenn du etwas für mich tun willst, dann schneidest du es für mich aus und klebst es auf ein weißes Blatt Papier, ich hänge es mir übers Bett. Oder ich klebe es auf das Glas des Bildes, das man mich hier zwingt anzuschauen, diesen Höhepunkt aller Geschmacksverirrungen. Hellgrüne, voralpenhaft aggressive Wiesenlandschaft mit braunem Holzschuppen. Der Schuppen macht mir schlechte Laune, Rodi, um die zu vertreiben brauche ich mindestens die dreifache Ration an Pillen! Ich kann mir nicht helfen, aber alles, was *ich* sehe, ist ein vermanschtes Polizistenerbsgrün mit einem braunen Scheißhaufen im Vordergrund. Rodi, ich habe Sie doch schon mehrmals darum gebeten! Erlösen Sie mich von dem Anblick!

Die Fledermäuse drüben im Glockenturm haben sich längst daran gewöhnt, dass auf den Fluren nachts das Licht brennt. In den Zimmern ist es dunkel, aber das können die Tiere nicht sehen, die Zimmer gehen zur anderen Seite. Manche hier bei uns verlieren im Dunkeln den Boden unter den Füßen und finden nur zurück, wenn sie den hellen Streifen unter der Tür sehen. Es ist die Nacht, die uns zusetzt, und wir hoffen auf Linderung, sobald wir aufstehen. Wir verharren noch ein paar Minuten vor unseren Betten, können uns von dem schönen Anblick des hellen Scheins durch den Türspalt nicht lösen, bis wir uns entschließen, die Türklinke herunterzudrücken und auf den Flur zu treten. Wer hört mich? In der Ferne langsame Schritte, Geräusche verebben. Eine andere Tür klappt leise zu. Jede Nacht tauchen wir auf aus der Dunkelheit und suchen den Tag, taumeln heraus aus unserer schlaflosen Nacht, um den letzten Traum zu vergessen, dann tasten wir uns voran auf der glatten Bahn. Mit Pantoffeln auf die Sonnenbahn. Die Augen müssen sich erst an das Leben gewöhnen. Dann um die Kurve, Schlittschuhschritte, gleitend und leicht, zur hell scheinenden Glaskanzel der Nachtwache.

Hat die Glocke gerade geschlagen? Oder nicht? Ich verpasse immer den Moment, wenn sie schlägt, ich nehme mir vor, alle meine Sinne darauf zu richten, ganz und gar und ausschließlich *darauf*, ich weiß, dass ich dazu alles andere ausblenden muss. Es ist, als hörte ich die Glocke nur in meiner Erinnerung läuten. Den schönen matten Klang, der mich ruhig macht und wach zugleich. Der immer gleiche Klang, die vibrierende Bronze, die mit den Jahren dort oben im Turm Patina angesetzt hat. Sogar die Bronze wird mit der Zeit mürbe. Vielleicht war ihr Klang in früheren Jahrhunderten einmal Dur. Jetzt ist er Moll. Oder die Bronzeklöppel schlagen an die vertrockneten, in den Dur-Jahrhunderten verdörrten, zu Pergament gewordenen Schwingen des Nachtschattengeflügels, das sich dort versteckt, mit letzter Kraft aufbegehrt, tanzt und flattert und zuckt, und erschöpft die tragenden Holzbalken in der Turmspitze als letzte Schlaf- und Ruhestätte nutzt. Vielleicht ist es das, was dieses schwere, satte Moll ergibt. Ganze Generationen von Fledermäusen, lebendige, tote und halbtote halten sich dort oben im Turm auf. Und nachts, wenn die Glocken ruhen und die Menschen auch, kommen die, die noch können, aus ihren Löchern und Ritzen, beleben das Gemäuer, zischen und ächzen und stöhnen. Mit ihren kleinen Krallenhänden befingern und bekratzen sie ihre Vorräte, drehen vertrocknete Nüsse und verschrumpelte Apfelreste vor ihren kleinen Gesichtern, ihre runden, aufgeregten Augen flitzen hin und her. Huschen im Turm herum und vertreiben alles, was da sonst auch gern zu Hause wäre oder dringend Unterschlupf braucht. Bis zum Morgengrauen. Und zum Sterben hängen sie sich in die Glocken. Wie soll man sich bloß das Universum erklären, ohne den Verstand zu verlieren?

Ein paar Mal schlägt der Klöppel gegen das morsche Metall. Die Luft steht still. Ich höre, wie die Autos ruhig auf der Straße fahren, sicher sitzen die Liebespaare auf den Parkbänken und sprechen in ruhigem Ton miteinander, die Mütter nicken ihren Kindern zu. Alles ist friedlich und gut. Und die Glocken oben im Turm läuten viertel, halb, dreiviertel, um. Weil irgendwo einer ist, der für Ordnung sorgt.

18

Sonja hat das Rufen nicht gehört. Mehrmals hat Ivo die Treppe hinauf rufen müssen, bevor sie antwortet, denn sie steht noch am Fenster und schaut auf Frau Fellers schwarze Tannen und Onkel Bert und den Schnee.

– Ich komme!

Sie bückt sich und hebt etwas Weißes auf, das vor ihr auf dem Boden liegt, ein Wäschestück, eine Serviette oder ein Taschentuch. Wie ferngesteuert geht sie zum Schrank, um es zu verräumen, dort, wo es hingehört, wo früher die weißen kleinen Wäschestücke hingehörten. Es entfaltet sich als ein weißes Unterhemd mit dünnen Trägern und Spitze vorn, es muss Klara gehören, nicht sauber, nicht schmutzig, nicht alt und nicht neu, Geruch neutral. Klara, nackt vor der aufgetürmten Bettdecke, die weißen Arme über den Brüsten gekreuzt, was tust du mit meinem Hemd, das ist *mein* Hemd, das nimmst du mir nicht auch noch weg. Sonja faltet das Hemd sorgsam zusammen und legt es auf den Treppenabsatz, wo früher die Sachen hingelegt wurden, die nach unten sollten. Klaras Hemd kommt mit nach Wien.

– Sonja! Kommst du?

– Ich komme.

In Klaras Zimmer sieht es aus wie immer, nur ist das Bett nicht gemacht. Die Puppen und Bären im Bücherregal sitzen Schulter an Schulter, die Kommode, der räudige Korbstuhl, der Papierkorb. Sonja betrachtet den Überzug mit den aufgedruckten Tulpen. Einzelne, gerade stehende Tulpen in einfachen, frischen Farben, kaminrot, zitronengelb, fasanenblau, und jede für sich ist dunkel umrandet. Die Mulde einer schlaflosen Nacht im Kopfkissen, die

Decke zum Gebirge aufgetürmt. Ein leeres Wasserglas mit kalkig weißen Ringen neben dem Bett auf dem Boden. Aufgestanden und nicht wieder niedergelegt. Aufgestanden und das Zimmer verlassen. Aufgestanden und nicht zurückgekehrt. Und den Tag begonnen, diesen letzten Tag. Oder hatte Klara die Nacht gar nicht in ihrem Bett geschlafen? Ist sie unten geblieben, im Flur, in der Küche, im großen Zimmer unter Vaters Flügel auf dem Boden? Und das Kind. Es heißt, es schlief nicht. Es heißt, es hat geschrieen, und dass es sich nicht beruhigen lassen wollte, heißt es. Klara allein mit dem schreienden Kind, und keiner im Haus, der ihr heraushilft aus dieser Situation. Aus dieser verdammten Situation. Ganz bestimmt ist sie nicht zurück in ihr Bett gegangen, unter die roten, gelben, blauen Tulpen mit den dunklen Rändern, in dieser letzen Nacht.

Dr. Schöpf hat ein paar Mal in Wien angerufen. Erst letzte Woche wieder. Er fragte nach Auffälligkeiten, speziellen Reaktionen, die Licht ins Dunkel brächten, fragte nach unbewusst ausgesprochenen Worten, Satzfetzen, von denen Sonja nichts wusste. Der Kinderwagen habe auf der Terrasse gestanden. Die Mutter des Kindes hatte ihn dort hingestellt, damit das Kind ein wenig frische Luft atmen konnte. Nur zehn Minuten hatte es da draußen stehen sollen, nur zehn Minuten. Dann habe die Mutter nachgesehen. Zuerst auf der Terrasse, dann überall im Garten, sogar oben im Haus, im Kinderzimmer, ob es vielleicht in seinem Bettchen lag. Aber sie fand ihr Kind nicht. Dr. Schöpf wollte von Sonja wissen, wie lange ihre Schwester dem Mann schon nachgestellt, und ob sie ihn überhaupt gekannt habe. Der Mann hatte wohl immer wieder beteuert, er habe Klara noch nie gesehen. Klara jedoch hatte immer nur von ihm als ihrer großen Liebe gesprochen.

– Da steht Aussage gegen Aussage!, sagte Dr. Schöpf in strengem Ton.

– Aber dafür kann ich doch nichts, verteidigte sich Sonja.

– Warum gerade der? Glücklich verheiratet, ein Kind. Imposante Erscheinung, in der ganzen Stadt bekannt. Für Ihre Schwester gab es da keine Chancen.

– Das müssen Sie sie selber fragen.

– Sie ist wochenlang um sein Haus geschlichen.

– Ach so?

– Sie hat vor seinem Haus einen Reisigbesen in Brand gesetzt. Die Spuren sind noch an der Wand zu sehen.

– Oh.

– Helfen Sie uns. Was hatte Ihre Schwester für einen Grund, das zu tun?

– Keine Ahnung.

– Ihre Schwester. Wir müssen uns ein Bild machen. Woher das kommen könnte, so ein Kurzschluss, so ein Wahn.

– Keine Ahnung. Ich habe doch keine Ahnung!

Berechtigte Fragen, nur, Sonja konnte sie nicht beantworten. Alles wollte der wissen, über Klara und den Tod der Mutter, über Klara und den Vater, über Klara und Sonja, über Klara und Klara. Sonja hat ihm kein Futter gegeben. Keine Ahnung habe sie vom Lebenswandel ihrer Schwester, in den letzten Jahren habe man sich nur selten gesehen, manchmal habe man telefoniert. Was da passiert sei, könne sie sich nicht vorstellen. Nicht bei Klara, so gut kenne sie ihre Schwester, so etwas auf keinen Fall. Nein, dagegen spräche einfach alles.

– Komm runter Sonja. Was tust du da oben?

– Ich komme.

19

Onkel Bert lag auf dem Bauch. Wie ein Toter lag er da, auf dem verrotteten Holzboden in unserem Schuppen hinten im Garten, Arme und Beine von sich gestreckt, ohne Gesicht. Im Film liegen sie oft so da, erschossen, erstochen oder sonst irgendwie hingestreckt, ganz plötzlich, ohne Vorwarnung. Vielleicht hatte er bloß zu viel gegessen, oder er schlief oder war betrunken. Der Kopf war zur Seite gedreht und ein wenig abgeknickt, mit Mund und Nase lehnte er an einem weißen Körperteil, Oberarm oder Hals, nicht zu erkennen, was es war, es schien mir nur, als ob Onkel Bert ohne Hilfe nicht wieder aufstehen könnte. An seinem Hinterkopf ein heller runder Fleck, der sich mir stark eingeprägt hat. Das muss die durchscheinende Kopfhaut gewesen sein, eine angehende Glatze, nichts Schlimmes, eine hell scheinende Stelle von der Größe einer Medaille, gold-silber-bronze, die Farbe stimmte, auch der matte Glanz. Das Normalste von der Welt, eine schüttere Stelle, eine Glatze, die noch keine ist, nur mir damals fremd, und für das Bild vor meinen Augen störend. Ich hatte ihn vorher immer nur aufrecht stehen sehen, oder am Tisch sitzen, da war mir die Stelle am Hinterkopf nicht aufgefallen, auch nicht, wenn ich ihn vom Fenster aus beobachtete, wie er Sonjas Ski auf dem Autodach festschnallte und ihren Rucksack im Kofferraum verstaute. Aber als er so dalag, lang gestreckt auf dem Bauch, ohnmächtig oder tot, ist mir als Erstes diese helle Stelle aufgefallen.

Der schwere Rumpf von Onkel Bert liegt reglos wie ein Sack Stroh auf meiner Mutter, die fast nicht zu sehen ist. Nur ein Stück von ihrem Würfelrock. Den nannte sie so wegen des Musters, Würfel in gedeckten Farben, Grau, Dunkelrot, Braun, einzelne auf der Spitze stehend. Mutter trug am liebsten Röcke, meistens enge Röcke bis kurz übers Knie und ohne Falten, nur mit einem Schlitz hinten. Einmal durfte ich ihr den Saum abstecken. Sie stand mit der Schachtel Stecknadeln in der Hand und ohne Schuhe auf dem Tisch und wies mich an, den Saum exakt eine Handbreit unterhalb des Knies abzustecken. Und dass meine Hand noch keine erwachsene Hand war, kam ihr gerade recht, so war der Rock ein wenig kürzer als die anderen. Mutter trug karamellfarbene, golden schimmernde Nylonstrümpfe, und sie achtete darauf, dass ihre Beine stets sorgfältig mit einer Creme behandelt wurden, die ihre Haut glatt wie Marmor machte. Sie sagte, Haare an den Schienbeinen, das sei bei Frauen ein Zeichen von Verwahrlosung. Einfach das Letzte.

– Unter Nylonstrümpfen wie abgeknickte Spinnenbeine, sagte sie, hoffentlich wirst du nicht mal so eine, die sich die Beine nicht rasiert. Das darfst du deiner Mutter nicht antun! Hörst du?

Ich war damals noch zu jung, um zu verstehen, was es mit rasierten oder unrasierten Beinen auf sich hatte. Aber darauf nahm sie keine Rücksicht.

Beim Bücken, Laufen und Treppensteigen achtete Mutter darauf, dass ihre Knie aneinanderblieben. Diese kontrollierte Art zu laufen, zu stehen oder sich zu bücken und dabei Knie und Oberschenkel aneinanderzupressen, war ihr in Fleisch und Blut übergegangen. Nur einmal, als sie etwas Verdorbenes gegessen hatte, war ihr das mit den Knien egal, und sie hockte breitbeinig, mit hochgerutschtem Rock vor der Kloschüssel, während ich ihr die Stirn hielt.

Auch das Sitzen will gelernt sein! Mutter sagte:

– Sonst kann man ja bis sonst wohin gucken!

Sie beobachtete mich, ermahnte mich, Knie und Schenkel aneinanderzuhalten als hätte man sie mit einem unsichtbaren Strick zusammengebunden, damit man mir nicht *bis sonst wohin* gucken konnte. Ich war gerade zwölf geworden und trug noch Kniestrümpfe, und meine Kleider hatten weite Röcke, an der Taille in Falten gelegt oder gekräuselt, doch die Beine schlug ich schon übereinander, wenn ich auf dem Polsterstuhl im Wohnzimmer saß oder wenn Onkel Bert zufällig vorbeikam.

Den Würfelrock trug Mutter immer, wenn Besuch kam. Als ich den Schuppen betrat, sah ich nur ein Stück, eigentlich nur einen schmalen Streifen von dem Stoff, aber es war unverkennbar Mutters Würfelrock, ein Muster, das ich kannte und das unter Onkel Bert, der auf dem Bauch lag, hervorsah. Aber Mutter konnte es gar nicht sein, denn sie hasste den Schuppen, niemals hätte sie sich länger dort aufgehalten, dazu noch auf dem Boden, und den Würfelrock trug sie eigentlich nur bei besonderen Gelegenheiten, meistens am Wochenende, wenn Besuch kam. Aber es war nicht Wochenende, auch deshalb konnte sie es nicht gewesen sein. Und es gab noch einen anderen Grund. Sie konnte es nicht gewesen sein, weil sie den Schuppen nie mehr betreten wollte, seitdem sie dort einmal im Dunkeln mit ihrem Fuß gegen etwas Weiches, Warmes gestoßen war. Es musste ein Tier gewesen sein, eines mit einem dicken, weichen Bauch, das nicht einmal den Versuch gemacht hatte, wegzulaufen. Ein tauber Igel ohne Stacheln oder ein anderes hilfloses oder krankes Wesen mit einem weichen, warmen, dabei vollkommen widerstandslosen Körper, vielleicht ein zahnloser, lahmer Fuchs, der nicht weglaufen konnte, oder eine verendende Katze. Wochenlang wurde ich dieses Gefühl nicht los, das ich nur aus Mutters Beschreibung kannte: mein Fuß, der an diesen stummen, weichen Körper stößt. Es war, als wäre ich selbst im dunklen Schuppen gewesen, als hätte ich selbst gegen etwas Weiches, Warmes getreten. Sobald ich nachts unter meiner Bettdecke die Beine ausstreckte, stieß ich an den samtigen Bauch eines kleinen Schweins oder die feste und zugleich flauschige Brust einer Gans. Das Gespür meiner Zehen war fein und genau, und wenn ich will, spüre ich es noch immer. Mutter war danach nicht mehr zu bewegen, in den

Schuppen zu gehen, und wenn es dort etwas zu erledigen gab, musste ich gehen oder Vater.

Ich stand da, Beine, Arme, mein ganzer Körper fühlte sich an, als wäre alles Blut herausgelaufen, die Adern, der Kopf mit Watte ausgestopft. Das Einzige, was ich in jenem Moment spürte, waren meine Füße. Ohne Strümpfe in Sandalen auf dem nassen Gras, die kalten, nackten Füße rutschten zwischen den dünnen Lederriemchen hin und her, was für ein gottverlassenes Gefühl, auch das kann ich jederzeit, sogar hier im Bett, unter der weichen, warmen Decke, mit geschlossenen Augen hervorrufen, als hätte ich eine Fernbedienung in der Hand, mit der ich das, was ich fühlte, in jedem Moment anknipsen kann. Mein gestreiftes Sommerkleid, kleine, stechende Regentropfen auf meiner Schulter, wie spitze Scherben, die mir in die Kopfhaut, in den Scheitel stechen, die Luft riecht nach fauler Erde und nach Wasser. Ich stehe da, einen Augenblick weiß ich nicht, wo ich bin, weiß nur, dass die Tropfen schmerzen, die harten Tropfen ritzen sich ein in meine Schädeldecke, der Schmerz hält mich ab, nach Mutter in der Küche zu suchen und Onkel Bert beim Aufstehen zu helfen. Ich sollte nach Vater rufen, dass er mit anpackt und den schweren Mann um die Brust fasst, damit er wieder hochkommt. Und wenn dann alles wieder in Ordnung ist, bleibt Onkel Bert bestimmt zum Mittagessen. Ich spüre meine nassen, kalten Füße. Für einen kleinen Moment habe ich die Orientierung verloren, sehe mich um, ob das Haus noch da ist, unser Haus in meinem Rücken, nicht im Boden versunken oder hinter den Horizont gekippt, die Fenster geschlossen, der gelbe Sonnenschirm auf der Terrasse aufgespannt, keiner kümmert sich um den Schirm, keiner, der den Schirm unter das Vordach schiebt. Obwohl es nieselt und der aufgespannte Sonnenschirm nicht im Regen stehen soll, weil sonst das Gestänge rostet, und auch der Stoff kann den Regen nicht vertragen.

Und dann dachte ich, dass das dort im Schuppen auf dem Bauch auch gar nicht Onkel Bert gewesen sein konnte, Onkel Bert mit dem ruhigen, traurigen Blick, Onkel Bert, der mir zu Weihnachten ein Transistorradio geschenkt hatte, das nicht größer war als ein Zigarettenpäckchen und das Mutter mir sofort wegnahm, weil sie fand, dass es mich zu sehr ablenke von dem, was ich eigentlich zu erledigen hätte, Hausaufgaben und Flöteüben und den Abwasch. Onkel Bert kam oft zu Besuch und blieb zum Essen, weil Vater sagte, bleib doch zum Essen. Und wenn er nicht blieb, dann hatte ich auf einmal zu nichts mehr Lust. Ich legte mich in meinem Zimmer auf den Teppich und stellte mir etwas mit Onkel Bert vor. Ich stellte mir vor, dass ich zu ihm in seinen Ford Taunus einsteige und wir nach Italien fahren, zum Schiefen Turm von Pisa, an den Gardasee oder nach Jesolo ans Meer. Auf diese Weise konnte ich ihn dabehalten, ganz bei mir, ich war nicht mehr darauf angewiesen, ob er im Haus war oder nicht. Ich brauchte nur an ihn zu denken. Und in jenem Moment dachte ich, ganz bestimmt war er das gar nicht, der da lag. Und Mutters Rock war gar nicht Mutters Rock, und die Würfel keine Würfel. Aber das Bild blieb stehen, stand still, wie wenn ein Film angehalten wird. Das eine, immerwährende Bild füllt die große Leinwand aus. Und der Stoff, den ich so genau kannte, mit den Würfeln und den Farben Grau und Dunkelrot und Braun. Das ganze Leben lang kann ein solches Bild stehen bleiben, die Zeit läuft, aber das Bild bleibt, für immer und ewig. Und ich in meinen Sandalen auf der nassen Wiese, und das Haus in meinem Rücken.

20

Die Maklerin sieht jetzt erschöpft aus. Mittagszeit, der halbe Tag ist rum, sie hat noch nichts unterzeichnet, keinen Cent verdient, im Gegenteil, im Moment sieht es nicht danach aus, als würde der Abschluss überhaupt zustande kommen. Glatt und problemlos, so, wie sie es sich erhofft und erwartet hat. Sie versucht gar nicht mehr, ihre matte Mimik an die Zügel zu nehmen. Mundwinkel und Rougebäckchen hängen herab, die Hautpolster unter den Augenbrauen liegen schwer auf den Lidern, der Mund dünn wie ein Wollfaden und trotz des burgunderfarbenen Lippenstifts kaum mehr zu sehen. Es scheint, als sei ihr bei der ganzen Aufregung die Haut über Nase, Wangen, Stirn und Hals eine halbe Nummer zu groß geworden. Noch vor kurzer Zeit war ihr Gesicht glatt und strahlend, da hat man ihr noch nicht angesehen, wie sie der Beruf verschleißt, sie schneller altern lässt als nötig. Nichts als Enttäuschungen und schlechte Laune, und bei aller Anstrengung werfen die Geschäfte trotzdem nicht den Gewinn ab, den sie erhofft. Dabei ist sie eine imposante und damenhafte Erscheinung, die das Wort an sich reißt, wenn sie es haben will, ungehemmt autoritär, gleichzeitig immer auf der Hut. Das honigblond gefärbte Haar trägt sie in leichten Wellen kinnlang und in weicher Linie aus dem Gesicht gekämmt. Während sie redet, bewegen sich die mit Brillanten eingefassten Perlenohrclips ein wenig auf und ab, der Kieferknochen bewegt die Ohrläppchen mit, denn sie spricht die Wörter deutlich aus. Es ist ihr wichtig, nicht missverstanden zu werden, die Dinge nicht zweimal sagen zu müssen. Manchmal schließt sie kurz die Augen, dann blitzt es türkisfarben aus der Lidfalte heraus. Immer öfter greift sie sich jetzt an den Hals und überprüft den Sitz der weißen Seidenschleife. Plötzlich wendet sie sich Ivo zu, fragt, ob sich ein Schuhgeschäft in Wien überhaupt trage, und ob er selbst der Besitzer der Immobilie sei, in der sich das Geschäft befände. Die Maklerin zwingt Ivo ein Gespräch auf, das er nicht will, sie fordert Auskünfte, die er nicht geben will, sie bleibt beharrlich, und jetzt, da Sonja ein paar Minuten nicht im Raum ist, fragt sie Ivo sogar nach seinen Umsätzen in den letzten drei Monaten, und er, er zuckt die Schultern und tut, als kümmere er sich nicht um Zahlen. Die Maklerin lässt sich jedoch nicht so leicht abschütteln, sie redet und bedrängt ihn mit düsteren Prognosen für das kommende Geschäftsjahr und lauter Fragen aus der Finanz- und Börsenwelt, die sie aber gleich darauf, und ohne mit der Wimper zu zucken, selbst beantwortet, noch bevor Ivo überhaupt versteht, wonach sie gefragt hat. Bald hält er es nicht mehr aus, und noch während die Maklerin auf ihn einredet geht er rückwärts zur Wohnzimmertür hinaus auf den Flur, und immer noch rückwärts Richtung Treppe. Sonja ist noch oben. Noch nie hat er sich seine Frau so herbeigewünscht wie eben in diesem Augenblick, in dem er sich schutzlos den Ratschlägen der Maklerin ausgeliefert fühlt.

Sonja steht im Bad. Natürlich hört sie die Stimmen unten, aber sie will noch Abschied nehmen. Das fällt ihr schwerer als sie es sich vorgestellt hat.

Sie hatte ihrer Mutter noch die Hand gehalten, mal die Hand, mal den Kopf. Als das Telefon klingelte, und man ihr sagte, dass es bald zu Ende gehe, hatte sie den nächsten Zug nach München genommen. Eine Kerze brannte auf dem Nachttisch. Die Stationsschwester hatte sie dort hingestellt und dann die Deckenbeleuchtung ausgemacht. Neben der Kerze stand ein kleiner Behälter aus Ton mit einer stark duftenden Flüssigkeit, die mit einem Teelicht langsam zum Verdunsten gebracht wurde und den Geruch weißer Lilien verströmte. In *einem* sind die Schwestern in den Krankenhäusern Experten: Sie wissen, dass die Angehörigen, die im Sterbezimmer um das Bett des Verstorbenen sitzen, ihm noch ein letztes Mal übers Haar streichen und die eingestürzten Wangen küssen, extrem geruchsempfindlich sind. Sie saugen die Luft nicht leichtfertig ein, sondern voller Misstrauen. Die Trauer ist das eine, das andere ist Luft. Die Hinterbliebenen sind hochempfindlich für die noch so kleinste Nuance. Denn sie fürchten sich vor dem Totengeruch.

Zweimal muss Ivo noch rufen, bis Sonja dann endlich herunterkommt.

– Ist er schon da?, fragt sie.

– Er muss gleich kommen.

Die Maklerin schaut wieder auf ihre Uhr. Sie hat Mühe mit dem Zifferblatt, das nicht größer ist als ein Blusenknopf. Sie kneift die Augen zusammen, führt ihren Arm von sich weg und wieder heran und wieder weg.

– Halb zwei. Er müsste schon da sein, sagt sie und fährt sich mit den Fingern durch die Frisur, und dann fragt sie nach den oberen Räumen und ob Sonja in der ersten Etage alles so vorgefunden hat, wie sie es kannte. Aber Sonja will jetzt keine Fragen beantworten. Sie hat die beiden oberen Glasflügel des großen Geschirrschranks geöffnet und räumt ohne Kraft ein paar Teller auf den Esstisch. Mechanisch und unbeteiligt, als hätte man sie mit etwas beauftragt, das sie nichts angeht. Sie nimmt zwei ineinanderstehende Schüsseln heraus, ohne einen Blick darauf zu werfen. Als bestünde keine innere Verbindung zu den Gegenständen in ihren Händen. Den Tellern, den Gläsern, der Suppenterrine, der schweren Fleischplatte.

– Das mit dem Untermieter wird dem Herrn Dr. Reblaus nicht gefallen, sagt die Maklerin, und sucht nach etwas in ihrer Sackhandtasche. Kann sein, dass er kein Interesse mehr hat, unter den veränderten Umständen. Sie lauert.

– Dann müssen wir einen anderen finden. Das heißt, dann müssen *Sie* einen anderen finden, wenn *Ihr* Herr Dr. Reblaus abspringt, sagt Ivo.

Sonja sortiert ein paar große Essteller mit grünen Blätterranken aus, setzt einen Stoß weißer Teller mit geriffeltem Rand auf dem Esstisch ab, bläst Staub aus den Gläsern, holt Besteck aus einer Schublade. Dann hält sie inne. Ein Mikadostäbchen, spitz an beiden Enden und nicht länger als ein Bleistift, mit roten und gelben Streifen, rollt ihr aus dem Geschirrschrank entgegen. Es muss hinter den Tellern vorgerollt sein.

– Mit Herrn Morlock kann man reden, wir sind doch erwachsene Menschen, sagt sie in Richtung Maklerin. Der macht uns keine Probleme.

– Haben Sie das schriftlich?, fragt die Maklerin, immer noch lauernd.

– Das ist keiner, der Probleme macht, das sieht man.

– Das reicht nicht, das dürfen Sie mir glauben! Datum, Einverständnis, Unterschrift. Alles schwarz auf weiß!

In dem Moment sind Schritte zu hören, die Treppe herunter. Nach ein paar Stufen ist es still, dann hört man die Schritte wieder zurück nach oben gehen, Schlüsselgeräusch, Tür auf, Tür zu, und noch einmal hinunter, diesmal leichtfüßig und schnell.

Die Schritte sind unten angekommen, wollen gerade zur Haustür hinaus, als Sonja ruft:

– Herr Morlock?

– Ja.

Er kommt zurück, langsam, mit gebeugtem Kopf, als hätte man ihn auf frischer Tat ertappt, tritt er ins Zimmer.

– Das ist jetzt der Herr Morlock, sagt Ivo, der hier sozusagen zur Untermiete wohnt.

Die Maklerin empfängt ihn mit mürrischem Gesicht, es ist in der letzten halben Stunde immer missmutiger geworden. Sie gibt Herrn Morlock die Hand, als gewähre sie ihm eine Gnade.

Herr Morlock steht da, seinen dunkelbraunen Regenmantel hat er bis oben zugeknöpft, er ist ihm etwas zu groß. Die grauen Haare hinter den Schläfen stehen nicht mehr ab, sondern sind schwungvoll hinter die Ohren gekämmt, die Rillen, die der nasse

Kamm hinterlassen hat, sind noch zu sehen. Mit seiner rechten Hand umfasst Herr Morlock den Ledergriff eines Knirpses. Sonja registriert, dass er nicht die Schuhe trägt, die auf der Treppe gestanden haben. Jetzt hat er dunkelbraune, stark glänzende Schnürschuhe an, die Farbe passend zum Mantel.

– Herr *Morlock* ... sagt die Maklerin, und den Namen Morlock spricht sie so aus, als sei das kein Name, sondern ein unappetitliches Wort. Dabei reibt sie ihre Rettichbeine aneinander, schafft sich damit Erleichterung in dieser angespannten, unerfreulichen Lage.

– ... wir sprechen gerade von Ihnen ...

Blitzschnell fährt sie ihre Zunge aus, dabei schließt sie die Augen, als verlange ihr das, was sie jetzt sagt, ihre ganze Aufmerksamkeit ab.

– ... Also, das hat man Ihnen ja hoffentlich schon gesagt, dass Sie hier so schnell wie möglich – oder wie *un*möglich – ausziehen müssen. Die Maklerin lacht gequält.

– Ja, schon, sagt Herr Morlock mit leiser Stimme.

– Ich werde jetzt handschriftlich einen Kündigungsvertrag aufsetzen, den Sie mir freundlicherweise sofort unterschreiben wollen. Noch bevor Herr Dr. Reblaus kommt. Und natürlich bevor Sie jetzt gleich Ihrer Wege gehen.

Die Maklerin lehnt sich erschöpft zurück. Ivo hat sich inzwischen nach vorn gedrängt, er scheint voller Energie.

– Vielleicht lassen wir uns erst einmal den Mietvertrag zeigen, ansonsten erübrigt sich die Kündigung ohnehin, sagt Ivo. Er steht breitbeinig vor Herrn Morlock und verschränkt die Arme vor der Brust. Feist sieht er auf einmal aus, wie er dasteht, das passt eigentlich nicht zu seiner dandyhaften, wienerischen Art. Er wirft Sonja einen Blick zu, den nur ein Kenner als Unsicherheit wahrnimmt. Eigentlich wartet Ivo darauf, dass Sonja ihn zurückpfeift. Aber Sonja pfeift nicht.

Sonja bleibt bei ihren Schüsseln und Fleischplatten und lässt das Gespräch ohne äußeres Interesse an sich vorbeilaufen. Ob ihre Gleichgültigkeit gespielt ist oder nicht, ist ihr selbst nicht klar. Morlock hat die Hände weit nach unten in die Manteltaschen gebohrt und blickt zu ihr hinüber. Für ihn steht fest: Nur mit *ihr* wird er verhandeln. *Sie* ist die Schwester von Klara. Gerade bemerkt er eine feine Ähnlichkeit zwischen den Schwestern. Das ruhige, ausdruckslos erscheinende Vorsichhinsehen, die äußerliche Unangreifbarkeit, die gespielte Lethargie. Und die Verschwiegenheit, so kommt es Morlock vor. Aber mit Sonjas Verschwiegenheit hat er noch wenig Erfahrung.

– Seit zwei Jahren wohne ich im ersten Stock ganz normal zur Miete, und jetzt sind *Sie* plötzlich da und behandeln mich, als sei ich ein Einbrecher, sagt Herr Morlock zu Ivo, ohne ihn anzusehen.

Morlocks Stimme ist kräftiger jetzt, nachdem er sich noch einmal geräuspert hat. Bevor er weiterredet, sieht er noch einmal zu Sonja hinüber.

– Vorsicht mit der Platte, die hat einen Sprung, sagt er, als Sonja einen Stoß grüner Teller auf die Platte stellen will.

Ivo sagt lieber nichts, obwohl er gerne etwas gesagt hätte, zum Beispiel darüber, dass der Herr Morlock hier wohl jeden Teller, auch die angeschlagenen Servierplatten zu kennen scheint, und ob das nicht darauf schließen lässt, dass ...

Blickwechsel mit der Maklerin. Im Moment glaubt Ivo, sie sei seine Verbündete. Ivo ist noch immer der Meinung, dass *er* der Einzige sei, der im richtigen Ton, mit der gebotenen Geschäftsmäßigkeit, direkt, präzise und unnachgiebig, mit dem Morlock reden könne. Nur, Herr Morlock tut, als sei Ivo Luft, er dreht sich Sonja zu, kehrt Ivo und der Maklerin den Rücken und redet leise und ernst und nah an Sonjas Ohr, dass nur sie versteht, was er sagt.

– Ihre Schwester lebt sehr zurückgezogen. Manchmal treffen wir uns auf der Treppe, und dann sprechen wir. Sie kam mir nervös vor in der letzten Zeit. Abends ist sie oft noch mit dem Auto weggefahren. Sie kam dann manchmal spät in der Nacht zurück.

Sie wissen ja, wie das ist: Wenn man so eng zusammenlebt, nimmt man alle Geräusche wahr.

Wenn Sonja den Morlock so reden hört, klingt es, als sei Klara nur zum Einkaufen um die Ecke gegangen, als sei alles, wie es immer war. Seine Stimme wie von weit her. Und Klara, mit ihrem stramm zusammengebundenen Pferdeschwanz, wie sie oben bei Herrn Morlock an die Tür klopft und sagt, dass heute ihr Geburtstag sei. Und Morlocks leise feine Stimme, und wie er sie ansieht, und der Geruch nach gebratenem Fleisch im Treppenhaus. Und wie Klara mit Morlock am Tisch sitzt, wie sie Wein trinken und Mikado spielen. Und Sonja denkt, dass Klara sich doch den ganzen Ärger hätte ersparen können, wo sie so einen wie den Morlock im Haus hatte, so einen fürsorglichen, zurückhaltenden, feinen Mann. Das ganze Theater mit dem anderen, den sie nur von einem Foto in der Zeitung kennt, dieses ganze verdammte Durcheinander hätte doch nicht sein müssen. Klara hätte ein schönes Leben haben können, in ihrem Haus, mit Herrn Morlock. Und ihr wären die Anrufe in Wien erspart geblieben, die ganze lästige Fragerei, die Polizei, der Dr. Schöpf aus der Klinik. Alle haben Sonja Fragen gestellt, die gar keine richtigen Fragen sind, weil sie längst schon wissen, was los ist mit Klara.

– Irgendwelche Auffälligkeiten in der Kindheit? Mit Puppen gespielt? Einzelgängerin? Schwanger gewesen? Kinderwunsch? Den Tod der Mutter? Nicht verarbeitet? Den Vater? Zu früh? Verantwortung? Verlassen worden? Fieberkrampf? Erbkrankheiten? Epilepsie? Spasmen? Aggressionen? Depressiv? Kein eigenes Leben? Aufgeopfert? Geträumt? Gefühlt? Mondsüchtig? Ich muss mir ein Bild machen, sagte dieser Dr. Schöpf. Alles wollte er wissen, ausgerechnet von Sonja.

Inzwischen hat die Maklerin die Terrassentür aufgemacht. Sie geht nach draußen und zündet eine Zigarette an. Hastig rauchend geht sie auf und ab. Die Amsel hüpft in ein paar Metern Entfernung auf der vertrockneten Grasnarbe hin und her und betrachtet mit zur Seite geneigtem Kopf, was sich in ihrem Revier tut. Ivo schaut durch die Glasscheibe der Maklerin beim Rauchen zu und überlegt, was er tun kann, dass sich die Abläufe ein wenig beschleunigen. Dann holt er aus der Aktentasche einen Block und einen Kugelschreiber. Er reißt ein Blatt ab, legt es auf den geschlossenen Deckel des Flügels und beginnt zu schreiben, indem er jedes Wort laut ausspricht.

– *Hiermit ... erklärt der ... Unterzeichnende ... Ch. Morlock ... zurzeit wohnhaft in München ... Hagemannstraße 23 ... dass er ...*

Er sieht auf, wartet ostentativ. Wartet, dass Herr Morlock den Termin nennt, an dem er ausziehen wird, wartet, dass sich alles löst, sozusagen direkt und wie von selbst.

– So zerkratzen Sie den schönen Flügel, so, ohne Unterlage, sagt Herr Morlock in ruhigem, ernstem Ton.

21

Die fette, braune, nass glänzende Nacktschnecke, die an meinem Hals klebte, nachdem ich die drei Salatköpfe aus dem Kofferraum von Onkel Berts Auto in die Küche getragen hatte. Sonja kam mir im Hausflur entgegen, sah mich und schrie. Ich hatte keine Ahnung, warum Sonja so gellend schrie. Ich schrie erst, als ich im Garderobenspiegel sah, wie etwas an meinem Hals klebte, etwas Braunes, Glänzendes. Ich schüttelte mich, bewegte Arme, Beine, auch den Rumpf heftig in alle Richtungen, damit es sich von meiner Haut löse, aber gleichzeitig graute mir davor, dass es herunterfallen könnte, mir in die Hand oder auf den Fuß. Ich schrie noch lauter als Sonja. Nacktschnecken haben etwas Ordinäres, Unanständiges. Irgendwie musste sich das Tier, während ich die wenigen Schritte vom Auto über die Straße durch den Vorgarten in die Küche gegangen war, von dem Salatkopf auf meinen Schlüsselbeinknochen geschoben haben. Ich hatte nichts gespürt, kein Kitzeln oder Streicheln auf der Haut, nichts Kaltes oder Glitschiges. Ich hatte nicht gespürt, wie das Tier seinen fetten, schleimigen Körper langsam ein paar Zentimeter auf meinem Hals in Richtung Kinn hinaufgeschoben hatte.

Wie soll ich Ihnen das bloß beschreiben, Herr Dr. Schöpf, damit Sie sich einen Reim darauf machen können? Bisher hat es ja immer geklappt: Ich werfe Ihnen eine Nebensächlichkeit vor die Füße, während Sie noch im Nebel stochern. Und dann stürzen Sie sich auf das, was ich Ihnen zuwarf, und bemerken gar nicht, dass Sie mir wieder auf den Leim gegangen sind. Eine falsche Fährte, und schon stecken Sie mit Ihrer Fragerei im Mehlhaufen. Diese Geschichte habe ich mir nicht ausgedacht, aber ich warne vor allzu schneller Deutung. Eine Schnecke am Hals, eine Schnecke, die sich nicht abschütteln lässt! Das ist keine Halluzination gewesen. Ich habe Zeugen! Beweise, die zum Himmel schreien! Das kann man mir nicht einreden, dass die Fantasie wieder einmal mit mir Schlitten fährt! Sonja schrie gellend, sie schrie mich an, sie konnte nicht hingucken, voller Ekel wandte sie sich ab, und doch musste sie immer wieder auf meinen Hals sehen. Schließlich griff sie sich einen Regenschirm aus dem Schirmständer und schabte mit der metallenen Spitze die Schnecke von meiner Haut. Aber die wehrte sich, saugte sich mit aller Kraft noch fester an mich. Der festgesaugte Körper widerstand der kalten Schirmspitze. Bis die Schnecke schließlich keine Kraft mehr in ihren Saugnäpfen hatte und sich mit einem kleinen schmatzenden Geräusch von mir ablöste. Der schleimigbraune Körper rollte sich im Fallen ein und plumpste unerwartet schwer auf den Rist meines Fußes, von dort kullerte er langsam vor, auf meine Sandalen, zwischen meine Zehen. Ich wurde die Schnecke nicht los, sie lag noch einen Moment auf meinem großen Zeh, kippte schwer nach rechts in die Spalte zum nächsten, Herr Dr. Schöpf, auf meine nackten Zehen, ich hatte ja Sandalen an. Ich konnte das Gefühl nicht wieder loswerden, ein paar Tage lang hatte ich das kalte Schneckengewicht auf dem Fuß, und es war mir, als hätte ich dazu auch noch meine Geschmacksnerven und meinen Tastsinn auf den Fingerkuppen verloren. Alles in mir ein Riesendurcheinander. Das, was ich kenne, ist gar nicht so, wie ich es kenne. Ich sehe etwas, das nicht da ist, ich spüre heute die Schleimspur an meinem Hals ganz deutlich, obwohl ich sie damals nicht gespürt habe. Nacktschnecken atmen ja nicht einmal, und sie hören nichts. Sie ziehen über die feuchten Steinplatten auf der Terrasse, mit zwei Fühlern auf dem Kopf, die immer in Bewegung sind und die Luft absuchen nach Dingen, die ihnen im Weg sind, damit sie nirgends anstoßen. Blind und taub und schwerfällig zieht der braune Leib vorbei, angewiesen auf zwei lächerliche Fühler, kein Haus und kein Fell. Hätten nur die ein Recht auf Leben, die Hab und Gut besitzen

– sei es auch noch so klein –, die Nacktschnecken wären die Ersten, die auf der Strecke blieben.

An was soll man sich denn halten, wenn man sich auf seine fünf Sinne nicht mehr verlassen kann? Meine fünf Sinne treiben ihr Spiel mit mir, machen mit mir, was sie wollen, sie lassen sich von mir nichts sagen. Manchmal hilft es mir, mich ein wenig aufzusetzen, die Schublade meines Nachtkästchens aufzuziehen, *seine* Brille herauszunehmen. Durch diese Brille hatte er mich in der Menge gesucht. Das ist noch gar nicht lange her, vielleicht ein paar Wochen, vielleicht ein halbes Jahr, damals, als der neue Brunnen enthüllt wurde. Er hat damit gerechnet, dass der Tag so verlief, wie er oder seine Sekretärin ihn geplant hatten, Unvorhersehbarkeiten ausgeschlossen, immer Herr der Lage. Nur mit dem Wind, mit dieser plötzlichen, heftigen, unberechenbaren Bö hatte keiner gerechnet. Ich setze die Brille auf, schaue durch *seine* Gläser, sehe mich hier in meinem Bett, das Zimmer, das vergitterte Fenster, die Welt durch *seine* Brillengläser, die einige Dioptrien zu stark für meine Augen sind und alles verschwimmen lassen.

Die Kreissäge hörte nicht auf. Während ich dastand, hörte ich die Kreissäge, wie sie immer neu ansetzt, hörte ihren langen, ziehenden Ton! Mutters Würfelrock lag unter dem ganzen Gewicht von Onkel Bert. Ich konnte ihre Gesichter nicht sehen, wie sollte ich da sicher sein, dass es sich tatsächlich um Mutter und Onkel Bert handelte? So, wie sie dalagen, so schief und krumm und übereinander, so waren sie nicht die, die ich kannte, sie hatten nichts gemein mit denen, die ich sprechen hörte, auch wenn sie nicht sprachen, und die ich sehen konnte, auch wenn sie gar nicht da waren. Alles im Leben war mir bisher immer selbstverständlich gewesen, und nun lagen sie plötzlich da, wie tot, aber doch nicht tot. Bei manchen Gedanken ist es egal, ob man sie mit offenen oder geschlossenen Augen denkt, Herr Doktor Schöpf.

Ich war zu jung damals und vollkommen unvorbereitet! Niemand bereitet einen auf Bilder vor, die man nicht sehen soll und nicht sehen will. Kein Mensch erzählt einem, dass das Seil durchhängt, auf dem man tanzt zwischen lauter Bildern, die man besser nicht gesehen hätte. Keiner warnt einen, dass man sich auf dem Seil leicht mit den Füßen vertun kann, wackelt und herunterfällt. Dabei bin ich ständig vor irgendetwas gewarnt worden. Zuerst vor Hunden, die beißen, wenn ich sie anfasse, später vor unberechenbaren Autos, die ich nicht kommen höre, auch vor gelben Gewitterwolken, die den Hagel bringen, und vor einem krummen Rücken, mit dem ich bestraft werde, wenn ich mich nicht gerade halte. Und natürlich vor Männern, dummen, humorlosen Versagern, eitlen Dünnbrettbohrern, feigen, missmutigen, untreuen, egoistischen Lackaffen. Aber niemand hat mich davor gewarnt, einen Blick auf einen schmalen Streifen von Mutters Würfelrock zu werfen, der unter Onkel Bert hervorsah, auch wenn dieser Blick nicht länger als einen Wimpernschlag dauerte. Onkel Bert, der bäuchlings auf dem verrotteten Holzboden in unserem Schuppen lag. Onkel Bert, der mir das Radio geschenkt hatte, und der mit Sonja in die Berge fuhr. Onkel Bert, der ganze Nachmittage mit Vater am Klavier verbrachte, der einen goldenen Armreif trug und Kette rauchte und *Scheibenkleister* sagte, wenn ihm etwas danebenging. Onkel Bert, der auch im Winter die Fenster seines Autos beim Fahren herunterdrehte und lange winkte, ehe er abfuhr. Einmal dachte ich sogar, er sei gar nicht wirklich davongefahren, ich dachte, ich hätte ihn kurz darauf unten im Flur sprechen hören, aber das muss wohl eine Täuschung gewesen sein.

Die Kreissäge von der Baustelle, weit hinter unserem Garten, die dumpfen Presslufthammerschläge, das helle Klirren, wenn lange Metallschienen oder Stangen aufeinandergeworfen werden, Männerstimmen, Zurufe, Kommandos.

Ich schlenderte die Straße entlang, es war später Mittag, ich kam von der Flötenstunde, die Luft lag schwer und warm über dem Trottoir, es fing gerade an zu nieseln. Über dem gesprenkelten Teer der Straße stiegen feuchte Hitzeschwaden auf, kein Auto weit und breit, keine Menschen, still war es. Bis auf das ferne Durcheinander der Klänge, die von der Baustelle kamen, war es totenstill. Ich hatte schon den Regenmantel aufgeknöpft, als ich durch das Tor in unseren Vorgarten einbog, gleich würde ich den Mantel in die Garderobe hängen, gleich würde ich am Tisch sitzen mit Mutter, die noch die Schürze umhatte vom Kochen. Und Vater würde es auch heute wieder sagen, denn er hatte es jahrelang jeden Tag gesagt:

– Die Schürze, du hast vergessen sie abzunehmen.

Aber als ich die Tür aufschloss, hatte ich sofort das Gefühl, dass alles anders war. Der Windfang, der Flur, das Haus verlassen, keine Schritte, kein Tellerklappern, niemand, der rief. Nur auf dem Garderobenschränkchen stand Mutters Handtasche, die neuen, hellblauen Stöckelschuhe auf den Fliesen im Flur, wie im Laufschritt hingeschleudert, ihre Strickjacke daneben, fallen gelassen, noch warm von ihrer Haut. Und ihr Parfüm, dessen Namen richtig auszusprechen sie mir längst beigebracht hatte, stand noch in der Luft. Vent vert. Sie musste das Haus vor kurzer Zeit verlassen haben, kopflos oder ganz in Gedanken.

Keine Ahnung, wie lange ich dastand. Die Füße kalt und nass und rutschig in meinen Sandalen. Von der Baustelle der lang gezogene, immerzu neu ansetzende Klageton der Kreissäge, die Zurufe, das Klirren der aufeinandergeworfenen Metallstangen. Als wäre die Zeit stehen geblieben, und der Ton der Kreissäge, immer wieder setzte er oben an und bog sich herab, in Erwartung, dass es weitergehe. Die offene Tür des Schuppens. Ein heller Arm, der um den Nacken des Mannes lag, der vielleicht Onkel Bert war und der wie tot dalag. Eine braune, lockige Haarsträne, die irgendwo hervorkam. Sehen und nicht gesehen werden. Das Leben steht still und die Zeit stockt, fast wie beim heimlichen Öffnen der Geschenke in Mutters Zimmer an ihrem Schrank, und doch ganz anders. Ich kann mich nicht abwenden. Ich höre die Zurufe der Bauarbeiter und das Dröhnen der Metallschienen, und immer wieder den ziehenden Ton der Kreissäge, alles taucht plötzlich auf, um sogleich wieder zu verschwinden. Ich kann es immer hören wenn ich will, auch mit offenen Augen, und mit geschlossenen sowieso. Sehen und dabei nicht gesehen werden!

Sie, Herr Dr. Schöpf, wollen doch immer gern alles über mich erfahren! Sie wollen mich ausquetschen und geben keine Ruhe, bis ich etwas von mir preisgebe. Es scheint mir manchmal, als wollten Sie sich mit Ihren bedeutungsvollen Blicken direkt in meinem Kopf einnisten, um mich beim Denken meiner Gedanken zu stellen, auf frischer Tat. Aber Sie werden heute kein Glück haben, dazu müssten Sie sich schon direkt mit meinem Gehirn verkabeln. Am einen Ende Sie und am anderen ich. Ihr Gehirn kurzgeschlossen mit meinem. Ihre Hirnströme müssten sich auf die Suche machen, alle meine Höhlen ausleuchten, Großhirn, Kleinhirn, vorne, hinten, bis in die versteckten Kammern müssten sie sich bewegen um zu finden, was Sie suchen. Das Dumme ist nur: Selbst dann würden Sie mich dort nicht finden! Ich bin doch schon längst woanders, irgendwo, wo Sie mich gar nicht suchen, in meinem Haus bei Herrn Morlock oder im Heim bei Vater. Oder, das dürfte Sie doch interessieren: bei *ihm*. Bei *ihm*, mit *ihm* im Flugzeug, auf Dienstreise, da nimmt er nur mich mit, nicht seine Frau, nicht seine Sekretärin. Die Stewardess hat uns gerade ein feuchtes Tuch gereicht, mit einer Bambuszange, damit sie sich nicht die Finger verbrüht. Es riecht nach Jasmin und Mandelblüte. Wir sollen die heißen Tücher auf unsere Gesichter legen, sagt sie, auf unsere glühenden Gesichter und auf die Stirn. Das tut gut, sagt sie, das hält die Gedanken zusammen. Sie scheint zu wissen, wie es um uns steht. Auf seine Anweisung hin hat sein Büro die Besatzung informiert, damit alles abläuft wie am Schnürchen auf unserem Sonderflug.

Und außerdem, Herr Dr. Schöpf: Wer sagt Ihnen denn, dass ich die bin, die Sie meinen. Meine goldene Mitte habe ich längst verlassen. Stecken Sie Ihren Rezeptblock ruhig wieder in die Tasche, die Pillen nehme ich ohnehin nicht. Das Jagen der Botenstoffe hinter den Bewusstseinsströmen in meiner rechten und linken Gehirnhälfte hat zu einer markanten und nicht gerade leicht zu behandelnden Kopfsklerose geführt. Die vielen Süßigkeiten in der Kindheit haben mir das Hirn verklebt. Herr Dr. Schöpf, da zünden Sie sich erst mal eine Zigarette an, damit Sie das verkraften! Kopfsklerose. Unheimlich. Irgendwie japanisch. In japanischen Roboterfilmen geht es manchmal kopfsklerotisch zu, wirr und drängend und unheimlich: Die Roboter übernehmen das Land, sie regieren den Staat und halten sich ihre Erfinder in Puppenstuben mit richtigen kleinen Küchen, in denen auf fingernagelgroßen Pfannen Spiegeleier gebraten werden, mit morschen Kellertreppen und Miniaturgärten mit Bonsaibäumen, und Holzschuppen nicht größer als ein Karamellbonbon. Es regnet eisharte Kristalltropfen, die leuchten grün und pink, und das Volk trägt Kimonos, die aus europäischen Seidenbrillenputz- oder Einstecktüchern geschneidert wurden, in blau-weißem Schlangenmuster und mit weiten Ärmeln, aber das ist Nebensache, es handelt sich ja nur um vier Millimeter. Wichtig ist: linksherum gebunden: *Falte die linke Seite über die rechte!* Das ist wichtig, Herr Dr. Schöpf, so steht es geschrieben in den Büchern, andersherum wickeln sie ihre Toten ein! Wenn zum Beispiel ein Japaner einem anderen begegnet, der seinen Kimono andersherum gebunden hat, wendet er sich mit schreckensbleicher Miene ab, reckt die Arme zum Himmel und läuft davon. Er fürchtet das Unglück, das schon durch die *Begegnung* mit einem Andersherumgebundenen über ihn kommen wird. Der *Betrachter* wird vom Unglück bedroht, nicht etwa der, der in dem falsch herum gebundenen Kimono steckt! *Das* ist das Japanische daran, das Unheimliche. *Der Betrachter!* Falls Sie einmal nach Japan reisen, Herr Dr. Schöpf, so wie ich, mit einem Sonderflieger voller Geschäftsreisender, und die Servierdame legt

Ihnen ein glühend heißes, feuchtes Tuch auf Ihr immer noch hemmungslos treuherzig dreinblickendes, blondes Arztgesicht, dann sollten Sie den einen Gedanken memorieren: Japaner haben es gern unheimlich.

22

Es ist kurz vor zwei. Die Maklerin ist für ein paar Minuten im Bad verschwunden, jetzt kommt sie herunter und sieht frisch aus. Ihre mehligen Beine, die Füße mit den roten Pumps tasten sich die Treppe herunter, der Reißverschluss am Rock sitzt wieder auf der linken Seite, die Schleife am Hals steht, Herr Dr. Reblaus kann kommen. Die Atmosphäre unten im Flur hat jetzt fast etwas Feierliches. Alles erscheint auf einmal wertvoll und wichtig. Ivo steht am Garderobenspiegel, er hebt das Kinn und kneift die Augen zusammen, sein Teint kommt ihm jetzt wieder ein bisschen blasser vor, dadurch wirkt das dunkle Haar schwarz, ein Kontrast, der ihm nicht schlecht gefällt. Sein Aussehen ist aber auch das Einzige, das ihn im Augenblick erfreut. Für das andere braucht er jetzt viel Geduld. Und Disziplin. Zuerst die zermürbende Warterei und dann das unangenehme Gespräch mit dem sturköpfigen Untermieter, am liebsten hätte Ivo jetzt eine Sense, am liebsten hätte er etwas Praktisches zu tun, aber noch lieber wäre er in Wien. Auch sind ihm die kleinen Spitzen, die gouvernantenhaften Zurechtweisungen der Maklerin zuwider.

Noch bevor die Maklerin nach oben ins Bad gegangen war, hatte sie Ivo auf eine Art angesprochen, die ihn an seine Schulzeit in Slowenien erinnerte. An Frau Pancar, seine erste Lehrerin. Die Maklerin ist zwar nicht direkt persönlich geworden, aber unter der Haut spürte Ivo ganz genau, dass sie mit ein paar speziellen, scheinheiligen Äußerungen nur ihn meinen konnte. Er fühlte sich wie ein ausgeschimpfter Schulbub, gleichzeitig hatte er Mitleid, nicht nur mit sich selbst, sondern auch mit ihr. Die Maklerin war aufgeregt, drei Mal musste sie trocken schlucken, und während sie sprach, trommelte sie mit ihren roten Nägeln auf dem Deckel des Flügels und rieb ihre Knie aneinander. Sie sagte, dass sie so einen Hausverkauf auf professionelle Weise über die Bühne bringen möchte, und dass die Gefahr bestehe, dass sich Dilettanten, die davon keine Ahnung hätten, wie Elefanten im Porzellanladen benähmen und alles kaputt machten, was sie, die Maklerin, im Vorfeld (sie sagte *im Vorfeld*) bereits ausgehandelt hätte. Sie sagte, Witzeleien seien auf diesem Parkett ausgesprochen deplatziert, ihr sei aufgefallen, dass hier offenbar die Wirkung des Tons, der schließlich die Musik mache, nicht richtig eingeschätzt würde. Die Maklerin sagte auch, dass der Spaß für sie irgendwo aufhöre.

Das alles kam aus heiterem Himmel.

– Ich bitte Sie, lassen Sie *mich* die Verhandlungen führen! Und fallen Sie mir nicht ins Wort, sagte sie, zu Ivo und Sonja gewandt.

Dann atmete sie hörbar aus, als hätte sie sich von etwas befreit, griff nach ihrer Handtasche und ging die Treppe hinauf ins Bad.

Jetzt hören sie ihn kommen. Sonja, Ivo, Herr Morlock und die Maklerin stehen im Flur Spalier, und Herr Dr. Reblaus grüßt nach rechts und nach links und stellt sich nicht vor, nicht nötig. (Die Sachen, die gerade noch auf den Steinstufen vor der Haustür herumlagen, hat Ivo nach den ernsten Worten der Maklerin eingesammelt und in Sonjas Manteltasche gesteckt.) Die vier sind wie erlöst aus ihrer Erstarrung. Eine wie aus dem Nichts entstandene optimistische Kraft hat dafür gesorgt, dass sie Herrn Dr. Reblaus mit freundlichem, aufmunterndem Lächeln gegenübertreten. Die Maklerin ist jetzt zuversichtlich, dass sie die Sache schmeißen wird, Ivo hat noch einmal einen Blick in den Spiegel geworfen und vertraut auf sein sympathisches Auftreten und auf sein tadelloses Aussehen. Er würde Sonja gern ins Ohr flüstern, dass er jetzt spürt, dass sie ihr Ziel in kurzer Zeit erreicht haben werden, und dass er, Ivo, sich darum kümmert, dass die Sache nicht aus dem Ruder läuft, dass sie sich hundertprozentig auf ihn verlassen kann. Aber Sonja braucht Ivos Zuspruch nicht mehr, sie hat sich längst beruhigt, und von dem Moment an, als Herr Dr. Reblaus den Flur betritt, hat sich auch ihr letzter Zweifel aufgelöst. Heute Nachmittag wird verkauft. Am Abend wird sie in Wien aus dem Flieger steigen, und dann wird sie ihr Leben lang nicht mehr an die Hagemannstraße denken. Aber vorher noch schnell zum Vater ins Heim. Und zu Klara in die Klinik, schließlich ist ihr Geburtstag.

Nur Herr Morlock ist sich nicht ganz sicher, was für ihn das Beste ist. Ob er kämpfen soll, ob sich der Versuch lohnt, etwas für sich selbst herauszuholen, oder ob er den Weg des geringsten Widerstands gehen und noch diese Woche ausziehen soll, zu Karin, der geschiedenen Frau seines Bruders. Die ist allein und hat Platz.

– Du kannst bleiben, bis die Russen kommen, hatte Karin einmal zu ihm gesagt und gelacht. Das war zwar noch zu Zeiten des Eisernen Vorhangs, aber nicht einmal unter Chruschtschow hätte irgendjemand in Herrn Morlocks Verwandtschaft ernsthaft geglaubt, dass die Russen kommen. Jetzt steht Morlock im Flur und tritt von einem Fuß auf den anderen und ringt mit sich und seiner Entscheidung. Er weiß doch genau, dass er hier das letzte Rad am Wagen ist. Ein paar Tage, vielleicht zwei Wochen, mehr wird für ihn nicht herausspringen. Ob Klara weiß, was hier gespielt wird, fragt er sich, ob sie damit einverstanden ist und ob man sie überhaupt gefragt hat. Und ob es nicht geradezu seine Pflicht sei, für Klara in die Bresche zu springen.

– Weiß Ihre Schwester eigentlich Bescheid? Ich meine, dass ihr Haus verkauft wird?

Sonja scheint ihn nicht gehört zu haben. Gerade ist sie mit ihrem Bein an einen verdorrten Blumenstock neben dem Schirmständer gestoßen. Ein paar braunschwarze Blätter fallen herunter und machen ein schleifendes, knisterndes Geräusch. Als sie die Blätter aufheben will, zerfallen sie zwischen ihren Fingern. Sie hat Morlocks Frage nicht gehört, oder wollte sie nicht hören. Dafür hat Ivo sie gehört.

– Noch nicht, antwortet der über seine Schulter nach hinten, wir schauen später bei ihr vorbei. Sozusagen auf ein kurzes *Happy Birthday*.

Das mit dem *Happy Birthday* ist ihm jetzt wieder so herausgerutscht. Er merkt selbst, wie fies das klingt. So hat er es nicht gemeint. Ivo hofft, dass Sonja davon nichts mitbekommen hat.

Das Gespräch über den Kaufvertrag verläuft wie geölt, das hat keiner erwartet. Die Maklerin redet, als hätte sie den Text auswendig gelernt, flüssig und ohne zu stocken von Anfang bis Schluss. Die anderen schweigen, auch Herr Dr. Reblaus unterbricht nicht. Am Ende spricht die Maklerin das Problem Morlock an, Herr Dr. Reblaus hält sich das Kinn und wiegt den Kopf. Seine Pupillen flitzen hin und her, kaum wahrzunehmen, Bruchteil eines Millimeters, fast ist es ein Zittern. Er sagt lange nichts, dann, plötzlich, wirft er den Kopf zurück und kündigt an, dass er in der nächsten Woche einen Architekten beauftragen wird, um die Bausubstanz prüfen zu lassen. Er sagt *Bausubstanz*, und so, wie er es sagt, klingt es nach Misstrauen und Ablehnung.

– Das wird nicht gehen, sagt Ivo, wir fahren heute zurück nach Wien, und den Termin beim Notar haben wir schon vor Tagen festgelegt.

Ivo schaut auf seine Armbanduhr. Und obwohl er sich vorgenommen hat, nichts mehr zu sagen, sagt Ivo noch:

– Und außerdem, die Bausubstanz ist längst geprüft, es gibt doch ein Gutachten. Ich bin sicher, Sie haben nur nicht daran gedacht.

Kaum hat sich Ivo in das Gespräch eingeschaltet, geht sein Blick wieder zu Sonja hinüber. Als müsse er sich versichern, dass er nichts Verbotenes tut. Aber im Moment ist Sonja mit etwas anderem beschäftigt, und so scheint ihm, dass er alles richtig macht. Sonja schiebt mit dem Fuß die trockenen Blätter unter die Kommode. Die Maklerin nickt und bestätigt, ja, das stimmt, ja, das Gutachten. Klar, das Gutachten. Natürlich.

– Na dann ... sagt Herr Dr. Reblaus.

Alle warten gespannt.

– Na dann ...

Auch die Sache mit Morlock ist rasch geklärt. Er solle sich in aller Ruhe nach einer neuen Wohnung umsehen, und im Gegenzug, sagt Herr Dr. Reblaus mit der diskreten Autorität *des alten Geldes* in der Stimme, könne er ihm einen Gefallen tun und die Handwerker ein wenig beaufsichtigen, dann hätten alle etwas davon.

– Handwerker tanzen einem doch auf der Nase herum, sobald sie ohne Aufsicht sind. Wenn da aber jemand ist, der ihnen mal einen Kaffee kocht oder ein Bier holt ... Vertrauen ist gut – den Spruch kennen Sie doch –, aber Kontrolle ist allemal besser.

Herr Dr. Reblaus lacht, ohne zu lachen. Er behandelt den Herrn Morlock wie einen Angestellten. Deutlich von oben herab, aber nicht zu sehr, weil er immer damit rechnet, dass er ihn noch brauchen kann.

– Eine wahrhaft salomonische Lösung!, ruft die Maklerin aus. Sie lacht jetzt übers ganze Gesicht und greift sich an die Schleife. Sie reckt den faltigen Hals und legt den Kopf schief. Und Sonja lacht auch, weil die Maklerin lacht, obwohl Sonja nicht so sehr zum Lachen zumute ist, auch Ivo lacht mit und schaut ein wenig unsicher zu Sonja, und als er sieht, dass die auch lacht, wenn auch nicht ganz so ausgelassen, lacht er umso mehr. Hemmungslos und glücklich.

Nur der Herr Dr. Reblaus blättert in den mitgebrachten Papieren, die er gerade aus einem Umschlag geholt hat. Er zieht eine Seite von unten heraus, da fällt alles auf den Boden, die Seiten liegen überall verstreut, und wie auf Kommando gehen alle in die Hocke und helfen mit beim Einsammeln. Auch Herr Dr. Reblaus bückt sich ein wenig, um die zu Boden segelnden Seiten einzufangen. In die Hocke geht er nicht. Ist es Zufall, dass er Sonja beim Bücken mit dem Gesicht so nah ans Ohr kommt und dass er sich sogar mit der Hand auf ihrer Schulter abstützt, auf ihr, die auf dem Boden kniet. Er spricht sie leise an:

– Ich habe es in der Zeitung gelesen. Ist doch Ihre Schwester, die mit dem Kind?

Sonja antwortet nicht. Sie ist ganz vertieft ins Einsammeln, legt ein paar Seiten auf den Flügel.

– Den nehme ich mit nach Wien, sagt sie immer noch kniend und mit Herrn Dr. Reblaus' Hand auf der Schulter. Der wird nächste Woche abgeholt, der Transport ist bestellt, das wollte ich Ihnen noch sagen, Herr Dr. Reblaus.

Sie stützt sich auf dem einen Knie ab, um sich aufzurichten.

Aber Herr Dr. Reblaus will jetzt nicht über den Flügel reden, er drückt sie sanft, aber doch bestimmt zurück auf den Boden, so, dass es für die anderen nicht zu sehen ist, so, dass Sonja am Boden bleiben muss, damit er sie fragen kann, was er sie jetzt fragen will. Dabei redet er leise, als seien sie Verschworene.

– Hat sich das alles *hier im Haus* abgespielt? Ich meine, das Ganze mit dem Kind?

Sonja versucht, sich unter dem Druck der Hand auf ihrer Schulter wegzuducken.

– Das ist der Flügel meines Vaters. Auch wenn er nicht mehr darauf spielen wird ... Ich hänge daran. Ein Familienstück. So etwas gibt man nicht einfach weg.

Sonja dreht Herrn Dr. Reblaus den Rücken zu und versucht noch einmal aufzustehen. Herr Dr. Reblaus fasst sie jetzt am Arm, aber sie entzieht sich mit einer entschiedenen Bewegung seinem herrischen Griff.

– Das kann Sie doch nicht kaltlassen. Ich meine, was Ihre Schwester da gemacht hat! Ich meine, das mit dem Kind, diese ganze grässliche Geschichte, sagt er, und bläst Sonja seinen säuerlichen Atem in den Nacken.

23

Und noch etwas sollten Sie wissen, Herr Dr. Schöpf: Onkel Bert war mein Nennonkel, er war weder mit Mutter, Vater, Sonja oder mir verwandt. Das könnten Sie auf meiner Krankenakte rot markieren. Ich sage Ihnen das, damit Sie wieder Ihre Schlüsse ziehen können in meinem Fall! An so einer Erkenntnis können Sie sich wieder tagelang abarbeiten. Andererseits wäre es doch allzu läppisch, wenn Sie eine direkte, genetische Verbindung erkennen, von Onkel Berts angeborener Melancholie zu meinen Stimmungsschwankungen. Genetisch, schicksalhaft, unbezwingbar. Im Prinzip himmelhoch jauchzend. Aber kinderlos. Legen Sie meine DNS unter Ihre Lampe, dann sehen Sie nichts als das, was Sie ohnehin schon wussten: Kein Wunder, das konnte ja nicht gut gehen, das musste ja so kommen! Keine echte Herausforderung für Ihr Kombinationstalent. Aber, wie gesagt, nicht verwandt und nicht verschwägert, da hat sich nichts weitervererbt oder fortgepflanzt. Onkel Bert. Ein Skifahrer, ein Lebenskünstler, der sandfarbene Kordhosen trug und die Löcher in seinen Socken mit Hingabe selbst stopfte. Er lebte von der Hand in den Mund, und er liebte die Berge zu jeder Jahreszeit. Sobald es die ersten Flocken schneite, schnallte er die Ski aufs Autodach und fragte uns, ob einer mitkommen wolle. Aber Mutter hatte keine Lust, sie hasste die Berge, sie sagte immer, dass die Berge auch *sie* hassten, in den Bergen war es ihr zu eng und zu zugig. Und Vater gab Klavierstunden und hatte ohnehin keine Zeit. Auch Vater wäre gern Lebenskünstler gewesen, aber er hatte ja uns, seine Familie. Und ich?

Ich konnte mich nicht schnell genug entscheiden, und, wenn ich dachte, ich hätte mich entschieden mitzufahren, dann fand ich meine Skibrille nicht oder die Stöcke und die Handschuhe, oder es war etwas anderes. Ein extremer innerer Zustand, Herr Dr. Schöpf, der mich nicht zurande kommen ließ. Onkel Bert kam mit seinem Ford Taunus angefahren, mit heruntergedrehter Scheibe, auf dem Dach die langen, schwarzen Head Ski. Ich hatte schon den ganzen Morgen oben am Fenster gestanden, fast als hätte ich auf ihn gewartet. Er stieg aus, sah mich da oben am Fenster und rief: Kommst du mit? Ich nickte und lachte und war glücklich und schloss das Fenster. Und dann fing ich an alles zusammenzusuchen, was man für einen Skitag braucht. Aber an der alten Skihose war der Fersensteg abgerissen, von den Handschuhen gab es nur mehr den rechten, meine Mütze erschien mir auf einmal kindisch, mein Schal stank nach Mottenkugeln, und mein Skipullover war bei der Wäsche eingegangen. Meine Bewegungen wurden immer langsamer, ich setzte mich auf mein Bett und blickte auf die glänzenden Druckknöpfe an der Kapuze meines Anoraks. Ich hatte mein Ziel aus den Augen verloren. Onkel Bert stand am unteren Treppenabsatz und rief: Was ist jetzt mit dir? Kommst du nun endlich? Ich ging zum Fenster und blickte hinaus, auf das Autodach mit den Ski darauf, das zart beschneite Trottoir vor unserem Haus, mit Onkel Berts Fußspur, die herein und noch nicht hinausführte, das Gartentor, das offen stand.

– Klara? Klara? Kommst du?

Ich antwortete nicht, obwohl doch alles danach aussah, dass ich gleich bereit sein würde, mitzufahren. Ich öffnete meine Zimmertür und ging bis zum Treppenabsatz und sah Onkel Bert unten stehen. Er wartete auf mich, er betrachtete aus allernächster Nähe sein Gesicht in unserem Garderobenspiegel weil er vielleicht hoffte, dass so die Zeit schneller verging, bis ich fertig war. Aber ich wurde nicht fertig, ich hatte langsam und schleichend immer deutlicher gespürt, dass mir mein Ziel abhandengekommen war. Ich war mir dieses Vorgangs nicht bewusst, ich war ja noch nicht erwachsen, aber gespürt habe ich es. Leise ging ich zurück in mein Zimmer und rief:

Nein. Nein, ich komme nicht mit.

Dann saß ich wieder auf meinem Bett, die zerzausten Skisachen um mich herum, in meinem Kopf wechselnde Farben, mal blau, dann schwarz und rot. Der dumpfe Schlag der Haustür, dann Schritte auf den verschneiten Steinplatten im Vorgarten, Autotüren fielen zu. Erst als ich hörte, wie der Motor angelassen wurde, ging ich zum Fenster. Auf dem Rücksitz saß Sonja, ich sah ihr Gesicht verschwommen durch die Scheibe, auf dem Autodach ihre kurzen Ski neben den langen. Sonja war in der Lage, in zehn Minuten in Onkel Berts Auto zu sitzen, Skianzug an, Mütze auf, Schal um, Stöcke, Handschuhe, hinten auf dem Rücksitz. Und wenn die beiden abends zurückkamen und ich hörte, wie Onkel Bert die Schneekruste von Sonjas Ski abklopfte, bereute ich den verronnenen Tag. Ich war wie unter Glas, fühlte keine Wärme in meinem Kopf, in meinen Ohren nichts, die Welt um mich herum versank im hellen Nebel. Ich konnte mich nicht überwinden, hinunterzugehen zu Sonja mit ihren roten Wangen und zu Onkel Bert, ihrem Verbündeten.

Frau Hüttl, gibt es bei Ihnen auch Tage, an denen Sie das Gefühl haben, das Leben zu verpassen? Vielleicht ist das ja nur ein Tick speziell von *mir*, das mit dem verpassten Leben. Wenn ich länger darüber nachdenke, dann weiß ich gar nicht, wo das Leben eigentlich geblieben ist, das ich verpasst haben soll, ob es dieses Leben überhaupt gegeben hat. Wenn man den Bus verpasst, geht man eben zu Fuß! Das Leben geht ja trotzdem weiter, auch dann, wenn man auf der Straße stehen bleibt, weil man auf einmal das Ziel aus den Augen verloren hat. In jedem Moment fahren auf der Welt Millionen Busse, auf allen Erdteilen, in allen Städten, auf Autobahnen oder holprigen Landstraßen, jeder in eine andere Richtung, Tag und Nacht, jeder mit einem anderen Ziel! Diese Millionen Busse mit ihren Millionen Zielen und die vielen Menschen, die sie millionenmal verpassen, Frau Hüttl. So viel verpasste Zeit! Und überall stehen Leute an Haltestellen und denken über das

Leben nach! Man kommt ja ganz durcheinander bei solchen Gedanken. Mein Leben findet gerade hier im Bett statt, weder im Aufenthaltsraum noch an der Haltestelle. Ich habe das Tablett mit Kaffee und einer angebissenen, belegten Semmelhälfte vor mir, ich denke über das Leben nach und verpasse währenddessen das Frühstück und das Mittagessen im Speisesaal mit den anderen. Und schuld daran ist nicht das aus dem Gesichtskreis verschwundene Ziel, sondern Rodi, weil er, ausgerechnet heute, an meinem Geburtstag, die Post nicht bringt.

Es hieß, Onkel Bert wohne im Hotel. Ich stellte mir vor, wie schön und elegant das sein musste, roter Samt auf den Fluren, leise Musik hinter den Tapeten, duftende Handtücher im Badezimmer und jeden Tag frische Bettwäsche. Keine Küche, kein Abwasch. Wenn ich Onkel Bert danach fragte oder ihm von meinen Träumen erzählte, wich er aus, er sagte, es sei nicht so, wie ich mir das vorstellte, es gebe auch Hotels, in denen man sein Bett selbst machen müsse. Ich holte Stift und Papier und ließ mir von Onkel Bert das Zimmer aufzeichnen, Bett, Stuhl, Tisch, Schrank, Klo über den Flur. Er wollte nicht, aber ich ließ nicht locker, und schließlich zeichnete er den Grundriss seines Zimmers auf, das Bett, das Fenster. Ich bestürmte ihn, legte meinen Arm um seinen Nacken, luchste ihm das Versprechen ab, mich einmal mitzunehmen in sein Hotel, und wenn es keinen Fahrstuhl gibt, sagte ich, will ich gerne zu Fuß die Treppe hinauf. Ich wollte nichts lieber, als mit Onkel Bert zusammen sein, in seinem Ford Taunus zum Hotel fahren, mir alles ansehen und mit ihm an der Bar eine Cola trinken. Ich wollte sehen, ob alles so war wie in meinem Traum.

Und dann, ein paar Wochen später: *Onkel Bert ist aus dem Hotel geflogen!* Irgendwann hörte ich ein Gespräch zwischen Vater und Mutter, und eigentlich bekam ich nur diesen einen Satz mit: *Onkel Bert ist aus dem Hotel geflogen!* Diesen einen Satz, der gefährlich klang. Ich wusste nicht, was die Worte bedeuten sollten, was man tun musste, dass man aus einem Hotel flog. Oder ob sie es nur für mich so gesagt hatten, damit ich mir keine Sorgen machte wegen ihm, weil er lange nicht mehr bei uns gewesen war. Ich sah, wie er flog. Ich sah ihn deutlich, gegen den hellen Himmel, die Arme weit ausgebreitet, die sandfarbenen Hosenbeine, die Mantelschöße im Flugwind, sogar die gold-silberbronzene Medaille am Hinterkopf sah ich. Onkel Bert auf der silbernen Flugbahn, den Sternen entgegen. Erklären konnte ich mir das nicht: Vor ein paar Wochen noch hatte er mit Vater am Klavier gesessen. Alles war wie immer, sie rauchten ihre Rothändle, und ich hörte sie reden, und später Onkel Berts traurige Mundharmonika. Und als ich hinunterging, sah ich sie, durch die offen stehende Tür zum Musikzimmer, wie sie da saßen, Vater und Onkel Bert, und wie sie schwiegen und auf der Tischplatte die Schnapsgläser zwischen Daumen und Zeigefinger hin- und herdrehten. Onkel Bert brachte immer mal wieder ein neues Musikinstrument mit, das er auf Flohmärkten oder bei Versteigerungen ergattert hatte. Er spielte auf jedem Instrument, das er in die Hand bekam, Zupfinstrumente, Flöten, Harmonikas, Maultrommeln, ein Saxophon, bei dem die Klappen nicht mehr richtig schlossen. Er konnte nicht richtig auf den Instrumenten spielen, nur so ein bisschen, ein paar Töne. Zuerst ging es nicht, da quietschte und brummte es, aber er ließ nicht locker, probierte immer weiter, und tatsächlich, nach kurzer Zeit schon kamen ein paar schöne Töne heraus und dann dazu ein unscheinbarer, vielleicht simpler Rhythmus, und schon spielte Onkel Bert eine kleine Musik, die ich dann lange mit mir herumtrug. Eine Musik, die sich breitmachte in meinem Kopf und die ich nicht mehr loswurde. Tagelang hatte sie dann Besitz von mir ergriffen, ich summte und pfiff, aber auch wenn ich nicht summte und pfiff, war sie in mir, in meinem Kopf, in meiner Seele. Ich glaube, es hatte auch damit zu tun, dass es *Onkel Bert* war, der spielte. Ich hörte von fern die Mundharmonika, er hatte gerade die Melodie aus dem Film *Spiel mir das Lied vom Tod* herausgefunden, noch waren die Töne nicht ganz genau dort, wo sie hingehörten, aber mit jedem Versuch wurde es richtiger, und, weil es schon ziemlich perfekt klang, fast wie im Film, hörte er gar nicht mehr damit auf. Ich lauschte, und es gab nichts mehr auf der Welt als Onkel Berts leise Mundharmonika.

Auf einmal aus. Ich erschrak, als die Haustür zuschlug, roh und fest und laut, und dann ließ Onkel Bert den Motor an und gab Gas, dass er laut aufheulte und beim Wenden die Reifen quietschten. Mutter war nicht dabei. Wo war Mutter eigentlich? Ich holte die Zeichnung hervor von Onkel Berts Hotelzimmer, seinem Stuhl, dem Bett, ich dachte, wenn ich mir alles noch einmal anschaue, dann vergeht die Zeit schneller, bis er zurück ist. Ich dachte nur an ihn, wie er an dem kleinen Tisch neben dem Schrank sitzt und auf der Mundharmonika spielt und wie er dann aus dem Fenster auf die Straße sieht, auf die Menschen und Lichter, denn ein Hotel war für mich immer mitten in der Stadt, zwischen bunten Neonlichtreklamen und mit schalldichten Fenstern gegen die Geräusche von draußen. Wie er da sitzt und in der Stille etwas Trauriges spielt und nicht mehr lustig und frech ist. Ich habe es nicht wahrhaben wollen, dass er ein für alle Mal weg sein sollte, aber dann war immer mehr Zeit vergangen. Erst Tage, dann Wochen, bald hatte ich die Hoffnung ganz verloren. Onkel Bert hat nie wieder unser Haus betreten.

Als ich ihn im Schuppen liegen sah, auf Mutters Würfelrock, mit heruntergelassenen Hosen, hatte ich als Erstes einen Gedanken: wie um Himmels willen konnte es sein, dass ein so guter Skifahrer einen so weißen Hintern hatte.

24

Herr Morlock steht mit den anderen im Vorzimmer des Notars, obwohl er dort eigentlich gar nichts zu suchen hat. In der Hektik des Aufbruchs hat niemand bemerkt, dass er zu den anderen in den VW-Bus des Herrn Dr. Reblaus gestiegen und mitgefahren ist, nicht einmal Morlock selbst hat es so richtig mitgekriegt. Es ist einfach passiert, vielleicht, weil der Bus beim Starten Probleme gemacht hat. Mit jedem Versuch, den Anlasser zu zünden, wurde die Batterie schwächer und die Sorge größer, dass man den Termin beim Notar nicht mehr pünktlich erreichte. Herr Morlock sieht zwar nicht aus wie ein Experte für Automotoren, die Probleme mit der Zündung haben, aber ohne seine bescheiden und leise vorgetragenen Ratschläge wäre der Motor wohl erst sehr viel später, wenn überhaupt, angesprungen. Während also die Maklerin, Herr Morlock und Ivo um den Wagen herumstanden und Herrn Dr. Reblaus durch das heruntergekurbelte Fenster ihre gut gemeinten, aber wenig hilfreichen Tipps zuriefen, lief Sonja noch einmal nach oben.

In der Spiegeltür des großen braunen Schranks in Klaras Zimmer sah sie sich näher kommen. Zuerst Kopf und Oberkörper, die letzten Stufen der Treppe hinauf, dann durch die weit offene Zimmertür, näher, ganz nah. Sie zog an der goldenen Troddel und öffnet die Schranktür. Stand zuerst nur da und schaute auf die Fächer voll mit dunkelfarbigen Sachen, erinnerte sich flüchtig an dies und an das, begann zu zupfen und vorsichtig zu ziehen, an einem Träger, einer Kragenspitze, einem Ärmel, dann immer tiefer hinein in den Schrank, bis ganz nach hinten ins Fach, schneller, beherzter, wühlte schließlich mit Händen und Armen in

Klaras Wäsche, riss Pullover, Hemden, Blusen, Strümpfe heraus, scherte sich nicht darum, dass die Hälfte auf den Boden fiel. Zerrte die Reisetasche vom Dach des Schrankes und stopfte hinein, was kam und wie es kam, Graues, Braunes und Schwarzes, Seidiges und Wolliges, bis die Tasche prall gefüllt war. Der Reißverschluss ging nicht mehr zu, sie klemmte die Tasche unter den Arm, blickte sich noch einmal um und wollte schon zu den anderen gehen, blieb aber noch kurz am Fenster stehen und warf einen Blick hinunter auf die Straße. Herr Morlock stützte die Motorhaube mit seiner Schulter ab und rief etwas in die Maschine hinein, Ivos Anspannung war bis hinauf in den ersten Stock und durch das geschlossene Fenster hindurch zu spüren, die Maklerin zündete eine Zigarette an und machte ein verdrießliches Gesicht. Sonja betrachtete von oben die Versammlung der Nervösen, als hätte sie mit ihnen und ihrer Nervosität nichts zu tun. Wie Ivo auf seine Armbanduhr schaute, wie zur gleichen Zeit die Maklerin versuchte, etwas auf dem winzigen Zifferblatt an ihrem Handgelenk zu erspähen, wie jetzt auch Morlock die Manschette seines Hemds zurückschob, und dann, wie sich die Silhouette des Herrn Dr. Reblaus hinter der Windschutzscheibe seines Wagens hin und her bewegte. Rabiat, ruckartig, herrisch und inkompetent drehte Dr. Reblaus den Schlüssel im Zündschloss herum, wieder und wieder. Sie sah, wie Ivo etwas zu Herrn Morlock sagte, und wie die Maklerin sich zusammennahm und einen heraufkommenden Ausbruch unter Kontrolle hielt, und wie darauf Herr Morlock etwas zur Maklerin sagte und sie mehrmals hintereinander an ihrer Zigarette zog.

Sonja wusste einen Moment lang gar nicht, wo sie war, obwohl sie spürte, dass sie wissen müsste, wo sie war, und was es bedeutete, dass sie da stand, oder dass es vielleicht gar nichts bedeutete. Sie hob den Kopf und nickte Frau Fellers drei Tannen zu, und der Amsel, die auf der Terrasse die Stöckerbeine schmiss und dann auf einen Ast flog, nahe am Fenster. Die Amsel saß auf ihrem Thron und schaute sich um, ob alle zusahen, wie sie mit gewölbter Federbrust ihren Triumph über das zurückeroberte Revier auskostete. Dann sah Sonja Ivo durch den Vorgarten auf die Haustür zulaufen.

– Sonja? Sie antwortete nicht.

– Sonja? Was tust du?

– Ja?

– Was machst du noch oben?

– Nichts, ich komme.

– Der Wagen springt nicht an.

– Ich komme.

Hätte Sonja nicht in dem Moment den Hund entdeckt, wäre sie, sofort und ohne zu zögern, hinuntergelaufen. Ich komme. Aber der Hund. Ivos Hund, der aufdringliche Köter. Er kam von der Gartenseite, vielleicht von der Terrasse hinter dem Haus, oder er kam aus dem Haus. Jedenfalls kam er nicht von der Straße. Er trabte auf dem Steinplattenweg, blieb abrupt stehen, drehte den Kopf und blickte nach oben zum Fenster. Er warf Sonja einen Blick zu, einen unbekümmerten, zugleich wissenden, klaren Blick, einen menschlichen, ehrlichen, unverdorbenen Blick. Unwillkürlich trat Sonja einen Schritt zurück. Sie spürte, wie ihr das Blut ins Gesicht schoss, ihre Wangen glühten, sie dachte an den runden, weißen Mond, der sich wegduckt, und schon hörte sie den Motor von Onkel Berts Ford Taunus, aber da ging der Hund schon weiter, in Richtung Gartentür und dann hinaus auf das Trottoir zu den Nervösen. Sonja sah, wie der Hund den Kopf an Ivos Oberschenkel schmiegte, und wie Ivo zu den anderen etwas sagte, und wie dann alle auf den Hund schauten, und der Hund sich auf Ivos Füße legte, auf das warme, weiche Leder der feinen Wiener Schuhe. Sonja konnte sich nicht bewegen, nicht die Treppe hinunter, nicht rufen. Bilder zogen vorbei, eingefrorene Fotos, unglaublich scharf, von der Treppe, vom Garten, mit Mutter und Vater und Onkel Bert und Klara. Immer nur Klara, als sei sie selbst nie dabei gewesen. Und während diese Bilder an ihr vorbeizogen, schob sie eine auf die Seite gekippte tote Fliege auf dem

Fensterbrett hin und her und schaute hinunter auf den bläulich schimmernden Albinohund, in das Hundegesicht mit den erwartungsvollen Augen.

Der Wagen ist dann, nachdem Herr Dr. Reblaus irgendwann ausgestiegen ist und dem linken Vorderreifen einen wütenden Fußtritt verpasst hat, schließlich doch noch angesprungen. Und während sie vor der Kanzlei des Notars parkten und beim Aussteigen die Schiebetüren erst nicht und dann doch aufbekamen, konnte sich keiner erklären, wie es passiert war, dass der Hund im Kofferraum lag neben der Reisetasche mit Klaras dunklen Sachen und dem offenen Reißverschluss. Ganz still, wagte kaum zu atmen, mit hoch aufgestellten Augenbrauen.

– Unmöglich, sagte die Maklerin und fasste sich wieder an die Schleife am Hals, unmöglich kann dieser ekelhafte Hund mit hinauf in die Kanzlei.

Jetzt steht die kleine Gruppe im Vorzimmer des Notars, es gibt Espresso, und die gefüllten Sektgläser auf dem Tablett hinter der großen Kopiermaschine hat Ivo schon gleich beim Hereinkommen gesehen.

– Abgestandener Sekt, und dann noch baatzwarm, na servus, denkt Ivo und ist froh, dass es noch nicht so weit ist.

Morlock weiß nicht, ob er gehen oder bleiben soll. Erst als Herr Dr. Reblaus eine gönnerhafte Handbewegung in seine Richtung macht und ihn auffordert, zu bleiben, weil, man wisse ja nie, wie er sich hier noch nützlich machen könne, hängt Herr Morlock seinen Mantel auf einen Kleiderbügel in der Garderobe. Die Maklerin hat sich hinter die Sekretärin gestellt, die sich auf ihrem Bürostuhl hin und her dreht, zwei, drei Zentimeter, nicht mehr, gelangweilt oder ungeduldig, so einfach ist das nicht zu erkennen. Sie tippt ununterbrochen, auch während sie mit der Maklerin spricht. Leise und vertraut sprechen sie, und die Maklerin streift der Sekretärin mit der Hand über die Schulter und wirft dann, nahezu Wange an Wange, einen mütterlich interessierten Blick auf den Bildschirm. Kann sein, die beiden bereiten schon den nächsten Immobiliencoup vor und erkennen gerade, dass sich das Geschäft zugunsten der Maklerin entwickeln könnte. Die beiden brauchen sich offenbar nicht einmal anzusehen, um sich zu verständigen. Die Sekretärin schaut kurz auf, während ihre Finger weiter über die Tastatur huschen. Nur das Geräusch der zu langen Fingernägel der Sekretärin auf den Plastiktasten ist jetzt im Raum zu hören. Keiner spricht, Ivo und Herr Morlock sehen aus dem Fenster. Die Tür aus Teakholz mit der goldenen Klinke, die vermutlich auf der anderen Seite mit Lederrauten versehen und gepolstert ist, bleibt vorerst noch geschlossen.

Herr Dr. Reblaus ist nicht gewohnt, zu warten. Allmählich, das heißt nach wenigen Minuten, verliert er die Geduld.

– Sagen Sie Ihrem Chef, dass wir da sind, sagt er.

– Er telefoniert, sagt die Sekretärin und schreibt weiter, ohne sich nach ihm umzuwenden.

– Sagen Sie, dass wir da sind und wenig Zeit haben.

– Ja, er telefoniert.

Herr Reblaus blickt sich um, auf einmal hilflos in seiner aufschäumenden Ungeduld. Zuerst das Auto, und jetzt noch das. Immer ist was, nichts geht glatt, denkt er. Er wendet sich an die Maklerin.

– Weiß er nicht, dass wir kommen?, fragt er und ist überzeugt, dass es naiv und in gewisser Weise unschuldig klingt.

– Er telefoniert, sagt die Maklerin.

Inzwischen haben Ivo und Sonja ihre Mäntel an der Garderobe auf die Kleiderbügel gehängt. Sie bleiben vor einem großen, hell angestrahlten Bild stehen, gegenständliche Malerei in lauten Gelb- und Grüntönen. Auf dem Bild kniet eine schöne Nackte mit martialisch spitzen Brüsten in einer Badewanne. Es ist eine Leinwand ohne Rahmen, und sie schüchtert durch die aggressive und derbe Malweise ein, was vielleicht beabsichtigt ist.

– Jetzt haben wir es bald geschafft, sagt Ivo, und legt Sonja, wie er es eben manchmal tut, von hinten den Arm unters Kinn.

Sonja macht eine halbe Drehung, und bevor sie sich wehren kann, nimmt Ivo ihren Kopf zwischen seine großen, heißen Handflächen. Sie sträubt sich.

– Hör auf, Ivo, das tut weh.

– Nachher gibt es diesen pisswarmen Sekt, der da drüben steht, sagt er ihr leise ins Ohr. Dort, hinter dem Drucker steht er, wahrscheinlich seit Stunden. Er küsst Sonja zart ins Ohr und fährt mit der Zungenspitze am Außenrand ihrer Ohrmuschel entlang, dann dreht er ihren Kopf in die Richtung, in der er die Gläser auf dem Tablett sieht.

– Ich mag keinen Sekt, sagt Sonja, und jetzt schon gar nicht.

Ivo und Sonja haben den Sekt dann doch noch getrunken. Der Notar hat ein Glas nach dem anderen vom Tablett genommen, und als er bemerkte, dass ein Glas fehlte, weil keiner mit Herrn Morlock gerechnet hatte, schickte er die Sekretärin nach einem frischen Glas und goss einen Schluck aus seinem in das soeben besorgte.

– Na denn, sagt er in die Runde und stößt mit Sonja an. Zuerst mit Sonja, dann mit Herrn Dr. Reblaus. Der Notar weiß, was er tut und was sich gehört. Der Maklerin und Ivo lächelt er nur zu, Herrn Morlock übergeht er. Alle trinken gleichzeitig, jetzt sind nicht einmal mehr die Finger der Sekretärin auf den Computertasten zu hören.

– Und wenn ... – Herr Morlock räuspert sich – ... und wenn Klara wieder herauskommt? Also ich meine aus der Klinik nach Hause kommt ...

Die Sekretärin fängt wieder an zu tippen. Alle sind ihr jetzt dankbar für diese zarten Geräusche, die ein Büro zu einem Büro machen, eine Kanzlei zu einer Kanzlei.

– Wieso!, sagt Herr Dr. Reblaus und reißt mit ehrlichem Schrecken die Augen auf.

– Was meinen Sie!, sagt der Notar und nimmt die Hand aus der Hosentasche.

– Quatsch!, murrt Ivo in sich hinein und schaut auf seine Fußspitzen.

– Machen Sie sich mal darüber keinen Kopf, sagt die Maklerin zu Morlock gewendet. Und dann zu Herrn Reblaus:

– Das mit der Vollmacht ist geregelt.

Sonja schweigt, sie spürt die Hitze in ihre Wangen schießen. Auch die anderen schweigen. Entweder warten sie auf eine Antwort auf Herrn Morlocks Frage, oder sie wollen dieses heikle Thema so schnell wie möglich unter den Teppich kehren. Wie auf Kommando führen jetzt alle gleichzeitig das Glas zum Mund für den zweiten Schluck.

– Sie dürfen mir das nicht übel nehmen, wenn ich Sie das jetzt frage ... sagt der Notar in die Stille hinein und zu Sonja gewendet ... es ist die schiere Neugierde, fast eine Art Sport, und ich stelle allen, die über mich beziehungsweise mein Notariat ihren Besitz veräußern, diese Frage: Was haben Sie vor mit dem Geld?

Und anstatt zu antworten, dass ihn das nichts anginge und dass er seine lauwarme Brühe selber trinken solle, sagt Sonja:

– Sie haben da etwas missverstanden. Es ist nicht *mein* Geld, es gehört mir nicht.

Ivo und Sonja haben ihre Gläser nicht austrinken können. Die Zeit ist ihnen knapp geworden, und, obwohl Herr Dr. Reblaus eigentlich vorhatte, die Kanzlei des Notars als Erster zu verlassen, sieht er sich auf einmal allein mit der Maklerin und Herrn Morlock.

– Den Flügel hätten Sie sich unter den Nagel reißen sollen, sagt die Maklerin zu ihm.

– Was soll meine Tochter mit dem ganzen Geraffel? Ein leeres Haus ist doch allemal besser als ein volles. Oder? Nächste Woche wird ausgeräumt, da kommen die Architekten.

– Aber so ein Flügel. Die waren ja nicht einmal sicher, ob sie in Wien den Platz dafür haben, insistiert sie und überlegt schon, wie sie es anstellen könnte, dass der Flügel vom alten Herrn Schwartz schließlich doch noch in ihren Besitz gelangt, bei dem ganzen

Durcheinander von Möbeln und Gerätschaften, die jetzt bald keinem mehr gehören sollen, und die doch irgendwohin transportiert werden müssen. Bei dem ewigen Hin und Her zwischen den beiden Töchtern Schwartz und ihrem alten Vater im Heim, der ja ohnehin nicht mehr ganz zurechnungsfähig ist, und dann die Tochter Reblaus, die das Haus zum Geburtstag oder als Willkommensgeschenk kriegt. So ein Flügel macht was her, der würde aus ihrem Wohnzimmer im Hochparterre ein nobles Musikzimmer machen, so ein Flügel schmückt und wirkt kultiviert. Und dass der Corpus Risse hat von der jahrelangen Heizungsluft und dass auch die Saiten nicht mehr ganz in Ordnung sind und das Instrument seit Jahren nicht gestimmt wurde, sieht doch keiner, denkt die Maklerin und macht mit liebevoller Geste eine Art Streichelbewegung auf dem Schreibtisch, als striche sie sanft über den Deckel des Instruments, das sie mit ihrem inneren Auge majestätisch und dekorativ in ihrem Wohnzimmer stehen sieht. Es wäre übrigens das erste Mal, dass die Maklerin sich ein Stück aus einer Verkaufsmasse unter den Nagel risse. Aber jetzt will sie es ganz genau wissen:

– Den Flügel also nicht, Herr Dr. Reblaus.

Aber da zieht sich der Herr Dr. Reblaus schon den Mantel an und wünscht dem Notar alles Gute, und der Notar wünscht dem Herrn Dr. Reblaus alles Gute, und dann danken sie einander und verabschieden sich und legen ihre vier Hände ineinander und aufeinander wie Kinder, als Zeichen besonderer Verbundenheit oder zum Treueschwur. Ohne das mindeste Interesse für ihre Fragen, den Flügel betreffend, und schon im Türspalt stehend, winkt Herr Reblaus mit einer lässigen Abschiedsgeste der Maklerin zu, schließlich Morlock. Aber dann kommt er noch einmal zurück und fasst Morlock an der Schulter.

– Kaufen Sie für die Handwerker eine ordentliche Brotzeit und zwei Kästen Bier. Das Geld kriegen Sie dann von mir zurück.

25

Was wollen Sie wissen, Herr Dr. Schöpf? Vielleicht, wie es mir gelungen ist, den Kinderwagen von *seiner* Terrasse zu holen? Vielleicht, wie ich einmal laut werden musste, weil es nicht hörte? Wie ich meine goldene Halskette mit dem Anhänger vor seinen Augen baumeln ließ? Und wie es trotzdem nicht aufhörte zu schreien? Meine geheimen Sehnsüchte! Ich sehe, Sie spitzen die Ohren, nur, ich muss Sie enttäuschen. Über meine Sehnsucht werden Sie nichts erfahren. Aber ich hätte eine Frage an *Sie* persönlich: Wie viel von dem, was Sie da aus mir herauszerren, können Sie für Ihr eigenes Leben verwerten? Ihre ganze Familie könnte davon profitieren, wenn Sie von mir erzählten. Von meiner Welt, die so weit von der Ihren entfernt ist, meinem Leben. Zum Beispiel, wie ich die vertrockneten Blätter von der Terrasse kehrte. Der Wind hatte sie im Herbst in die Ecken geweht, ich hatte noch nicht einmal bemerkt, dass es Frühling geworden war. Der Morgen leuchtete babyrosa und himmelblau, der Garten roch nach schwerer, nasser Erde. Ein Flugzeug blieb lange über mir und brummte ruhig, als wollte es in der leichten Luft so lange wie möglich verharren. Oder fliegen die Flugzeuge im Frühling langsamer? Das müsste mal einer überprüfen, ob die Flugzeuge langsamer fliegen, sobald es Frühling wird. Alles ist erst eine kurze Weile her, ich weiß gar nicht, wie lange, und ob Herr Morlock die Gartentür abends verschließt, weil sich sonst die streunenden Hunde der Gegend auf unserer Terrasse versammeln und in den klaren Nächten den Mond anbellen. Der Polizist, der mich abführte, hatte weiße Augen. Augen, so weiß wie der Mond. Ich hätte eben *doch* noch meinen Wäscheschrank aufräumen sollen!

Aber wie sollte ich ahnen, dass mir dafür keine Zeit bleiben würde. Wenn ich zurückkomme, wird alles verknickt sein, die Blusenkrägen werden nicht mehr als Krägen zu erkennen sein, die Spitzenbordüren eingerollt, die Gummibänder in den Strumpfhosen werden mürbe sein vom Herumliegen, die Träger der Unterhemden brüchig. Was schwarz war, wird grau sein, was weiß war, auch. Ich könnte Herrn Morlock bitten, in mein Zimmer zu gehen, meine Bettwäsche abzuziehen und in die Wäscherei zu bringen. Das Geld wird er mir sicherlich auslegen. Bis ich wieder zu Hause bin. Bis ich die Terrasse kehre, den Sonnenschirm aufspanne und die Gartenmöbel abwische. Bis es Sommer ist.

Oder, wie ich meine Mutter verlor. Danach haben Sie mich doch schon einmal gefragt, aber keine Antwort bekommen. In meiner Krankenakte notiert mit einem Strich. Der soll bedeuten: hat auf die Frage keine Antwort gegeben, hat die Auskunft verweigert. Meine Mutter ist überfallen worden. So viel steht bereits in meiner Akte. Was da nicht steht: Man hat sie zu Boden gestoßen und ihr die rote Handtasche aus der Armbeuge gerissen. Der eine rote Henkel hing sogar im Krankenhaus noch an ihrem Arm. Zuerst hatte Mutter gedacht, sie könnte hinterher und sich die Handtasche wieder zurückholen, aber ihr Rock war zu eng und die Schuhe zu hoch, und außerdem ist ihr auf einmal schwindlig geworden, und sie musste sich kurz auf den Asphalt setzen, bis die Sanitäter vor ihr standen, sie in den Krankenwagen legten und ihr etwas für den Kreislauf spritzten. Es hat in der Zeitung gestanden. Wie alt waren Sie eigentlich 1982? Konnten Sie da schon lesen?

Mit Sonja saß ich hinter der Hecke. Von unserem Taschengeld hatten wir uns eine Dose Sauerkraut gekauft. Der Inhalt der Dose war so fest gepresst, dass wir zuerst dachten, wir hätten uns geirrt, und wir hätten Pressspan in der Dose gekauft und nicht Sauerkraut. Wir hatten eiskalte Hände und lachten uns halb tot.

Mutter wurde mit Blaulicht ins Krankenhaus gefahren. Die Ärzte *bemühten* sich um sie. Aber, wie es so ist, wenn sich Ärzte *bemühen*: Die Vergeblichkeit ist vorprogrammiert. Das kennen Sie doch, die Hand auf der Schulter der Angehörigen, soll beruhigend wirken, soll dem Schmerz die Spitze nehmen. Diese herzzerreißend verlogene Anteilnahme! Ein rotes Häkchen in der Krankenakte, das reicht euch schon für die Diagnose. Gut aufgelegt am Nachmittag im Schwesternzimmer. Meistens geht es um die höhere Dosierung der Medikamente. Der Stationsarzt segnet ab, der Oberarzt nickt. Meine Mutter starb an Herzversagen, so stand es auf dem Totenschein. In der Zeitung stand: *Die Folgen des Überfalls hat Frau S. nicht überlebt.* Die Hand auf meiner Schulter spüre ich übrigens heute noch.

– Wenn sie wirklich gewollt hätte, dann hätte sie es geschafft, sagte der Oberarzt ohne jede Anteilnahme. Wenn es auf Spitz und Knopf steht, zählt allein der Lebenswille!

– Was geht Sie der Lebenswille meiner Mutter an?, rief ich. Geht das nicht weit über Ihre Kompetenz hinaus?

Der Anruf aus der Klinik kam um sieben Uhr morgens. Vaters Augen rund und leer und wie aus Glas. Wanda, die Einschmeichlerin, die Falsche, Berechnende, war gleich darauf zur Stelle. Mit einem Marmorkuchen für Vater. Und dass er auch für mich sein sollte, das kam gequält. Dann sagte sie:

– Dein Vater braucht mich jetzt. Dabei sah sie mich mit ihren falschen Augen an. Ihr Blick voller Bedeutung, aber ich stellte mich stur und wollte nichts verstehen.

Wanda kochte Kaffee, und es sah ganz danach aus, als wollte sie in Zukunft das Kommando übernehmen.

Auf eine Obduktion haben wir verzichtet.

Nur eines nahm ich Mutter übel, dass sie sich aus dem Staub gemacht und mich allein zurückgelassen hat, so dass *ich* mich um Vater kümmern musste, obwohl ihn zu trösten doch eigentlich *ihre* Aufgabe gewesen wäre. Und Sonja hat sich auch rausgehalten. Sie erschien zwei Tage vor der Beerdigung auf der Bildfläche, trauerte kurz und vernehmbar, dann verschwand sie, und ich blieb zurück. Mit Wanda und Vater. Ich stellte mir vor, wie alles sein würde. Ich konnte gar nicht wieder damit aufhören, mir das Leben auszumalen.

– Ach komm doch, hörte ich Mutter sagen, der rechte Schritt zur rechten Zeit, und schon tut sich was.

Nur Sonja, *die* hat die Zeit genutzt, *die* hat gewusst, wie man das macht. Die Sonja hat sich schon früher in allem ausgekannt.

Rufen Sie mir mal die Frau Hüttl oder die Rafaela aus der Küche. Ich weiß zwar nicht, wie spät es ist, aber ich fühle, es ist die Stunde der Illustrierten! Rafaela, die kleine mollige Spanierin aus der Küche soll mir mal das Heft mit Diana vorne auf dem Titelblatt bringen. Die Seite, auf der sie das blaue Kostüm trägt, ist schon durch viele Hände gegangen. Mit Diana verbindet mich viel! Auf alle Fälle mehr als mit Sonja. Wenn ich das nächste Mal zu Vater ins Heim gehe, kann ich ihm und Frau von Auer erzählen, wie es ausgegangen ist mit Dodi und Diana. Steht alles in dem Heft, das allerdings so zerfleddert und abgegriffen ist, dass man sich die Hälfte selbst zusammenreimen muss. Früher las ich ihnen vor, aber jetzt hätte ich genug Zeit, die Geschichten auswendig zu lernen. Von gebrochenen Herzen und denen, die sie brechen. Ich muss Frau Wendland anrufen und meinen Besuch ankündigen. Ich komme bald und sage auf, was ich weiß. Ich bin gut vorbereitet! Und, Rafaela, du kriegst von mir eine Diana-Tasse zum Abschied. Damit du immer an mich denkst. Aber wer sagt denn, dass es ein Abschied sein muss! Du wirst mich doch zu Hause besuchen! Und, wenn er dir nicht weiterhin das Geld aus der Nase zieht, kannst du auch deinen heiligen Gabriel mitbringen. Er wird sich ausgezeichnet mit Herrn Morlock verstehen, denn der, auch wenn er auf den ersten Blick nicht danach aussieht, ist Experte für Autotypen. Sieht aus wie ein Fußgänger, aber kennt sich bestens aus, jede Marke, jedes Modell. Und während du, Rafaela, mit mir in der Küche das Abendessen vorbereitest, könnten die beiden vor der Tür den grünen Nissan von deinem Gabriel auf Vordermann bringen. Vielleicht dienstags, an deinem freien Tag.

Ich würde gerne jemanden fragen, wie alles gekommen ist. Aber zuerst möchte ich, dass mal einer das Licht anmacht. Die Glocken habe ich schon lange nicht mehr läuten hören. Frau Hüttl, Rodi! Einer soll Licht in meinem Zimmer machen! Das richtige Licht macht die Menschen glücklich! Wenn ich eine Verkehrsampel zu Hause hätte! Das rote Licht würde ich auf den Nachttisch stellen, das gelbe ins Innere des Kleiderschranks. Mit Grün ist es problematisch: Es passt am besten ins Bad oder in die Tiefkühltruhe, grün und frisch und frostig. Da machen Sie jetzt mal was draus, Herr Dr. Schöpf! Wälzen Sie ruhig Ihre Bücher, vielleicht kriegen Sie heraus, was das mit dem Licht bedeutet, bei so jemandem wie mir. Die Frage *Wer bin ich und wer sind Sie*? müsste nun auch endlich einmal abschließend beantwortet werden, ich bin doch schon ein paar Monate hier, und wir haben viel Zeit vertrödelt. Wenn wir uns gemeinsam dazu aufraffen, zuversichtlich zu sein, könnte es vielleicht etwas werden. Alle müssen mitmachen, auch der Schweizer, dem inzwischen sein letztes Quäntchen Kraft abhandengekommen sein soll. Auf der Station wird getuschelt, er habe sich gestern verausgabt. Der Unordnung in seinem Zimmer, besonders auf dem Bett, wäre er beinah nicht mehr Herr geworden. Und das mit der Lebensfreude hat er auch nicht mehr im Griff. Ich dagegen achte darauf, dass ich gerade liege und dass meine Decke immer glatt ist.

– Ja?

Irgendjemand hat mich gerufen. Ich werde mich aufsetzen und den Lippenstift aus der Schublade holen. Hübsch und helle Haut und lächeln. Wussten Sie, dass es im Russischen für *rot* und *schön* nur *ein* Wort gibt? Ich habe geträumt, dass Sie nachts in meinem Zimmer herumschlichen und im Dunkeln Ihren Beobachtungsposten unter meinem Bett einnahmen, Herr Dr. Schöpf. Sie beobachteten mich, unter mir und auf dem Rücken liegend, so wie Sie es gelernt haben, und beim Hochkommen haben Sie, trotz Ihres unmaßgeblichen Alters geächzt wie ein alter Mann, und haben sich das Bein verknackst, die Schulter verrenkt, das Becken gezerrt, die Hand gequetscht, die Nase gebrochen. Die Augen verdreht. Und so weiter. Ihre Antwort auf meine Frage, warum Sie nachts in meinem Zimmer herumschlurfen, war so gekonnt wie fadenscheinig. Im Traum sprachen Sie rückwärts, Sie sagten, dass Sie Ihr Arbeitsvertrag dazu verpflichte. Unter meinem Bett zu liegen. Um herauszufinden. Wer ich wirklich sei. Mir war in jenem Moment klar, dass ich, *auf* dem Bett liegend, schneller herausfinden würde, wer *Sie* sind.

Vielleicht hätte ich es nicht so weit kommen lassen dürfen. Es weinte. Fast die ganze Zeit weinte es. Obwohl ich mit ihm redete, beruhigend auf es einredete. Ich fragte immer wieder, ob es ihm nicht gut ginge, ich beschwor es, endlich mit diesem zermürbenden, grausam hohen Ton aufzuhören. Dann käme alles ins Lot, sagte ich ihm, dann würde alles gut. Es verstand mich nicht, wollte mich nicht verstehen, oder es hörte nicht hin. Es stieß mit den Beinen nach mir, versuchte mich in den Bauch zu treten, es weigerte sich, Vernunft anzunehmen. Ich zog ihm die Hose aus, das war gar nicht so leicht, denn es wollte seine Beine einfach nicht stillhalten. Es drehte und wand sich wie ein Wurm, es versammelte alle seine Kräfte gegen mich. Ich gab ihm einen Klaps um es zu beruhigen, nur einen kleinen, nur damit es aufhörte, auch das half nicht, es weinte weiter. Die ganze Nacht. Wissen Sie, wie das ist, die ganze Nacht? Herr Dr. Schöpf? Das macht einen ganz verrückt, so ein Gewimmer, das nicht aufhört. Man presst sich mit den Daumen die Schläfen zusammen, hält sich die Ohren zu, reißt sich an den Haaren, probiert es schließlich mit einem Lied. Ein kleiner Klaps hat noch keinem geschadet. Es sollte nur endlich Ruhe geben!

Und Sie sprechen von *Kinderwunsch*. Etwas Absurderes fällt Ihnen wohl nicht ein, oder hat der Stationsarzt Ihre aberwitzige

Diagnose schon abgenickt? *Mein* Leben habe ich gerade in Ordnung gebracht. Ich sage *ihm*, dass es mir leidtut. Und dass mein Leben jetzt in Ordnung ist und bleibt. Und dass ich warte. Bis auch *er* so weit ist. Bis *er* bereit ist.

Sonja hat sich noch nicht gemeldet. Ich bin darauf eingestellt, dass die Post heute erst gegen Abend ausgetragen wird, sicher ist eine Karte von ihr dabei. Seit ihr dieser Slowene nicht mehr von der Seite geht, kommt sie aus Wien gar nicht mehr heraus. Vielleicht hat der ihr für immer den Kontakt mit ihrer Familie verboten. In diesen Ländern lernen die Männer schon von klein auf, wie sie den Frauen das Leben schwer machen, indem sie ihnen allerhand verbieten. Erst verschanzen sie sich jahrzehntelang hinter den Karawanken, und dann darf eine Schwester ihrer Schwester nicht mal zum Geburtstag gratulieren. Ob Sonja sich mit dem überhaupt unterhalten kann? Gerade das Slowenische ist ja schwer zu lernen und nicht unbedingt jedermanns Sache.

26

– Mein Gott, wer hätte das ahnen können, dass es einmal so kommen würde mit Ihrer Schwester!

Frau Wendland reckt die Arme zur Begrüßung, und ihre Stimme ist erregt, als wäre alles, was sie mit Sonja eine Woche zuvor am Telefon besprochen hat, ihr persönliches Schicksal. Was soll Sonja sagen. Dass sie diese Stimme nicht mag? Dass sie Frau Wendlands Erregung für übertrieben hält? Dass Frau Wendland die Geschichte mit Klara nichts angehe? Lieber will sie von Frau Wendland wissen, wie es ihrem Vater geht, worauf sie vorbereitet sein muss, wenn sie sein Zimmer betritt, ob es mit der monatlichen Überweisung klappt, ob er nach Klara fragt, ob noch ausreichend Wäsche für ihn im Schrank liegt, Hemden, Socken, Schuhe, ob er ordentlich isst, genügend trinkt und schließlich: wo sie ihren Vater findet, jetzt mitten am Nachmittag. Ivo hält den beiden Frauen die Glastür auf, und sie betreten die Halle.

– Ihre Schwester ist zu viel allein gewesen, dafür ist der Mensch nicht geschaffen, sagt Frau Wendland, während sie einem Dreiertisch zunickt und die Zähne bleckt zu einer Art Lächeln. Einen Moment lang stockt sie, dann redet sie weiter:

– Wenn Ihre Schwester den Vater am Abend ins Bett gebracht hatte, wollte sie gar nicht wieder nach Hause. Bis ich Feierabend hatte und in die Straßenbahn stieg. Weil sie Angst hatte vor dem dunklen Haus.

Während Frau Wendland redet, flitzen ihre Augen kreuz und quer durch die Halle. Aufgeregt, aber zugleich kühl und teilnahmslos rattert sie ihr Bedauern herunter. Und hört immer noch nicht auf:

– Tagsüber hat sie überall im Haus das Licht brennen lassen, heißt es, und die ganze Nacht. An die Stromrechnung mag ich gar nicht denken! Ist doch nur logisch, dass sie sich das Kind geholt hat. Man hätte sich mehr um sie kümmern müssen.

Sonja sagt nichts.

– Ihrem Vater haben wir nichts erzählt. Er weiß nicht, dass sie aus der *Klinik* anruft …

– Ruft sie oft an?

– Selten. Sie wird nicht dürfen.

Frau Wendland macht ein betrübtes Gesicht. In dem frechen roten Dirndl sieht sie älter aus, als ihr lieb sein kann. Die Gummibündchen der weißen Puffärmel schnüren ihr die Oberarme ab. (Später wird Ivo sagen, dass er immer auf die Stelle schauen musste. Wie ein Zwang war das, wird er sagen.)

– Wie geht es meinem Vater?, fragt Sonja, um das Thema abzuschließen. Aber Frau Wendland lässt sich nicht unterbrechen. Es ist ihr eine gewisse Begeisterung, fast Begierde anzumerken, ein erwartungsvolles Leuchten belebt ihre Augen, als hoffe sie auf Neuigkeiten, die ihren Appetit auf Skandal wenigstens ein bisschen befriedigen.

– … Frau von Auer hat es in der Zeitung gelesen und nicht dichtgehalten. Leider.

– Und?

– Immer wieder hat sie Andeutungen gemacht. Manche Leute können eben ihren Mund nicht halten. Die beiden sind nachmittags die einzigen im Fernsehraum. Hoffentlich hat er diese Andeutungen nicht verstanden. Da müssen wir noch ganz fest die Daumen halten, alle miteinander.

Frau Wendland zupft an der Zimmerlinde herum, ein paar Blätter fallen ab, es sieht schön aus, wie sie im schrägen Nachmittagslicht schwerelos langsam auf den Teppichboden segeln. Jetzt hat sie jemanden auf der anderen Seite der Halle entdeckt, sie streift ihre Dirndlschürze glatt und bleckt wieder die Zähne.

– Hoffentlich haben Sie ein bisschen Zeit mitgebracht, sagt sie, und ist eigentlich schon gar nicht mehr da. Und im Gehen ruft sie: Ihr Vater freut sich so!

– Wo ist er denn jetzt?

– Siebzehn, im ersten Stock. Er hat darauf bestanden, *oben* auf Sie zu warten.

Die Wand im Treppenhaus ist bis hinauf zur obersten Stufe zugepflastert mit kleinen, bunten Fotos. Die erzählen vom Leben im Heim, und dass es auch seine heiteren Seiten hat: Nikolaus mit Rute und Sack, Kostümfest in der Halle. Eine mürrische Katze mit angeklebten Schnurrhaaren, ein Elefant mit Rüssel aus Pappe. Salzbrezeln. Ein Marienkäfer ist im Sessel eingeschlafen, dann die Großaufnahme einer Torte zur diamantenen Hochzeit und immer wieder Kaffeetrinken. Auf allen Fotos Luftschlangen, die hängen von den Lampen herab auf die Tische, Luftschlangen um die Hälse und auf den vielen silbrigweißen Köpfen, Luftschlangen vor abwesend dreinblickenden Gesichtern. Sonja geht näher ran, sie sucht auf den Fotos ihren Vater. Hier, in der zweiten Reihe, hinter der Kleinen mit dem Stock? Oder der? Ivo sieht auf die Uhr.

– Das Flugzeug wartet nicht, sagt er.

Aber Sonja studiert weiter die Fotos, in aller Ruhe, jedes einzelne. Oder lässt sie sich Zeit, weil sie das Wiedersehen mit ihrem Vater noch ein wenig hinausschieben will?

– Da ist er, sagt sie, ich glaube, ich habe ihn gefunden, komm Ivo, schau.

Ivo kommt und schaut.

– Der mit der weinroten Fliege. Ich erkenne ihn. Mein Vater.

– Aha, sagt Ivo, und schaut Sonja über die Schulter.

Umringt von ein paar zittrigen Damen, eine komische Geste mit Händen und Armen. Dazu ein komisches Gesicht. Die Zittrigen blicken ernst drein, manche scheinen nicht recht bei der Sache zu sein. Sein Versuch, die anderen zum Lachen zu bringen, kommt nicht an.

– Er hat es überlebt, sagt Ivo.

– Was?

– Dass er nicht ankommt. Die Schachteln amüsieren sich nicht besonders. Sieht aus, als ob er es nicht merkt. Auch eine Überlebensstrategie!

– Ivo! Ich mag nicht, wenn du so bist.

– Wie bin ich denn?

– Du weißt schon.

Ivo sagt darauf nichts. Er hat auf einmal schlechte Laune.

Und noch ein Foto: Der Vater sitzt auf dem Mäuerchen vor der Halle. Mit furchtbar dünnen, übereinandergeschlagenen Beinen. Die Hosenbeine sind nach oben, bis fast zu den Knien gerutscht, die Haut an den Schienbeinen leuchtet weiß, er hat keine Socken an. Die nackten Füße in den Schuhen, die krummen Beine, ohne Strümpfe. Er lacht und schaut in die Kamera, macht wieder das komische Gesicht.

Was er nur immer mit dem Gesicht hat, denkt sich Sonja. So kennt sie ihren Vater nicht.

Im ersten Stock schlägt eine Tür zu. Sonja hebt die Augenbrauen. Sie hören Schritte, die näher kommen. Es sind Frauenschritte. Jetzt sehen sie, wie jemand sehr konzentriert und behutsam beginnt, die Treppe herunterzugehen. Faltenrock, weiße Bluse, den Kragen hochgestellt, Strickjacke, fein geschnittenes Gesicht, lila schimmerndes, gepflegtes Haar. Eine Dame. Steht oben am Treppenabsatz und schaut auf die beiden herunter. Vorsichtig legt sie eine Hand auf dem Geländer ab und wartet einen Moment, dann nimmt sie zögernd und tastend die erste Stufe. Ihre goldenen, mit Brillanten besetzten Ringe blitzen im Schein der Treppenbeleuchtung. Ein Duft nach Jasmin erfüllt das Treppenhaus.

– Suchen Sie jemanden? Sie bleibt stehen. Es klingt nicht hilfsbereit, sondern abweisend misstrauisch. Ivo antwortet:

– Zu Herrn Schwartz wollen wir.

– Wenn der nicht unten ist beim Kaffeetrinken, dann ist er wohl in seinem Zimmer.

– Ja, siebzehn, sagt Sonja.

– Wer sind Sie überhaupt?, fragt die Dame, jetzt noch misstrauischer. Soll keiner denken, sie sei eine, die sich übers Ohr hauen lässt!

– Ich bin die Tochter, sagt Sonja.

– Ja, du liebe Güte! Die Dame legt die Hand vor die Augen, als wäre sie geblendet, dann flüstert sie:

– ... die aus Wien doch nicht etwa?

– Doch, die, sagt Sonja. Wieso?

– Kommen Sie wegen Ihrer Schwester?, fragt die Dame.

– Ich will meinen Vater besuchen.

– Sprechen Sie ihn bloß nicht darauf an.

Ivo drängt sich an ihr vorbei. Aber sie ist stur und bleibt auf der Stelle.

– Er denkt, Ihre Schwester ruft *von zu Hause aus* an, sagt die Dame jetzt wieder lauter.

– Wieso?, fragt Sonja mit Unschuldsmiene. Sie will sie aushorchen, sie will wissen, was man so spricht im Heim, und wie es um den Vater steht.

Ivo hat die alte Dame ein bisschen zur Seite gedrängt und geht weiter nach oben. Er denkt an Wien, das Flugzeug, die vertane Zeit. Eine lange erwartete Lieferung aus Mailand ist für morgen früh um sieben vereinbart, da muss er im Laden sein! Das ist ihm jetzt das Wichtigste! *Jeder* muss schließlich schauen, wo er bleibt!

– Komm jetzt, Sonja, sagt er barsch. Wir haben es eilig.

– Ach, sagt die Dame. Natürlich! Sie löst kurz die Hand mit den Ringen vom Geländer, legt sie aber sofort wieder zurück. Kaum da, und schon wieder weg!

Ivos Nerven. Sonja kennt ihn. Gleich reicht es ihm, gleich explodiert er.

– Madame, wir sind pressiert, und ich glaube nicht, dass Sie das etwas angeht. Ivo fasst Sonja an der Hand und zieht sie nach oben.

– Komm jetzt endlich, herrscht er sie an.

– Schämen sollten die sich! Den eigenen Vater! Ein Mal im Jahr. Und dann pressiert es schon, kaum dass man da ist ... und die andere im Irrenhaus ... kümmern sich einen Dreck ...

Sie schimpft weiter, Ivo und Sonja können nicht alles verstehen, nur, dass das, was sie sagt, so gar nicht zu ihrem damenhaften Aussehen passt.

27

Ich würde gerne mal jemanden fragen, wie alles abgelaufen ist. Sie können mir viel erzählen, Rodi, aber meine Frage, wie alles abgelaufen ist, können Sie mir nicht beantworten. Ist doch nicht verboten, in ein Fenster zu schauen. Gibt es ein Gesetz, das mir verbietet, am Zaun zu stehen, um meinem Liebsten nahe zu sein? Im Gestrüpp. Kalte Füße. Klamme Finger. Und *er* war noch nicht einmal da! Nur die Frau, das trübe Licht, die düsteren Bilder an der Wand, der fahle Abend. Keine Angst! hätte ich ihm zugerufen, so trostlos wird es nicht weitergehen. Mit mir wird dein Leben anders, mit mir kommt endlich Leben in dein Leben! Früher war ich schnell erschöpft, ich überlegte lange, bevor ich mich entschloss, aus dem Haus zu gehen. Suchte Gründe, *nicht* zu gehen, die Luft zu klar, der Weg zu weit, die Sonne zu hell. Allein der Gedanke! Das ganze Theater mit dem, was mich draußen erwartete. Ich stellte mir etwas vor, und dann hatte ich schnell vergessen, was ich eigentlich wollte. Heute bin ich anders.

Weil einer auf mich wartet. Weil ich nie mehr allein sein werde.

Schnell vergessen, was ich eigentlich wollte. Es passiert mir noch ab und zu, aber nicht mehr so oft. Ich muss zusehen, dass alles in meinen Plan passt. Mutter kannte das Leben nicht nur vom Hörensagen. Sie hatte immer neue Ideen. Und mit ihren Antworten tappte sie nicht im Dunkeln. Wo andere noch an den Fragen herumdokterten, war für sie schon alles erledigt. Dabei hat sie Vater immer so lieb angesehen. Und er, er hat ihren Blick voll leiser Sehnsucht erwidert. Alles war im Lot, und ich konnte an den Sommer denken. Nur Sonja hat den Mund nicht gehalten.

Ich streifte um das Haus herum, wartete darauf, dass *er* herauskam, *er* hatte mir doch ein Zeichen gegeben, dass es nur kurze Zeit dauern würde und dass ich warten sollte. Er hatte nur noch ein paar Handgriffe zu erledigen: rasch noch den Schal, die Schuhe zu, die wichtigen Papiere, die Brieftasche. Autoschlüssel. An seiner Frau vorbei. Bloß keinen Blickkontakt. Hinaus aus dem Haus. Keiner hat etwas bemerkt. *Das Schicksal hat uns zusammengeführt!* Und Mutter im Himmel wird Augen machen, denn so hatte sie mich nicht eingeschätzt. Siehst du, ruft sie mir zu, du musst nur aus dem Haus gehen. Zur richtigen Zeit, am richtigen Ort, und schon tut sich was!

Sonja hat einfach behauptet, sie hätte nichts Dunkles, da wollte sie ausgerechnet Mutters schwarzen Rock anziehen. Bei diesem Anlass! So eine Idee kann nur aus Sonjas Kopf kommen! Der schwarze Rock, der noch nach Mutter roch, und Sonja mit der kleinen Schaufel in der Hand. Es klang hohl, als Steine und Erdbrocken auf den Sarg fielen, als fielen die Steine im Traum, als tönte es hohl nur im Traum. Und wir, wie wir da standen, einer nach dem andern, mit der kleinen Schaufel. Wie konnten wir denn wissen, ob es wirklich Mutter war, im Sarg. Da gibt es keine Sicherheit, der Deckel ist geschlossen, einer hat ihn zugenagelt. Er war der letzte Zeuge. Einer in speckiger, aber immerhin schwarzer Uniform und schwarzer Krawatte, mit rücksichtsvoll ausdruckslosen Augen und einem runden Gesicht. Rund vom Warten an der frischen Luft und vom Bier und von der ganzen Rücksicht. So einer hat Mutter zum letzten Mal gesehen. Was hatte Mutter überhaupt an im Sarg? Jedenfalls nicht ihren schwarzen Rock. Der hängt jetzt wieder bei mir im Schrank.

Ich habe den Reisigbesen nicht an die Wand gelehnt. Die Kehrseite nach oben. Es war das Kindermädchen, oder vielleicht die Frau, die von sich behauptet, *seine* Frau zu sein. Ich tat nichts weiter, als am Zaun entlangzustreifen, hin und her, den ganzen

Nachmittag, bis es dämmerte. Ich suchte nach etwas, aber ich wusste nicht, wonach. Dann sah ich sie aus der Terrassentür heraustreten mit dem Kind auf dem Arm. Blond, das ja, aber was bedeutet das schon. Es war still, wie es nur im Winter ist. Und ich in meinem Versteck, hinter den vertrockneten Blättern der Buchenhecke eine freie Stelle, nicht größer als eine Fotolinse. Ich beobachtete sie, wie sie im Garten stand, ich sah ihr an, dass sie ahnungslos war. Das Einzige, worum ich sie beneidete, war die Ahnungslosigkeit. Das stumme Kind auf dem Arm. In der Luft war auf einmal Bewegung, ihr blondes Haar flog ihr vors Gesicht. Sie drehte sich um, es sah aus, als suchte sie nach etwas, ihr Blick war auf den Boden gerichtet, während das Kind, der Himmel, Köpfchen mit der Zipfelmütz, kinderrote Zipfelmütz, nach oben in den Himmel sah. Voller Wolken, der Himmel, eine graue, zähe ziehende Masse, nichts für die Augen eines Kindes, und doch konnte es sich nicht sattsehen. Weiter, um das Grundstück herum immer den Zaun entlang, im Schutz der Buchenhecke. Mit vorsichtigen Schritten vermied ich das zarteste Knirschen, sprang von Mooskissen zu Mooskissen, die weichen Grasflecken unter meinen Füßen gaben keinen Laut von sich. Nur die trockenen Blätter der Hecke waren zu hören, einige lösten sich und fielen herunter, ein trockener, spröder Laut, der mich nicht irritierte. Zwei Benzinkanister in der Garage, einer rot, einer gelb, leuchteten zu mir herüber. Als winkten sie mir zu, als forderten sie mich auf, sie nicht zu übersehen. In dem gelben war noch ein Rest. Ich blieb stehen. Onkel Bert? Onkel Bert? Bist du da? Ich höre keine Musik. Ich hörte nichts als den Wagen heranfahren, wartete, bis der Motor abgestellt war, die Autotür zugeschlagen und hastige Schritte ins Haus. Ich fror, war müde und hungrig. So schnell knistert das Reisig und macht alles hell. Von diesen paar Tropfen aus dem gelben Kanister! Kommt keiner ans Fenster? Glas bricht, Stein bröckelt, und endlich krachen die Balken. Sieht *er* nicht mein Zeichen? Mein Licht? *Sieht er mich nicht?* Und berührt mich schon an der Schulter, am Hals. Jetzt prasseln die Flammen in meinem Kopf. Kinderrot. Zipfelmütz. Bitte Stationsarzt! Sehen Sie sich das ruhig an. Störfall im Stoffwechsel! Die Empfindlichkeit der Gehirnzellen für die Reize, die eine brennende Fackel aussendet, ist messbar angestiegen, ho, ho, Herr Dr. Schöpf, schließen Sie umgehend Ihre Drähte an. Ein günstiger Moment, Test Test Test, wie schnell die Ströme fließen! Die ganze Fragerei können wir uns – zumindest für heute – ersparen. Noch Fragen?

Kein Mond, kein Stern. Durch die große Scheibe sah ich das Kindermädchen allein vor dem Fernseher sitzen. Die Herrschaften waren ausgegangen. Langsam zog ich mich zurück, die kalte schwarze Fackel hielt ich am Stiel. Ein Zeichen an *seiner* Hauswand, dicht neben der Terrassentür. Ein schwarzbrauner Fleck. Symbol unserer Verbindung. Der Reisigbesen war vielleicht ein wenig ramponiert, verkohlt und nach oben hin ausgefranst, aber seine Wärme strahlte noch lange in der Dunkelheit. Frau Hüttl, was machen *Sie* eigentlich abends, wenn Ihr Mann mal *nicht* zu Hause ist. Keiner da ist, der Ihnen den Mantel abnimmt. Ihnen die Füße massiert. Wenn es still ist und sogar die freche Amsel die Flügel angelegt hat. Am Abend kommt alles zusammen, die Füße, die Beine, der Kopf. Den ganzen Tag über denke ich: Noch sind wir nicht so weit, mittags um eins spreize ich schon mal die Zehen, erst links, dann rechts, im Lauf des Nachmittags gerät dann alles in Bewegung. Mit zunehmender Geschwindigkeit, alles in Bewegung.

Oft habe ich das schon erlebt!

Mit der Zeit hatte ich für mich einen Trick gefunden, Frau Hüttl, ein Mittel, das mich davor bewahrte, dass der Abend, die unerträgliche Stille, die Dunkelheit über mich hereinbrach. Ich setzte mich ins Auto und fuhr zu meinem Vater. Meistens war ich zu früh dran, weil Wanda noch bei ihm war. Ihr will ich unter keinen Umständen begegnen. Ich fuhr herum und blieb immer an denselben Stellen stehen und betrachtete die Leute, wie sie ihre Einkäufe nach Hause trugen und sich auf den Abend einstellten. Oft war ich schon ein paar Stunden unterwegs, bis ich den Wagen am *Rosengarten* abstellte. Sah ich Wandas Wagen noch auf dem Parkplatz stehen, fuhr ich noch ein paar Runden. Die Benzodiazepine werden im *Rosengarten* gegen zwanzig Uhr verteilt, dann kehrt Stille ein. Die Vorhänge zugezogen, die große Glastür zur Halle verschlossen. Die Notklingel am Hintereingang klang viel zu schrill. Oben öffnete sich ein Fenster.

– Wer ist da?

– Ich bin das, Frau Wendland, Klara Schwartz. Ich will zu meinem Vater.

– Ihr Vater schläft. Kommen Sie morgen wieder.

– Trotzdem. Machen Sie auf, ich will nach ihm sehen.

– Hier ist längst Feierabend.

Kurz darauf der Türöffner. Ich hörte die Stimme aus dem Fernsehapparat bis ins Parterre hinunter. Vaters Bett war leer, also ging ich in den Fernsehraum. Es lief, wie jeden Tag um diese Zeit, die Gesundheitssendung. Eine Ärztin gibt praktische Ratschläge, wie es sich leichter und länger leben lässt. Die Alten sollen denken: Ist das schon die ganze Weisheit? Das ist doch ganz einfach, das kann ich auch. Vater sieht sich die Sendung wegen der schrägen Augen der jungen Ärztin an, türkisgrün, Farbe der Hoffnung. Vater war allein, den Ton hatte er so laut gestellt, dass er mich nicht kommen hören konnte. Ich stand lange hinter ihm, betrachtete die grünen Augen auf dem Bildschirm. Ich machte mich nicht bemerkbar und stand noch eine Weile und dachte: Moderatorin beim Fernsehen! Wie schön das Leben sein muss, wenn man abends zur Arbeit geht. Dann ging ich leise zur Tür hinaus auf den Flur. Vater hat nichts bemerkt.

– Hab ich Ihnen doch gesagt, dass Ihr Vater schon schläft, rief mir Frau Wendland noch auf der Treppe nach.

Endlich, Rafaela! Du kannst das Tablett mitnehmen. Von dem Essen, das sich hier *Abendessen* nennt, und das ihr uns bereits vor vier hinstellt, unmittelbar nach meiner Banane, die ich heute übrigens nicht bekommen habe, wird mir schlecht. Essen die anderen hier auf der Station eigentlich immer ihre Teller leer? Und wenn nicht, wo kippen sie es hin? Durch die Gitter aus den Fenstern oder in die Blumenvasen? Oder kriegen die etwas anderes als ich? Hier spielen alle dem Dr. Schöpf in die Hand und lassen mich am ausgestreckten Arm verhungern. Dabei bin ich bei weitem empfindlicher als zum Beispiel der Herr Urs mit seinem Bergbauerngaumen, den eine hochgebogene Scheibe Emmentaler schon ruhig stellen kann. Rafaela, wenn du irgendwann einmal für deinen Gabriel eine Paella machst, bringst du mir etwas davon mit? Eine Paella mit Muscheln und Langusten.

28

Als Sonja ins Zimmer tritt, sieht sie den alten Mann am Fenster stehen, der den Vögeln am Himmel zusieht, wie sie nebeneinander, übereinander in breiten Wellen dahinziehen, wie sie sich einreihen und wieder auseinanderdriften. Hört nicht das Klopfen, nicht das Öffnen der Tür, so selig schaut er hinauf und kann nicht genug bekommen von den schwarzen Linien und Kurven aus winzigen Punkten.

– Vater?

Hört nicht. Sonja steht schon im Zimmer, klopft an den Türrahmen, ein paar Mal. Jetzt dreht er sich langsam um. Schaut seine Tochter an und sagt nichts. Schaut nur. Ein Blick, der noch im Himmel bei den Vögeln ist.

– Klara!

Sein Gesicht ist anders, als sie es kannte, es hat kahle Stellen, die sind fremd, die kahlen Augen, kaum Brauen, kaum Wimpern. Sie weiß nicht mehr, was sie sich vorgestellt hat, das Zimmer im späten Nachmittagslicht, das glatt gestreifte Bett, die gelbliche Tapete, der Kleiderberg auf dem Stuhl, dann der Geruch. Der ganze Vater ist anders, als sie ihn sich vorgestellt hat. Da steht er, in seinem Zimmer und doch wie zu Besuch. Auf dem Nachttisch ein Foto von Mutter im viel zu großen Silberrahmen. Mutters Strahlen ist wie lebendig, ihre Augen, ihr Mund, der Blick, der Funken schlägt.

Als Sonja die Arme öffnet, führt sich die Bewegung wie von selbst herbei, weil die Tochter sich die Begrüßung des Vaters so vorgestellt hat. Aber sie ist abgelenkt von dem Foto und den Funken, die aus Mutters Augen springen. Sie lässt die Arme sinken, der Vater hat auf die Geste gar nicht reagiert, er ist wieder am

Fenster, bei den Vögeln hoch oben, und Sonja denkt, dass es schwer ist mit dem Wiedersehen. So gebückt und mager, so weit weg. Ihre Arme taub wie Stöcke. Und die Mutter auf dem kleinen Nachttisch.

– Ich bin Sonja, Vater, ruft sie, ich bin nicht Klara.

Der Vater sieht sie nicht an. Er interessiert sich jetzt für Ivo, der in der offenen Tür stehen geblieben ist.

– Wer ist das noch mal?, fragt der Vater und geht auf Ivo zu.

Mit plötzlich aufscheinender Freundlichkeit geht er ganz nah an Ivo heran und sieht ihn an. Dazu hat er sich noch kleiner gemacht, als er ohnehin ist, ein paar Zentimeter in die Knie, den Rücken rund, der Kopf sitzt direkt auf dem Rumpf.

– Das ist Ivo, mein Mann, sagt Sonja.

– Ivo. Ivo, murmelt der Vater nachdenklich vor sich hin. Ivo kenn ich doch von früher. Wer ist das noch mal?

– Nein, Vater, *den* Ivo kennst du noch nicht, den kannst du gar nicht kennen. Ich bin seit einem Jahr mit ihm verheiratet. Ivo kommt eigentlich aus Slowenien.

– Komisch. Der Vater wiegt den Kopf. Wieso kommt der jetzt plötzlich aus Slowenien?

Ivo nimmt sich jetzt zusammen, streckt dem Schwiegervater die Hand entgegen. Bevor er gleich hinunter ins Café geht, will er höflich sein, sich korrekt benehmen, nicht riskieren, dass sich Sonja seinetwegen Gedanken machen muss. Auch wenn er nur noch zweierlei im Sinn hat: Kaffee und: Die Zeit bis zum Abflug möge doch bitte schön, Herr im Himmel, so schnell wie möglich vergehen! Er gibt sich einen Ruck, die Hand noch immer ausgestreckt.

– Ich freu mich. Sonja hat mir schon viel von Ihnen erzählt. Pause. Jetzt fällt ihm nichts mehr ein.

Der Schwiegervater nimmt die Hand nicht. Immer noch sieht es aus, als überlege er, woher er Ivo kennen könnte. Doch Ivos Hand nimmt er nicht. Er hat seine Hände hinter dem Rücken verhakt.

Ivos Silhouette in der Tür, Sonja denkt an Onkel Bert, wie er zu Hause in der Tür stand. Onkel Bert singt eine Melodie, Mutter pfeift dazu, die beiden sehen sich an, auf diese gewisse Weise sehen sie sich in die Augen. Vater spielt auf dem Klavier. Er hat den Kopf weggedreht.

– Und was wollt Ihr von mir?, fragt der krumme, käseweiße Mann jetzt unvermittelt. Seine Stimme klingt immer noch freundlich.

Sonja will nicht an früher denken, sie hebt die Augenbrauen, will sich ganz auf das konzentrieren, was gerade hier geschieht. Bloß keine Melodie jetzt! Keine auch noch so kleine Melodie! Sie sagt:

– Wir besuchen dich. Wir sind gerade in München und wollen nach dir sehen. Ob du etwas brauchst. Was du so treibst.

Es klingt fremd für sie, wie sie das sagt. Sie ist nur aus der Übung, beruhigt sie sich. Diese Art Konversation muss man trainieren, und außerdem Mutter, die auf dem Nachttisch steht, mit ihren Augen, strahlend und geheimnisvoll. Sonja denkt, wie kann ich wissen ob der Vater versteht, was ich sage? Spielt er ein Spiel, wie früher immer? Weiß er wirklich nicht, wer mit ihm spricht? Klappriger, schmächtiger Mann, mit rostiger Stimme, die Ohren sind größer geworden, die Augen sind nicht die Augen von früher, die Lippen aus violettem Seidenpapier. *Klara!* Warum macht er das? Weil sie nicht mehr dazugehört, weil sie aus seinem Leben verschwunden ist? Oder er spielt Verstecken. Mit der Absicht, sie zu erschrecken. Daran hat er vielleicht immer noch seine Freude.

– ... was du so treibst ... sagt er leise, und es ist nicht zu erkennen, ob er es nur nachsagt, oder ob er hinterlistig und verschmitzt ist, und weiß, was er sagt. Er mustert Ivo, ist dabei sehr konzentriert. Auch wenn der im Augenblick nur dasteht, mit der Hand in der Hosentasche.

– Klara wird dich heute noch anrufen. Ich bin Sonja und komme dich besuchen. Sonja gibt sich noch einmal Mühe, streicht ihrem Vater vorsichtig über die Schulter.

– Und was wollt ihr von mir?, fragt er noch einmal und schaut dabei so freundlich, dass nicht einmal Ivo eine Antwort parat hat.

Sonja will den Vater an der Hand fassen, erwischt nur die Fingerspitzen. Die sind so kalt wie Eiszapfen.

– Wir wollen dir sagen, dass wir alles gut hinbekommen haben. Die Hagemannstraße ist jetzt in besten Händen.

Der Vater geht nicht darauf ein. Sonja versucht es noch einmal.

– Wir haben das jetzt abgeschlossen. Du weißt schon.

Aber der Vater bleibt störrisch. Er hat sich wieder zum Fenster gedreht.

– Du sollst mir Oberhemden mitbringen und Socken. Und mein Kopfkissen stinkt. Irgendjemand klaut hier im Haus meine schönen Wollsocken. Frau von Auer und die vom zweiten Stock stehlen wie die Raben.

Sonja sieht Ivo an, der lächelt mild, das gibt ihr Kraft.

– Vater. Hör mal zu. Ich muss jetzt mit dir sprechen. Dazu bin ich extra mit dem Flugzeug aus Wien gekommen. Aber es geht nicht um Socken oder Kopfkissenbezüge. Es geht um die Hagemannstraße.

Ivo muss raus, an die Luft. Er sieht sich um und weiß nicht, wie er es anstellen soll, das Zimmer so schnell wie möglich zu verlassen. Er spürt, dass ihm gleich schwarz vor Augen wird, wenn er nicht sofort hinaus auf den Flur, besser noch, hinunter in den Garten geht, sich auf die Wiese legt und Sauerstoff in seine Lunge pumpt. Er fühlt sich mies. Ohnmächtig, obwohl er weiß, dass er bei vollem Bewusstsein ist. Ausgehebelt. An den Rand gedrängt. Soll Sonja das Gespräch mit ihrem Vater allein weiterführen, es hilft nichts. Kurz lässt er alles, was er heute schon gegessen hat, vor seinen geschlossenen Augen vorbeiziehen, vielleicht war etwas Verdorbenes dabei. Oder es ist wieder die Unterzuckerung. Vielleicht kann er sich unten in der Cafeteria helfen lassen, mit einem Stück Torte und einer Tasse Kaffee. Die erste Begegnung mit seinem Schwiegervater ist ohnehin gehörig daneben gegangen, eine zweite wird es nicht geben. Kaffee, Kuchen, frische Luft. Wenigstens hat er sich nichts zuschulden kommen lassen, keine freche Bemerkung, keinen Ausrutscher, nichts. Dumm nur, dass er gerade ungünstig steht, hinter Sonja und ihrem Vater, zwischen Schrank und Bett, im hinteren Teil des Zimmers eingeklemmt. Er müsste sich an den beiden vorbeidrängen, er müsste sie bitten, einen Schritt zur Seite zu treten, um ihm Platz zu machen. Er käme nicht unbemerkt zur Tür, sie würden die Unterhaltung (wenn man das Unterhaltung nennen kann) unterbrechen und ihn fragen, wo er hinwolle, und dann würden sie sagen, dass sie ebenfalls in die Cafeteria hinuntergingen. Kein Ausweg, keine Möglichkeit zur Flucht. Jeden Preis würde er jetzt bezahlen, allein zu sein. Allein an einem Tisch unter der Neonbeleuchtung in der tristen Service-Ecke im Parterre. Mit der »Kronenzeitung« und einem kleinen Braunen. Am liebsten wäre Ivo in Wien im Café Europa.

Es klopft. Bevor eine Antwort möglich ist, geht die Tür auf. Nur einen Spalt. Es ist die alte Dame von der Treppe.

– Ich wollte nur mal nachsehen, ob alles in Ordnung ist, Herr Schwartz.

Der Vater schaut verdutzt und schlurft in Richtung Tür.

– Frau von Auer? Sie wollten doch zur Isar hinunter, sagt der Vater mit plötzlich brüchiger Stimme. Dann, aggressiv und laut: Was spionieren Sie noch hier herum?

– Brauchen Sie was?, fragt sie. Sie kommt nicht herein, spricht durch die fast geschlossene Tür.

– Gehen Sie!, sagt der Vater grob.

– Ich will nur nach Ihnen sehen! Alles in Ordnung?

– Ich habe Besuch!

– Die sind gleich wieder weg. Ich warte unten auf Sie, dann gehen wir zusammen.

Jetzt reißt sie die Tür auf, kurz und heftig, aber nur, um sie mit Wucht wieder zuzuschlagen. Alles geht so schnell, dass es Ivo nicht möglich ist, zu entwischen.

– Wer war das?, fragt Sonja.

– Frau von Auer. Die hört schlecht. Außerdem klaut sie meine Socken.

– Aber Vater ... das glaube ich nicht. Du wirst die Sachen verlegt haben, und irgendwann tauchen sie wieder auf.

– Quatsch. Meine Socken werden immer weniger. Die hat alle *sie*.

– Sie sieht aber nicht aus, als trüge sie ausgerechnet *deine* Socken, Vater!

– Nicht *sie*! Die kriegen ihre Verwandten!

Ivo hat sich inzwischen, von Sonja und ihrem Vater unbemerkt, in die Nähe der Tür gestellt. Er ist fest entschlossen. Jetzt oder nie.

– Wo willst du hin, Ivo? Sonja hat seine Unruhe bemerkt, trotz seines Lächelns.

Sie sieht auf ihre Handtasche, die am Boden steht, neben dem Waschbecken und den herabhängenden Frotteehandtüchern. Das braune Kuvert mit der Vollmacht, die ihr Vater unbedingt noch heute, jetzt, hier, unterschreiben muss, ragt ein wenig heraus. Die Vollmacht, auf die der Notar wartet und die, wie er behauptet, den ganzen Ablauf und dazu sein Büro aufhalte, und die heute Abend noch hier in München unterschrieben in den Briefkasten gesteckt werden müsse.

– Ivo, wohin gehst du?

Ivo muß an die Luft. Er antwortet nicht, sondern geht einfach zur Tür hinaus, den Gang entlang, die Treppe hinunter. Er wird unten darauf warten, dass die Zeit vergeht, bis sie zu Klara in die Klinik fahren, um ihr zum Geburtstag zu gratulieren.

Dieser Besuch wird ihm hoffentlich mehr bieten als das trübsinnige Herumstehen mit dem alten Mann, mit dem ein vernünftiges Gespräch nicht möglich ist. Außerdem ist er inzwischen sogar ein bisschen neugierig auf Sonjas verrückte Schwester. Immerhin scheint sie ja die Ärzte und Pfleger in der Klinik ganz schön auf Trab zu halten.

Ivo ist sich manchmal selbst ein Geheimnis.

– Da ist noch etwas, das du unterschreiben musst, Vater.

Sonja ist es nur recht, dass sie jetzt mit dem Vater allein ist. Sie will sich ganz auf das konzentrieren, weswegen sie hier ist, und nicht ihre letzten Kraftreserven an diesem anstrengenden Tag für unnützes Herumgerede vergeuden. Sie holt den Umschlag mit der Erklärung aus ihrer Handtasche hervor, steckt ihn gleich wieder zurück. Wer weiß, wie der Vater damit zurechtkommen wird, wer weiß, ob er sich überhaupt an die Hagemannstraße erinnert. Erinnern *will*! Sie muss es erst herausbekommen.

– Warum ist Klara nicht gekommen?, fragt der Vater und sieht Sonja gerade in die Augen. Klara kommt doch immer. Klara kommt doch heute.

– Sie ist verreist. Aber sie wird bald wieder zurück sein, und dann wird sie dich sofort besuchen. Hat sie mir versprochen.

– Verreist? Erzähl mir nichts! Verreist ...

– Ja, ein bisschen Sonne. Sie braucht Erholung. Tapetenwechsel. Nach dem langen Winter.

Aber der Vater interessiert sich auf einmal nicht mehr für Klara und dass sie verreist sein soll. Er lässt Sonja mitten im Satz stehen, öffnet die Tür und tritt hinaus auf den Flur. Sieht nach links und nach rechts. Entscheidet sich für links. Duckt sich ein wenig, und dann läuft er los.

– Wo willst du hin?, ruft Sonja hinter ihm her. Ich muss sowieso bald weg! ... Hier ist etwas, das du unterschreiben ...

Aber er hört sie nicht mehr, läuft weiter, den Flur entlang mit schnellen, schlurfenden Schritten, ohne sich umzusehen.

– Vater? Was ist denn auf einmal?, ruft Sonja, die jetzt auch auf den Flur hinausgetreten ist. Ihre Stimme hallt wider in dem langen leeren Gang. Das Licht ist dämmrig, und die Silhouette des kleinen schmächtigen Mannes wird immer kleiner. Dann ist er auf einmal weg.

Es sind keine Schritte mehr zu hören.

– Vater! Ich bin doch gekommen! Extra aus Wien!

29

Mit der Zeit treibe ich immer weiter zurück in meiner Erinnerung. Das müsste Ihnen doch gelegen kommen, Herr Doktor Schöpf. Gestern haben Sie mich gefragt, wie alles angefangen hat. Was für eine Frage! Es wird Ihnen allerdings nicht weiterhelfen, wenn ich sage: Alles fing damit an, dass *er* auf dem Holzpodest stand und seine Rede beginnen wollte. Wind kam auf und der Himmel zog sich zusammen. Die weißen Papierblätter auf dem Rednerpult wurden von einer plötzlichen Brise erfasst, mischten sich unter die gelben Herbstblätter und schossen durch die Luft. *Er* stand hilflos und wirkte plötzlich einsam und rang die Arme. Mehrmals griff *er* ins Leere, die Blätter waren immer dort, wo *seine* Hände nicht zugriffen. Ich sah, wie ihm die Brille vom Kopf flog, in Zeitlupe auf mich zu. Von *seiner* Nase weg und in hohem Bogen mir vor die Füße.

Rafaela, das Kabel von der Klingel blockiert meine Nachttischschublade. Vielleicht kann auch die Frau Hüttl kommen, dann ziehen wir zu dritt. Bei meinem nächsten Gespräch wird Dr. Schöpf sich Hilfe holen müssen, wenn der Versuch, mir in die Seele zu schauen, erfolgreich sein soll. Und ich, ich werde *seine* Brille aufsetzen und die Welt durch *unsere* Augen betrachten. Er und ich: *Ein* Blick, *ein* Gedanke. Und vor allem, meine Rafaela: *eine* Zukunft, von der Dr. Schöpf wieder mal nichts ahnt. Denn von der Liebe versteht der nichts. Und nichts von meinem schönen Mantel mit den großen Knöpfen, den schräg angesetzten Taschen, der weißen Mütze. Und nichts davon, wie einem ist, wenn man in so einem schönen Mantel steckt, nicht besonders auffällig, aber hübsch und blass und mit roten Lippen. Auf dem runden Platz, zwischen all den Menschen flog mir seine Brille zu. Ich spürte, wie sich das Schicksal zu mir herabbeugte und mir übers Haar strich. Schon tut sich was, hörte ich es flüstern. Siehst du, schon tut sich was. Da lohnt sich doch jeder, auch der größte Aufwand, wenn man das Schicksal auf sich aufmerksam machen kann. Wenn man dem Blick des Geliebten standhält, und er dauert all die Zeit, die der Spatz seinen Schnabel am Fels wetzt. In fünftausend Metern Höhe.

Als ich das erste Mal in Frau Wendlands Büro kam, wurde mir der Besucherstuhl auf der gegenüberliegenden Seite ihres Schreibtischs zugewiesen. Zwar gepolstert, aber nicht ganz koscher, taubenblau und flauschig auf der Sitzfläche. Metallbeine mit kaltem Glanz. Der Stuhl, auf dem immer die eingeschüchterten Kinder sitzen, die bereits selbst das Greisenalter erreicht haben und sich von der Heimleiterin die nackte Wahrheit über ihre Eltern anhören müssen. Über sich ergehen lassen müssen. Die Heimleiterin führt das Gespräch mit routinierter Sanftheit, die Worte schrauben sich hoch in Richtung Zimmerdecke.

– Wir werden alle älter, sagt Frau Wendland und vergräbt die Hände in den Taschen ihrer schimmernden Dirndlschürze. So ist das Leben.

Auffällige Unruhe vor allem nachts, Appetitlosigkeit, schlimmer noch: Trinkt nicht. Will sich nicht hinsetzen, weint, manchmal den ganzen Nachmittag. Und der Eigensinn! Die Nachfahren, die Vormundschaftsträger, die Verantwortlichen, sie hören zu und nicken mit den Köpfen. Sie sind froh, dass es mit ihnen noch nicht so weit ist, sie schließen kurz die Augen und lassen alles über sich ergehen. Sitzen vor einem Glas Apfelschorle und wagen weder Fragen noch Widerworte, sie wollen nichts riskieren. Wie schnell gibt es Missverständnisse, Schuldzuweisungen, die dann nicht so gemeint waren, wie sie klangen.

– Der Zustand Ihres Vaters hat sich verändert. Es geht bergab, da gibt es nichts zu beschönigen! Was ich Ihnen zu sagen habe, ist nichts, was Sie beruhigen wird. Er will nicht in seinem Zimmer bleiben, steht nachts auf. Wir haben nicht genügend Personal. Überall wird nur gekürzt. Erst im Februar ist wieder jemand erfroren. Das ist nicht schön, nein wirklich nicht.

– Ziehen Sie lieber neue Kopfkissenbezüge auf, Frau Wendland!

Es gab auch schöne Stellen in meiner Erinnerung. Dass Mutter nicht tot ist, und Sonja ist verantwortlich für den Kartoffelbrei. Der brennt an, der Topf ist schwarz am Boden und nicht wieder sauber zu kriegen. Wir sehen alle zu, wie Sonja schrubbt und kratzt und schabt. Onkel Bert dreht das Radio lauter, weil der Sprecher über Erich Kästner sagt, dass der gestorben sei. Aber keiner von uns kann das glauben.

– Erich Kästner, das gibt es doch nicht, der soll gestorben sein?, sagt Mutter. Gerade noch haben wir *Emil und die Detektive* gelesen! Und Sonja kriegt ein rotes Gesicht, und die Küche ist voller Rauch. Der Geruch von angebranntem Kartoffelbrei hat sich überall ausgebreitet, aber bevor wir das Fenster aufmachen, holt Mutter zwei Dosen Ananas aus dem Keller. Die soll es zum Nachtisch geben.

Es weinte den ganzen Abend. Erst schrie es, vielleicht, weil der Hals, das Kinn, die Brust, weil alles klebte von dem danebengelaufenen Bier. Ich habe den Waschlappen extra in warmes Wasser getaucht, denn es sollte nicht erschrecken. Irgendwann wimmerte es nur noch, weil es keine Kraft mehr hatte. Der Geruch des Bieres, das ich ihm mit dem Löffel einzuflößen versuchte und das aus seinem Mund herauslief, überallhin, hatte sich schon im ganzen Haus ausgebreitet.

– Schluck runter! Gut für die Nerven. Gut für uns beide.

Aber es verstand mich nicht, es wurde wieder wild und zappelte und weigerte sich mit aller Kraft. Das Bier lief in die Ohren, übers Kinn den Hals herunter. Da nützte auch der warme Waschlappen nichts.

Erst als ich es geschafft hatte, ihm die Hose auszuziehen, erst da bemerkte ich, dass es eine Windel anhatte. Es war immer noch eigensinnig und wollte sich von mir nicht anfassen lassen, drehte sich auf dem Sofa hin und her und schrie wie am Spieß, da legte ich es auf den Boden, damit nichts passiert und es nicht herunterfällt, sich nicht den Kopf an der Tischkante stößt und noch lauter schreit. Immer dieses Geschrei, meine Ohren sind dafür nicht gemacht! Das Frotteehandtuch hielt auch nicht zwischen seinen krummen Beinen, da kam mir die Idee mit dem Gürtel von meinem Bademantel.

Was für ein Glück, dass Herr Morlock bei seiner Mutter war. Ob der überhaupt noch eine Mutter hat? Wenn es still ist im Haus, kann ich alle Geräusche, die Herr Morlock macht, hören. Das zarte Klappern des Bestecks, wenn er oben den Tisch deckt nur für sich, das beruhigende Rauschen, wenn er die Badewanne einlaufen lässt, das feine Schleifen der Schuhsohlen auf dem Parkett. Alles kann ich orten, sogar das Geräusch, wenn auf seinem Tisch die Mikadostäbchen auseinanderfallen. Herrn Morlocks leise Geräusche gehen mir hier ab, sie gehören doch zu meinem Tag und zu meinem Leben. Jetzt höre ich die Glocken. Drei, vier, fünf. Wie vergeht die Zeit schneller, wenn man wartet oder wenn man erwartet wird? Das müsste mal einer erforschen, einer, der etwas davon versteht.

Nur ab und an ein Schluchzen, ein Zucken, sein ganzer Körper verkrampfte sich, es schmiss den Kopf nach links und nach rechts. Seine Hände zitterten. Ich hielt sie fest, da weinte es nur noch mehr. Es lag auf dem Teppich im Musikzimmer. Meine Schuhe hatte ich längst ausgezogen, meinen Mantel auf den Boden geschleudert. Eine Sekunde Totenstille. Nichts rührte sich. Meine Finger an seinem Hals. Meine eiskalten Fingerspitzen zwischen dem kleinen dicken Kinn und der Brust. Nur einen Moment, ein paar Sekunden Wärme für meine Finger.

Lieber will ich in Ruhe gelassen werden und mich unter der Bettdecke verstecken, um diesem rosenholzblonden Aushorcher zu entgehen. Ich sollte ihm sagen, dass er bei den Gesprächen mit seinen Patienten die Taktik ändern muss. Alles, was er von mir zum Fraß vorgeworfen kriegt, legt er auf die Goldwaage. Durchforscht mich so emsig, dass er gar nicht bemerkt, dass ich bereits alles vorher sortiert und unter meine Lupe gelegt habe. Von meinem Wunsch, Herr Dr. Schöpf, der nicht in Erfüllung ging, werden Sie nichts erfahren. Ich kann warten. Stellen Sie Ihre Inkompetenz ein weiteres Mal unter Beweis! Und vor allem: Sparen Sie sich Ihr *Wir gehen den Weg gemeinsam*. Wir gehen nicht gemeinsam. Mit Ihnen gehe ich nirgendwohin! Gehen Sie lieber in Deckung!

Ich wünschte mir einen Schlittschuhrock aus blauem Samt mit weißem Schwanenpelz am Saum. Es wurde aber dann doch bloß ein flaschengrünes Federmäppchen für die Schule. Es hätte ein Rock sein sollen, der fliegt, wenn man sich schnell dreht. Ich hatte das Pirouettendrehen doch nur für so einen Rock gelernt! Noch ging es nicht so schnell, ein, zwei, höchstens drei Umdrehungen, die Arme ausbreiten und langsam an den Körper ziehen. Eine Pappscheibe mit einem Loch in der Mitte. Da kommt die Taille rein. Und hellfleischfarbene Nylonstrumpfhosen. Das war mein größter Wunsch. Stattdessen steckte mich Mutter in eine dicke graue Strumpfhose und behauptete, Schlittschuhfahren mit Rock sei etwas für Dienstmädchen. Du mit deinem Dienstmädchengeschmack. Und Sonja hielt den Mund. Sie sagte schließlich gar nichts mehr, um nicht gegen die Geburtstagsregel zu verstoßen. Das Geburtstagskind hat immer recht. Und eines Tages war Sonja weg. Zuerst dachte ich, es wäre nur für kurz, obwohl ich nicht wissen konnte, wie lange *kurz* dauern würde. Voriges Jahr sagte sie, ihr Leben in Wien, da könne sie nur abends anrufen. Frau Hüttl, nehmen Sie ruhig ab, wenn es klingelt, und reden Sie ein paar Sätze mit meiner Schwester. Sagen Sie ihr, dass die Geburtstagsregel von früher längst nicht mehr gilt!

Wie sich das Leben vor mir zurückzieht. Das wird Sie nicht interessieren, Herr Dr. Schöpf, aber ich frage mich, wo ist die Mitte und wo der Anfang. Und wie wirkt sich die verrinnende Zeit auf das Leben aus. Sie sind naiv und tun so, als ob Sie mittendrin stünden. Aber ich sage Ihnen, Sie haben nichts verstanden. Wenn Sie wollen, erkläre ich es Ihnen. Das würde allerdings einen Moment dauern. Da müssen Sie sich ganz und gar auf *mich* konzentrieren und Ihr unbedeutendes Arztleben mal einen Augenblick lang vergessen. Und das, was in Ihrem Kopf drin ist, die Gedanken, Erinnerungen, Einschätzungen.

Wenn wir an den Wochenenden aufs Land fuhren, mussten wir Kinder immer hinten sitzen im Auto. Halten Sie das ruhig in meiner Akte fest, Herr Dr. Schöpf. Vater war ausgelassen und sang, und wenn wir uns in die Kurven legten, probierte er eine Oktave höher. Mutter war ängstlich. Sie hielt sich an ihrer Handtasche fest und rief, er solle nicht den Draufgänger machen, damit könne er ihr nicht imponieren. Uns Kindern hinten wurde schlecht. Wir drehten die Seitenfenster ein wenig herunter und knieten uns auf die Sitzbänke und hielten unsere Nasen in den offenen Spalt. Obwohl uns speiübel und überhaupt nicht lustig zumute war, mussten wir doch lachen. Später kam ein Gewitter, aber wir lachten immer weiter. Ich erinnere mich nicht, wann es aufgehört hat. Vielleicht hat es ja von ganz alleine aufgehört. Ich werde Sonja fragen, ob es von ganz alleine aufgehört hat.

30

– Taxi! Verdammt! Besetzt!

Ivo reißt noch einmal den rechten Arm hoch.

– Wir hätten anrufen sollen.

Sonja sieht auf ihre Armbanduhr.

– Wenn wir nicht bald eins finden, wird es knapp.

– Ich kann zurücklaufen und Frau Wendland bitten, anzurufen.

Sie hält Ivo ihre Handtasche hin. Ohne Tasche könnte sie schneller zurücklaufen.

– Und wenn inzwischen eines hält?

– Und wenn überhaupt keines kommt?

– Dann musst du bei deinem Vater übernachten.

Ivo lässt den Arm sinken und legt ihn auf Sonjas Schulter ab. Sie kann über seinen Witz nicht lachen.

– Hauptsache ist, dass jetzt alles geklappt hat, sagt Ivo.

– Gerade klappt gar nichts, sagt Sonja und boxt wütend in die Luft.

Trotzdem. Ivos Stimmung hat sich erholt. Er kennt das Leben, er weiß, dass man für alles bezahlen muss: Wenn bisher das Ganze so ziemlich glattgelaufen ist, dann eben für den Preis, dass nicht das erste, sondern vielleicht erst das fünfte oder zehnte Taxi halten wird. Alles, was sie sich für heute vorgenommen haben, ist einigermaßen geschafft, und Ivo hat wieder Freude am Leben.

– Taxi! Halt! Mann, das gibt es doch nicht. Fährt einfach vorbei.

Sonja gibt auf.

– Ivo, mach du!, sagt sie und zwängt sich durch die eng aneinandergeparkten Autos zurück auf das Trottoir.

Das nächste Taxi hält, Ivo öffnet die hintere Tür, und während Sonja auf die Rückbank rutscht, ruft sie dem Fahrer zu:

– Zuerst in die Lintherstraße zum Krankenhaus, und dann zum Flughafen. Liegt ja fast auf dem Weg.

Der Taxifahrer murmelt etwas davon, dass der Mittlere Ring dicht sei und man den Weg durch die Stadt nehmen müsse, fragt:

– Wann fliegen Sie?

– Neunzehnzwanzig, Austrian Airlines, die Maschine nach Wien, sagt Ivo wie aus der Pistole.

– Und am Krankenhaus, da fahren Sie nicht auf den Parkplatz, sondern warten direkt an der Auffahrt. Nur jemandem zum Geburtstag gratulieren, höchstens zehn, allerhöchstens fünfzehn Minuten.

Der Fahrer wendet, und Ivo greift nach Sonjas Hand.

– Wir haben es tatsächlich hinbekommen, sagt er, hätte ich nicht gedacht.

Sonja verschränkt die Arme hinter ihrem Kopf und streckt sich, dann sackt sie entspannt zusammen und schließt einen Moment die Augen.

– Frau von Auer sagt, Klara sei verlobt und würde endlich heiraten, sagt Ivo. Sonjas Reaktion ist so, wie er sie erwartet hat.

– Was? Bist du verrückt?

– Wieso ich!

– Wieso Frau von Auer? Woher will *die* das wissen?

– Sie hat sich, ohne zu fragen, an meinen Tisch gesetzt.

– Und?

– Beschimpft hat sie mich. Weil ich Kaffee getrunken habe. Anstatt oben bei deinem Vater ...

– Quatsch! Wie soll das denn gehen mit Klara!

– Sie hat mir die ganze Geschichte erzählt.

– *Die ganze Geschichte?* Sonja zieht die Mundwinkel nach unten. Sie glaubt Ivo kein Wort. Aber witzig findet sie es auch nicht.

– Heiraten kann jeder, sagt Ivo. Kann man an uns sehen.

– Weiß Vater davon?

– Woher soll ich das wissen? Sie hat es von der Frau mit dem Dirndl.

– Und woher will die das wissen?

Das weiß Ivo auch nicht. Der Fahrer schlägt mit der Faust auf sein Lenkrad und flucht. Er öffnet das Handschuhfach und tastet darin herum. Packt Brillen, Tempotaschentücher und ein paar ramponierte, stark verknickte Seiten einer Straßenkarte auf den Beifahrersitz. Aber er findet nicht, wonach er sucht.

– Geht was ab?, fragt Ivo.

Der Taxifahrer antwortet nicht. Sonja stößt ihren Ellbogen in Ivos Rippen. Sie möchte nicht, dass der Chauffeur gereizt wird, jetzt, wo sie es eilig haben und die ganze Stadt verstopft ist. Aber lächeln muss sie doch. Das bringt Ivo immer fertig, vor allem, wenn er so guter Stimmung ist, wie jetzt. Sie klopft mit der Hand auf Ivos Knie.

– Wo hast du den Umschlag mit der Vollmacht?, fragt er. Die muss noch heute in den Briefkasten. Und zwar hier. Nicht erst in Wien.

– Hab ich nicht.

– Was hab ich nicht.

– Hab ich eben nicht.

– Wieso? Die steckt doch in deiner Tasche.

– Die Vollmacht schon, aber die Unterschrift nicht.

Ivo begreift nicht sofort. Nur, dass diese Unterhaltung vielleicht nicht für fremde Ohren bestimmt ist, das sagt ihm sein gutes Gespür. Schließlich ist Ivo Geschäftsmann. Er beugt sich zu Sonjas Ohr und flüstert:

– Wieso denn! Die musst du haben!

– Ich hab's ja versucht, aber es ging nicht. Sonja flüstert jetzt auch.

– Wieso ging nicht?

– Weil ich mir auf einmal so komisch vorgekommen bin. Eine Unterschrift. Von meinem Vater. In *der* Situation! Verstehst du das nicht?

Ivo dreht sich nach hinten. Als müsse er nachsehen, ob die Mappe mit der unterschriebenen Vollmacht nicht doch noch irgendwo hinten im Kofferraum liegt.

– Der Flug, der ganze Tag! Alles für die Katz. Ich *will* das nicht verstehen!

Ivo versteht die Welt nicht. Gerade noch war er bester Laune, weil alles wie geschmiert lief, und jetzt das. Das Taxi steht. Erst jetzt bemerken die beiden, dass der Wagen eingekeilt ist in einer Schlange, die sich schon längere Zeit nicht bewegt hat. Im Rückspiegel sieht Ivo, wie der Fahrer die Luft durch die Zähne zieht.

– Scheiße, zischt es von vorn, die Innenstadt ist dicht. Prinzregenten, Widenmayer, Altstadtring, alles verstopft.

– Lassen Sie sich was einfallen, sagt Ivo, wir sind sehr pressiert. Er schaut durch das Seitenfenster auf die Straße. Das Normalste von der Welt, sagt er sich. Es ist Rushhour, überall auf der Welt sind zum Feierabend die Straßen verstopft, und Taxifahrer sind dazu da, sich etwas einfallen zu lassen. Ivo beugt sich nach vorn, will dem Fahrer noch etwas anweisen, aber dann doch nicht, denn in München ist Ivo fremd, hier kennt er sich nicht aus, und hier will er sich auch nicht auskennen. Er sinkt zurück in die Lederpolsterung.

– Und wie soll es jetzt weitergehen?, sagt er leise, mehr zu sich selbst.

31

Jetzt habe ich schon seit langem die Augen zu und der plötzlich bewölkte Himmel hilft mir dabei. Oder ist das schon der Abend? Auf einmal weiß ich nicht mehr, in welcher Richtung mein Kopf liegt. Die Wand links oder rechts, das Fenster, die Tür. Die Bilder habe ich im Kopf, vom Nachtkästchen, vom Alpenveilchen, vom Tisch, vom Schrank. Sogar das Bild von dem windigen Dr. Schöpf, der sich vor mir aufgebaut hat, und den ich sagen höre: Der Schrank steht rechts, das kann ich Ihnen mit hundertprozentiger Sicherheit sagen, und das Alpenveilchen links. Sogar mehr als hundert Prozent, ich bin schließlich Naturwissenschaftler. Er sagt: nicht die Augen aufmachen, nicht blinzeln, nicht gucken! Das ist doch lächerlich! Und lässt nicht locker, er sähe, wie es wirklich ist, und an der Wirklichkeit gäbe es bekanntlich nichts zu rütteln, *er* habe die Augen offen.

Ich aber, ich weiß, dass der Schrank links steht!

Fällt Ihnen dazu etwas ein, Herr Dr. Schöpf? Gibt es für die seitenverkehrte Weltsicht ein Fachwort, das Sie in meine Krankenakte aufnehmen? Sie haben doch allen Grund, Ihre Diagnose mit ein paar speziellen Auffälligkeiten, die Sie ganz selbstständig und ohne fremde Hilfe entdeckt haben, ein bisschen aufzumöbeln. An höherer Stelle wird man Sie dafür loben. Kommen Sie langsam runter von Ihrem *Kinderwunsch*!

Mit dem Gesicht zur Wand. Augen und Mund fest verschlossen. Ohren offen. Die Zunge entspannt. Und die Kopfhaut nicht ganz so straff. Das Fleisch wie gewachsen, ohne Haut und ohne Knochen.

Klara, nehmen Sie Ihr Leben, wie es ist! Greifen Sie einfach zu, es ist Ihres! Halten Sie es fest! Ratschläge, die einem das Herz zerreißen. Und doch irgendwie verständlich, bei der langwierigen Ausbildung, den ständigen Prüfungen und Klausuren! Der Blick für das Wesentliche *muss* einem ja dabei abhandenkommen, ob man will oder nicht! Immerhin, Sie haben die Wahl zwischen ja, nein und ein bisschen. Dr. Schöpf ist bestimmt nicht der Einzige, der sich diesem System unterordnet. Nein ja ein bisschen. Für Ihren Beruf, mein Lieber, braucht man ein widerstandsfähiges Herz und einen gepanzerten Schwartenmagen. Und eine dicke Haut. Die kommt noch dazu.

Mutter konnte nur noch flüstern. Sie bat mich um ein Glas Wasser, mit geschlossenen Augen. Ihre dunklen Wimpern ruhten auf der gelblichen Haut. Schön sah das aus. Ich ging zum Waschbecken, um Wasser ablaufen zu lassen. Auf dem Weg flüsterte ich beruhigende Worte, das Wasser müsse kalt und frisch sein, dazu müsse es erst ein wenig ablaufen, gleich käme es, nur noch das Glas, nur noch einen Moment, jetzt, sofort, da ist es schon. Aber trinken konnte sie es nicht mehr. Am Abend saßen Vater und ich in unserer Küche am Tisch und redeten kaum, und das, was wir uns mitteilten, flüsterten wir. Weil wir den ganzen Tag im Krankenhaus an Mutters Bett auch geflüstert hatten. Vater flüsterte, dass ich die Handtasche mit dem abgerissenen Bügel zum Schuster bringen müsse.

Falls Herr Morlock mich wieder besuchen sollte, könnte er mir das Foto mitbringen mit Sonja darauf. Sie klebt mit der magnetischen Erdbeere an der Kühlschranktür. Halb von hinten, im Sommer auf einem schattigen Weg, wie sie mir zuwinkt.

Sie war immer schnell mit allem fertig, ich stand noch da, aber sie war schon im Gehen und drehte sich um und winkte. Alles ging schnell bei ihr, als hätte sie unsichtbare Helfer neben sich. Sonja war immer Erste! Als Erste das Zimmer aufgeräumt, den Tisch abgedeckt und die Hausaufgaben gemacht, die Kniestrümpfe, die Schuhe angezogen und zugebunden, den Apfel geschält. Alles bei ihr ging schnell, Hindernisse gab es nicht. Während ich noch überlegte, saß Sonja schon längst im Auto. Onkel Bert rief mich, und rief noch einmal. Ich stand bewegungslos, Arme und Beine mit Sand gefüllt, ich konnte nicht. Oder wollte nicht. Mutter sagte: Träum nicht, mach schnell. Kann sein, dass ich träumte, und schnell gemacht habe ich auch nicht, aber ich war aufmerksam und bekam alles mit, was um mich herum geschah, ich hörte genau, was Onkel Bert von unten, vom Fuß der Treppe, nach oben rief:

– Ich zähle jetzt noch einmal bis drei, dann wird gefahren! Eins, zwei und die letzte Zahl ist.

Am schlimmsten war der Moment, wenn ich die Bremslichter rot leuchten sah, an der Kurve, wo unsere Straße in die Hauptstraße einmündet. Ich stand im Vorgarten mit dem Rucksack und den Skistöcken, aber von Onkel Berts Taunus waren nur mehr die Bremslichter zu sehen. Sie blinkten kurz auf, dann aus, dann noch einmal an. Eine Sekunde schien alles in der Schwebe, aber das Auto drehte nicht um, gleich darauf war es nicht mehr zu sehen. Ich ging ins Haus mit gebeugtem Kopf. Aber es war auch ein Triumph: Sie sind nicht umgekehrt, um mich zu holen. So hatte ich es gewollt. Oder hatte ich es doch nicht so gewollt? Oft wusste ich es selbst nicht. Aber die Bremslichter von Onkel Berts Taunus sehe ich noch immer. Wie er bremst und wie ich hoffe, dass er zurückkommt, und mein Triumph, dass er nicht zurückkommt.

Wo bleibt Sonja? Bei ihr weiß man nie. Heute so, morgen so. Die Karte mit der Albertina, die sie aus Wien geschickt hat, ist verschwunden. Dass sie in München zu tun habe, stand darauf, irgendwann in nächster Zeit. Noch keine drei Wochen ist das her. Bestimmt geht auf einmal die Tür auf. An meinen Geburtstag denkt sie immer. Besser, sie kommt gegen Abend, da sind wir ungestört. Besonders, wenn Dr. Schöpf nicht mehr da ist, können wir reden. Keiner, der danebensteht und sich Notizen macht, niemand, der uns beobachtet.

Vorhin dachte ich, ich hätte ihre Stimme auf dem Flur gehört, wie sie wiedermal jemanden herumkommandiert. Andererseits, wenn Dr. Schöpf noch da wäre, könnte sie sich an ihn heranmachen und ihm beibringen, dass ich nicht hierher gehöre. Sonja ist meine leibliche Schwester, da kann man das doch wohl verlangen.

– Schicken Sie Klara nach Hause. Dort wird sie gebraucht! Alles verkommt, und der Garten verwildert! Das Gras im Vorgarten steht schon einen Meter hoch!

Dr. Schöpf wird mich fragen, warum *ich* ihm nie etwas über das hohe Gras gesagt habe. Was redet meine Schwester, werde ich sagen, was redet Sonja wieder für einen Unsinn. Hören Sie nicht auf die!

Wenn sie sich in der nächsten halben Stunde nicht meldet, werde ich Rafaela bitten, mir das Telefon ans Bett zu bringen und die Nummer mit der langen Wiener Vorwahl zu wählen. Vielleicht kann ich Sonja wenigstens für einen Augenblick dazu bringen, dass sie ihren jungen Ehemann aus den Augen lässt. Mutter hat uns immer gewarnt, vor Männern, die das Leben nicht ernst nehmen, die bei schönen Frauen schwach werden und darüber die Zeit vergessen. Eigentlich hat sie uns gewarnt vor Männern, wie Onkel Bert einer war, oder der Bandonionspieler, der auf dem roten Sessel saß.

Wenn es nicht so trotzig gewesen wäre! Wenn es die paar Löffel Bier heruntergeschluckt hätte, dann wäre endlich Ruhe eingekehrt und ich hätte es schlafen legen können. Es hätte ruhig geatmet. Kein Mensch auf der Welt hätte es *bei mir* vermutet. Ausgerechnet bei mir! Am allerwenigsten *er*. Ich war doch mit *ihm* verabredet, wir wollten uns verstecken, heiraten und ins Ausland gehen, untertauchen. Nur nicht nach Japan zu den winzigen Seidenmenschen, die so leicht und zerbrechlich sind.

Ich warte. Ich habe von *ihm* noch immer keine Antwort auf meine Botschaft.

Es war kalt und dunkel, und die Katzen schlichen mir um die Beine. Ich drückte die Zweige auseinander. Das können Sie vielleicht nicht verstehen, Herr Dr. Schöpf, ich wollte *seine* Augen sehen. Diese Augen, die mir Angst machten. Wie sie ins Leere, in den schwarzen Garten starrten. Das große Zimmer, der lange Tisch am Fenster, der grüne Schirm der Stehlampe. Das hintere Zimmer im Schatten. Ob seine Frau auf dem Sofa saß oder im Sessel unter dem dunklen Bild war nicht zu erkennen. In der Scheibe spiegelte sich ein Lichtschein, der kam von irgendwoher.

Er stand hinter dem Tisch, die Hände auf der Platte aufgestützt, den Oberkörper nach vornüber gebeugt, keine Kraft mehr, aufrecht zu stehen. Sein Gesicht war so grau wie die Rückseite des Mondes. Ich hatte alles in der Hand, ich führte Regie. Alles tanzte nach meiner Pfeife, das Mondlicht, die räudigen Katzen, die Vögel in den Bäumen warteten auf mein Kommando. Jemand öffnete ein Fenster, schloss es gleich wieder. Aber dann kam *seine* Frau von hinten, legte die Arme um *seine* Brust, so standen sie lange, viel zu lange. Er blieb starr, *er* drehte sich ihr nicht zu, auch wenn sie ihren Kopf an *seine* Schulter legte. Ich wollte das nicht, und *er* wollte das auch nicht, dass sie da so lange standen in trister Umarmung. Ich bog die Zweige noch weiter auseinander, drückte die Äste weg, ich riss am Gestrüpp und griff in Dornen und Stacheln, ich zerrte an dem verrosteten Zaun, meine Hände rissen auf und brannten wie Feuer. Ich stand still und wartete.

Nur wenige Tage zuvor hatte *er* stark und stolz gestanden, am Rednerpult auf dem Holzpodest. Da hatte *er* noch Kraft in den Schultern und Farbe im Gesicht, als sich unsere Blicke ineinander verkeilten und mir der Asphalt unter den Füßen weich wurde. Von solchen Zuständen haben Sie bestimmt gehört, Herr Dr. Schöpf, wenn in *Ihrem* Leben so etwas vielleicht auch nicht vorgesehen ist. Wer das einmal erlebt hat, für den geht nichts weiter wie zuvor. Mit *seiner* grobkörnigen Stimme sprach *er* zu den Festgästen und Kollegen und anderen wichtigen Leuten der Stadt. Einzig und allein ich zog seinen Blick auf mich, *er* hatte sofort ausgemacht, wo ich stand, und dass ich nur seinetwegen dastand, das wusste er. Wie *er* einmal zum Himmel hinaufsah und dann wieder auf mich. Er nickte langsam, und ich spürte, er meinte *mich*. Und ich in meinem Mantel mit den schrägen Taschen. Nur mich, obwohl Hunderte von Menschen auf dem Platz standen und *ihm* zuhörten, nur mich, mit diesem wilden Blick, der mir die Liebe direkt ins Herz geschossen hat. Nicht zu vergleichen mit den toten Augen hinter der großen Glasscheibe in seinem Wohnzimmer, ein erschöpfter, entkräfteter Mann, die versteinerte Stirn auf die dunkle Nacht gerichtet, schaute er durch die Scheibe hinaus in den schwarzen Garten.

So will ich ihn nicht zurücklassen, es soll wieder Farbe in sein Gesicht kommen! Und sein Blick, nicht mehr in die leere Nacht hinein, sondern in den Tag und auf unser gemeinsames Leben. Und das habe allein *ich* in der Hand! *Meine* Inszenierung. *Mein* Werk. Ich entscheide, wann *er* wieder lachen wird.

Die Puppe mit der Zipfelmütze hat Feuer gefangen! Sieht *er* das denn nicht? Oder warum lässt *er* sie da liegen, so gefährlich nah an der Kante des Fensterbretts, mit dem Kopf nach unten. Jemand muss sie da hingelegt haben. Jetzt sehe ich die Frau, hinter ihm, sie starrt auch hinaus ins Dunkle, mit wunden Augen. Ihr Mund bleibt stumm.

Weiter oben auf der Straße, jenseits des Weges, der an den Gärten vorbeiführt, fährt das schwarze Auto. Die Scheinwerfer schweifen über die große Wiese, Lichtkegel zerstäuben den Nebel, nur kurz, sekundenschnell, tauchen Baumstämme und Büsche auf. Mich haben sie nicht einfangen können mit ihren Scheinwerfern, im Schutz des Gestrüpps, mein Mantel, meine hellen Beine, sogar die weiße Mütze blieben unentdeckt. Mich kann man nicht so einfach finden! Ein Schritt hinter den Baum, die Knie gebeugt, den Rücken krumm, und die Scheinwerfer drehen ab. Der Automotor hat die Unglücklichen in ihrem stillen Zimmer hinter der großen Scheibe aufgeschreckt. Sie drehen die Köpfe in die Richtung, aus der das Geräusch kommt. Kurz strafft sich *seine* Brust, er peilt, eine Sekunde Hoffnung und Leben. Die Frau bläst den Rauch in die Lampe und blickt zum Telefon, nimmt den Hörer ab, spricht nicht, legt wieder auf, zieht wieder an der Zigarette, steht auf, setzt sich, raucht.

Feuchte Luft auf meinem Rücken. Die Katzen mochten das schwarze Auto nicht, sie reagierten schreckhaft und knipsten das grüne Licht in ihren Augen an. Nehmt doch Rücksicht auf die Katzen! Schon war es wieder still. Kaum zu glauben, auch die Krähen hockten in den blattlosen Bäumen und warteten auf die Rückkehr des verschwundenen Kindes. Manchmal schlug eine mit dem Flügel, das machte ein dumpfes Federgeräusch. Schwarz glänzten die Krähen in jener Nacht, schwärzer noch als sonst, und den Mond ließen sie nicht aus den Augen. Das Glück kommt im Schlaf, heißt es doch. Herrje, ausgerechnet im Schlaf!

Und wenn das Zittern am Trommelfell nicht aufhört? Wenn ich den Kopf drehe, vibriert es, jetzt noch mehr als zuvor. Das setzt sich fort bis ins Gehirn! Dieses Flattern im Ohr wird immer lauter! Ich höre *seine* Stimme Tag und Nacht, sie ist ein Teil von mir. Wenn ich einschlafe ist sie da, aber dann schrecke ich auf und dann ist es, als hätte ich sie nach mir rufen hören, heiser, ungeduldig fordernd. Klara!, ruft sie, Klara. Unter den modrigen Blättern müssen die toten Vögel liegen. Die legen sich hin, wenn ihre Zeit gekommen ist und sterben ganz unaufgeregt. Das Laub legt sich über sie. Wo liegen all die toten Vögel, es müssen Tausende sein, täglich Tausende!

Das starre Gesicht kommt näher, jetzt ganz nah an der Scheibe, die Stirn ans Glas gepresst, der Blick in meine Richtung. Er sieht mich nicht und weiß doch, dass ich da bin. Die Hände auf der Tischplatte aufgestützt, den Rumpf vornübergebeugt. Hier draußen ist der Boden kühl. Noch ist die Erde von Herbstblättern versiegelt, als sei es für ewig.

Als ich das tote Tier aus dem Schuppen holen wollte, schrie Mutter mich an:

– Lass es liegen! Du wirst dich vergiften!

Dann lächelte sie. Weil sie sich schämte.

Jemand hat alle Lichter angemacht! Aber ruhig Blut, vielleicht ist alles eine Täuschung. Nichts als Staub und Sand und Nebel, oder ist es schon Abend? Den Rest kann ich nicht hören, die eisige Bö hat die Blätter erfasst, huscht in die Hecke und lässt das Laub zittern. Stechapfel und rote Zipfelmütze leuchten, brennen sich ein, spitz und heiß. Nur meine Füße sind kalt. Und die Hände, die Ohren, die Augen, das Herz. Wieder etwas, wovon Sie keine Ahnung haben, Herr Dr. Schöpf. Lieber verrate ich Ihnen etwas, das auch Sie verstehen:

Ich ging nach Hause in jener Nacht.

32

– Er hat sich mitten im Satz umgedreht, sagt Sonja halb flüsternd. Er ist zur Tür gegangen und hinaus auf den Flur. Ohne ein Wort zu sagen, einfach aus dem Zimmer und hat mich stehen lassen. Plötzlich war etwas anderes wichtig. *Was* das war, weiß ich nicht.

– Und die Unterschrift?

– Ich habe ihm noch hinterhergerufen, aber er hat sich nicht einmal umgedreht.

– Ohne zu unterschreiben?

Plötzlich reißt der Taxifahrer am Steuer, schert aus auf die Busspur und gibt Gas. Bricht den Versuch aber gleich wieder ab und kriecht zurück in die Schlange. Der Himmel hat sich bezogen, es wird bald anfangen zu regnen. Am *Haus der Kunst* sind sie gerade vorbeigerollt, die Kolonne von Bremslichtern geht bis hinauf zum *Friedensengel.*

– Und jetzt?

Ivo holt den Kompass aus der Manteltasche. Er hält ihn in Richtung Frontscheibe, dreht, wartet, bis sich die zitternde Nadel beruhigt hat.

– Ostsüdost, sagt er vor sich hin, Südsüdost. Langsam kurbelt er das Seitenfenster herunter und richtet den Kompass erneut ein.

Auf dem Bauernhof in Jarenina nördlich von Maribor ist die Dämmerung schon fortgeschritten, der Großvater hängt den rostigen Riegel an der Tür zum Schweinestall ein. Legt die Hand ans Ohr und lauscht. Es muss der Wind aus Südwest sein, der ihm die Stimmen und die Musik aus Ljubljana durch die Luft herüber trägt. Dort kommen die Studenten aus den Hörsälen und stürzen sich auf den Abend mit ihren Mädchen. Schon sitzen sie vor den

Cafés und drehen an den Knöpfen ihrer Transistorradios. Und weiter östlich, am Schwarzen Meer, machen sich die Hausdiener der Dreisternehotels ans Eindecken der Abendessenstische für die Halbpensionisten. Sie zünden die Windlichter an, falten die Papierservietten und gießen Öl in die Tischlaternen. Und noch weiter im Osten, auf der Krim, ist es längst dunkel, die Männer haben ihre Gläser ausgetrunken und die letzten Zigaretten geraucht.

– Und jetzt? Ivo dreht das Fenster wieder hoch.

– *Ich* muss unterschreiben, flüstert Sonja in sein Ohr.

– Urkundenfälschung sagt man dazu. Dafür geht man ins Gefängnis, flüstert Ivo zurück.

Früher, in der Schule, hat sie Vaters Unterschrift manchmal nachgemacht, und keiner hat etwas gemerkt. Für Entschuldigungen zum Beispiel, wenn sie angeblich krank gewesen war, oder wenn sie wieder einmal eine Sechs in Mathe geschrieben hatte und die Arbeit den Eltern hätte vorlegen müssen.

– Das wird schon gut gehen.

Sonja sitzt aufrecht und starrt aus dem Seitenfenster. Es fängt leise an zu regnen. Das Taxi steht zwischen den Autos auf der Isarbrücke, Sonja denkt an Frau Fellers Tannen, an die Steinplatten auf der Terrasse, sie denkt an die Amsel und an all die Dinge, die sie vielleicht nie wiedersehen wird. Ivo ist klug genug zu wissen, dass alles, was er jetzt sagen könnte, falsch klingen würde. Er sitzt da, die Hände greifen mehrmals hintereinander nervös in die Muskulatur seiner Oberschenkel. Aus den Augenwinkeln betrachtet er Sonjas Profil.

Schließlich zieht Sonja den grauen DIN-A4-Umschlag aus ihrer Tasche und holt die Vollmacht heraus. Sie hält das Blatt so, dass auch Ivo den Text noch einmal lesen kann. Dass der Vater bei der Veräußerung des Hauses, Hagemannstraße Nr. 23, die Vollmacht auf sie, Sonja Protić, geborene Schwartz, überträgt. Dann legt sie die Seite auf ihre Knie, streift das Papier glatt, wartet, bis der Wagen wieder zum Stehen kommt, und unterschreibt: Felix E. Schwartz.

– Und ins Gefängnis nehme ich dich einfach mit, Ivo.

Das Taxi fährt wieder an, bleibt nach zwei Metern stehen. Das Gesicht des Fahrers im Rückspiegel ist ohne Bewegung.

– Was soll eigentlich mit der Reisetasche passieren?, fragt Ivo. Kommt die mit nach Wien?

– Für Klara. Wäsche und Blusen. Kann sie bestimmt gut brauchen in der Klinik. Schließlich ist sie ja nicht bettlägerig.

– Und dein Geschenk?

– Hab ich in der Handtasche.

– Was ist es eigentlich?

– Stulpen. Sie hat doch immer so kalte Finger.

Der Taxifahrer dreht sich nach hinten um:

– Das wird sehr knapp, das kann ich Ihnen schon jetzt sagen.

Am Himmel wird es dunkel. Wind kommt auf und treibt zwei Tüten zwischen den Autos in die Luft. Eine Frau versucht, ihren Schirm zu öffnen. Die drei im Taxi beobachten sie. Es dauert einen Moment, bis sie sich in die richtige Richtung gedreht hat, bis sie den Schirm so weit hat, dass er ihr von Nutzen sein kann, wenn auch nur als Schild vor der Brust. Die Kolonne fährt an, es geht voran, der Fahrer gibt Gas. Kurz bevor das Taxi in die Lintherstraße, an deren nordöstlichem Ende die Klinik liegt, hineinfährt, dreht er sich zu Sonja und Ivo um.

– Flughafen oder Krankenhaus. Beides geht nicht mehr.

– Krankenhaus! sagt Sonja, und Ivo sagt:

– Flughafen!

– Also was jetzt?, sagt der Fahrer.

– Nur kurz, Ivo, bitte.

Wie es war, als Doktor Schöpf das erste Mal in Wien angerufen hat und herumdruckste, dass etwas passiert sei, und dass es um Klara gehe, und wie Sonja zuerst nichts verstanden hatte, auch, weil sie gar nicht wusste, wer da mit ihr sprach. Wie vorsichtig Dr. Schöpf sich ausdrückte, dass er Arzt sei und dass er die Mithilfe der Familie brauche, um auf die richtige Spur zu kommen.

Wie er Fragen stellte. Fragen, die Sonja nicht beantworten konnte, auch solche, *die* sie beantworten konnte. Und dass man sich in der Klinik kümmern werde um Klara, dass er bereits Vertrauen zu ihr aufgebaut habe, was gar nicht – da habe er sich selbst gewundert – schwierig gewesen sei. Einen sehr guten Draht habe er zu ihr, sagte er am Telefon, das sei selten, dass man an seine Patienten so gut herankäme. Und wie sie, Sonja, sich dann herausredet. Und wie Klara nicht schreibt oder anruft, und Dr. Schöpf wieder und wieder auf die Kindheit zu sprechen kommt, wie das sei mit schlechten Erfahrungen und wie tief sie vergraben sein könnten. Wie Sonja am Telefon ihre Hand für die Familie ins Feuer legt, die habe immer zusammengehalten und die gute Ehe der Eltern, und der Raubüberfall und Mutters Tod. Und wie es mit Vater dann bergab gegangen ist. Und schließlich Klara. Sehr gut miteinander ausgekommen seien sie immer, viel, beinahe täglich habe man telefoniert und tue das noch heute. Aber dass Klara schon immer. Ja, eigentlich, wenn Sonja sich recht erinnert, schon immer. Und wie stur Klara sein könne, wie sie sich absichtlich gegen alles Schöne im Leben gestemmt habe. Schon immer.

Von Onkel Bert hat Sonja nichts gesagt. Er gehört nicht zur Familie.

– Nicht zu den Parkbuchten. Halten Sie direkt vor der Tür. Es geht schnell.

Ivo sitzt ganz vorn auf der Rückbank, sprungbereit.

– Lass *mich* gehen, sagt Sonja.

– Nein. *Ich* mach das.

Der Wagen bremst, Ivo reißt die Autotür auf, dann von außen die Kofferraumklappe. Er greift nach der Tasche und ist auch schon in der Drehtür verschwunden.

Die Dame an der Rezeption trägt ein dunkelblaues Kostüm mit goldenen Knöpfen, als stünde sie hinter der Rezeption eines Hotels. Sie ist gerade am Telefon. Hört zu, spricht nicht.

– Hier, sagt Ivo, und stellt die Tasche auf den Boden. Das ist für

Frau Schwartz. Die ist Patientin bei Ihnen. Sagen Sie, von ihrer Schwester. Wir sind sehr pressiert. Sagen Sie es ihr.

Ivo klopft mit dem Zeigefinger auf seine Armbanduhr. Die Dame am Telefon macht ein Zeichen, dass sie verstanden hat und die Tasche auf die Station bringen lässt. Die Drehtür ist noch in Bewegung, Ivo springt hinein, und schon ist er wieder im Taxi auf dem Rücksitz neben seiner Frau.

– Zum Flughafen jetzt. Geben Sie Gas. Der Chauffeur wendet.

– Kurz und schmerzlos, sagt Ivo und zieht den Anschnallgurt heraus.

– Danke, sagt Sonja. Das war mir wirklich wichtig.

Sie erreichen die Auffahrt zur Autobahn Nürnberg. Der Taxifahrer pfeift durch die Zähne.

– Sieht gut aus, sagt er und fährt sofort auf die Überholspur.

– Ist vielleicht auch besser so, sagt Sonja.

– Was?

– Dass wir es nicht mehr geschafft haben. Ich meine, dass wir nicht mehr bei Klara waren.

Sonja sieht aus dem Seitenfenster. Aber sie sieht nicht, wie schnell der weiße Seitenstreifen vorbeiflitzt, auch nicht die Felder, die flache Landschaft, den gelb-blauen Ikeawürfel weit hinten. Sonja schaut ins Leere.

– Übermorgen schick ich die Bestätigung nach Mailand. Und zwar mit der Post. Ivo ist mit den Gedanken weit weg. Er muss sich erst wieder auf Sonja einstellen, und auf diesen Tag, der bald zu Ende geht.

– Es wäre nicht gut gegangen, sagt Sonja gegen das Fenster.

– Ach so?

– Es wäre zu anstrengend für sie gewesen.

– Aber gefreut hätte sie sich, sagt Ivo und weiß genau, dass er das nicht hätte sagen sollen.

– Weiß ich nicht, sagt Sonja.

Sie öffnet den Reißverschluss ihrer Handtasche.

– Hast du die Tickets?, fragt Ivo

Wie Dr. Schöpf am Telefon redete und redete. Wie er davon sprach, dass man Klara helfen müsse, aus ihrer Ecke herauszukommen. Dass sie sich aus dem Gestrüpp ihrer Eigenschaften nicht selbst habe befreien können und dass es bei einem so komplexen Krankheitsbild zu Kurzschlusshandlungen kommen könne.

– Nein! Bitte nicht!

Sonja zieht ein Päckchen aus ihrer Handtasche, rosa Geschenkpapier mit silbern glitzerndem Band darum herum. Nein, das gibt es nicht! Das darf einfach nicht wahr sein!

– Oje, sagt Ivo, das ist aber jetzt wirklich blöd.

– *Darüber* hätte Klara sich bestimmt gefreut, sagt Sonja.

– Und jetzt?

– Und jetzt? Zum Flughafen.

33

Das Kissen muss ich mir ohne Hilfe in den Rücken stopfen, weil Rodi, dessen Aufgabe es eigentlich ist, nach mir zu sehen, mit dem Schweizer beschäftigt ist. Nebenan ein Rumoren, dann und wann Rodis Stimme, der Schweizer wehrt sich und zetert. Sein Zimmer muss in den Abendzustand gebracht werden. Weil nachts, wenn die Geister tanzen, muss alles an seinem Platz sein, dass sie nicht stürzen und stolpern und sich die weichen Knie aufschlagen. Dass sie nicht über die tags herumgeschmissenen Gegenstände fallen und sich verletzen an den Souvenirs aus dickem Glas, die im Dunkeln auf dem Linoleumboden hin und her rollen, dass sie nicht ausrutschen auf den aufgeblätterten Wäschestücken des Herrn Urs, den überall verstreuten Heimatfotos, dass sie sich nicht stechen an den spitzen Deckeln der Skipokale und den auf dem Rücken liegenden Haarbürsten und anderen gefährlichen Gegenständen ohne Sicherheitshülle, alles vom Herrn Urs in abends ansteigend fiebriger Umnachtung durchs Zimmer geschleudert, auf das Bett, den Stuhl und den Tisch. Einer muss dem Herrn Urs erklären, dass es keinen Sinn hat, so wie er das macht. Inzwischen muss er mindestens einmal am Tag Ordnung schaffen, so weit sind wir schon. Früher zwei- bis dreimal pro Woche. Da hat er noch Schweizer Nationallieder gesungen, die auch den Hartgesottenen auf unserer Station ans Herz gehen, weil es immer um die Armbrust geht, von der hier keiner so richtig eine Vorstellung hat. Ich singe nicht. Dafür habe ich Ziele in meinem Leben. Von allen Zielen ist eines mein Lieblingsziel, das größte, das man haben kann. Daran kommt auch die ganze ignorante Ärzteschaft nicht vorbei. Ihre Diagnosen können Sie sich an den Hut stecken und meine Wege gehe ich allein, Herr Dr. Schöpf. Wenn ich mein Ziel erreiche, dreht sich alles nur noch um *ihn*. Und um *mich*.

Das Leben, Herr Dr. Schöpf, aber so weit waren wir schon. Und dass Sie wenig vom Anfang und nichts vom Ende verstehen. Meine Mutter hätte Ihnen das nicht durchgehen lassen! Mit Ihrem treuherzigen Blick hätten Sie bei ihr nichts erreicht. Auch nicht mit Ihren abgekupferten Befunden! Mutter hätten Sie nicht getäuscht. Und Vater braucht einen Moment, um das Leben zu durchschauen, das war schon immer so. Mein Leben ist das, was ich träume. Davor hat Mutter mich oft gewarnt. Du mußt nur hinausgehen, hat sie gesagt, und schon tut sich was. Danach hat sie alle Brücken abgebrochen. Die einzige Verbindung sind ein paar Röcke, die von uns Töchtern aufgetragen werden, weil die Stoffe unverwüstlich sind. Das ist alles, was von ihr und uns übrig geblieben ist. Und Wanda, dreist und dumm, wollte sich dazwischendrängen, da war Mutter gerade ein paar Wochen unter der Erde.

– Finger weg! Der ist von Mutter!

Wanda machte eine Handbewegung, die ich noch nie bei ihr gesehen hatte. Vor lauter Schreck, weil sie mich nicht hatte kommen hören und ich schon eine Weile hinter ihr gestanden hatte. Sie wurde rot. Aber den Rock hielt sie fest. Ich zog am Bund und Wanda am Saum. Dabei ist ein Stück von dem feinen Seidentaftfutter eingerissen. Schließlich legte ich den Rock zurück in den Schrank.

Vater am Tisch tat, als hätte er keine Ahnung, worum es ging. Damals war Vater ein anderer. Das Leben war ein anderes.

Die Löcher, die schrundigen Stellen, überall Flecken auf der Haut! Wo ich es auch anfasste, hinterließ ich ein Mal. Aber kaum hatte ich ein Brot geschmiert, die Suppe gekocht, das Ei geschält, den Pudding, da war alles wieder fein und glatt. Es sah mich an mit dem kindlichen Ernst eines alten Mannes. Sein Blick machte mich unsicher, lieber wäre mir gewesen, es hätte mit seinen krummen Beinen nach mir gestoßen und sich gewunden wie ein Affe. Meine Unsicherheit spürte ich überall, wie Stiche in die Brust und dumpfe Schläge gegen die Gurgel.

Das Leben ist nicht, was es scheint.

Ansichten sind das, und kein Funken Wahrheit zu greifen. Das Gehirn ist mit Abstand unser *veränderlichstes* Organ, hat mir der naseweise Dr. Schöpf gesagt. Na dann, habe ich geantwortet. Heute Morgen war ich mir noch sicher, aber jetzt, wo sich der Himmel bezieht und der Abend sein dunkles Tuch ausbreitet. Da will man sich doch nicht in Schwierigkeiten bringen! Um Himmels willen, ich komme ja ganz durcheinander. Lieber bleibe ich ruhig unter meiner Decke und warte, bis *er* mir auf meine Botschaft eine Antwort schickt.

Die Stimme des Kindes war die heisere Stimme eines alten Mannes, vielleicht die meines Vaters.

In der Vitrine ist das Schrankpapier eingerissen! Eine Rolle habe ich noch im Keller entdeckt, die ist von früher übrig geblieben. Mit grünen Streifen und roten Herzen. Allerdings, die Schere verlangt eine ruhige Hand, und vom Festdrücken der Reißzwecken habe ich einen umgebogenen Daumen, der noch tagelang wehtut. Aber dann ist alles wieder schön appetitlich.

Das Leben ist nicht, wie es scheint.

Lächelnd hatte Mutter das purpurrote, breite Samtband auf dem Kies ausgelegt, dass ich die richtigen Schritte darauf mache. Das Band kam von der Küche her, über die Steinstufen vor der Haustür hinunter auf den Steinplattenweg im Vorgarten. Es leuchtete im Mondlicht und wies mir den Weg bis vor zur Ecke, an der unsere Straße auf die Hauptstraße führt. Geh, sagte Mutter, geh nur! Einen Fuß vor den anderen. Ich setzte meine Füße vorsichtig, das samtene Stoffband fühlt sich warm an unter meinen Sohlen, es führt mich dorthin, wo es für mich richtig ist. Bis in den Park hinein, und ab von den Sandwegen, quer über die Wiese. Wie schön ist das purpurrote Samtband auf der Wiese, und wie weich es sich darauf läuft. Es soll nie ein Ende haben, und Mutter hinter mir mit ihrem Lächeln. Es ist das hellste Lächeln, das man sich vorstellen kann. Einen Schritt vor den anderen, dann drehe ich mich um zu ihr. Mutters Lippen bewegen sich, aber es kommt kein Ton aus ihrem Mund. Das ist der Wind, denke ich, der frisst die Worte, und seien sie noch so groß. Ich fasse Mutter am Arm, aber sie reagiert nicht, ich sage Mutter, du bist doch meine Mutter, aber sie erkennt mich nicht. Sie ist doch meine Mutter, denke ich noch einen Moment, aber da ist auch dieser Gedanke aus meinem Kopf verschwunden.

Etwas muss dem Schweizer dazwischengekommen sein. Abends gibt er doch sonst immer Ruhe. Jetzt ist es fast schon ganz dunkel, und ich höre ihn noch immer in seinem Zimmer rumoren. Wie er die Sachen gegen die Wand schleudert, wie er Papier zerreißt, wie er auf den Boden stampft und nicht zur Ruhe kommt. Vielleicht sollte ich ihm sagen, dass heute mein Geburtstag ist und dass ich noch Besuch bekomme. Dass er sich mit dem Aufräumen beeilen soll, der Krach macht mich noch ganz verrückt!

Frau Hüttl ist schon zum Bus gegangen, ohne sich von mir zu verabschieden. Sie darf etwas früher Feierabend machen als die anderen, weil zu Hause ihr Mann auf sie wartet. Dafür ist sie morgens als Erste da und schüttelt die Betten auf. Abends, wenn sie geht, sieht sie hübsch aus, mit ihrem Seidentuch und dem kleinen Hut. Sie kommt normalerweise noch kurz zu mir herein und erzählt mir, was sie zum Abendessen kochen wird, ihr Mann mag am liebsten Tomatensuppe.

Rafaela habe ich ganz hinten auf dem Flur singen hören. Die Lieder der Toreros klingen aus ihrem zierlichen Mund nicht besonders siegesgewiss, eher klingt es, als sänge sie von Seerosen und Mandelblüten. Dass der Stierkampf das Leben widerspiegelt, hat sie mal behauptet. *Ihr* Leben, und meines auch. Und als ich fragte, wie ich das verstehen soll und welche Rolle zum Beispiel ihr schöner Gabriel spielt, hat sie gelacht und sich die Hände vors Gesicht gehalten. Sie sagte, dass es so ein Gefühl sei, mit dem Leben, und dass sie es auch nicht besser erklären könne.

Mehrmals habe ich Dr. Schöpf an meinem Zimmer vorbeigehen hören, nie ist er hereingekommen, um nach mir zu sehen. Das wird seine Gründe haben. Kann sein, dass er die Lust verloren hat an mir. Weil er bei mir auf Granit beißt. Er kann lange warten, bis ich ihm sage, was er hören will, damit er die leeren Stellen ausfüllen kann in seinem Befund, die Lücken im Gutachten. Damit seine Fehldiagnose endlich komplett wird. Viel lieber rede ich mit Rodi. Jetzt höre ich ihn. Tarim, tatarim, tarim, tatarim. Seine Schritte kommen näher.

Nein, es ist nicht Rodi. Es sind doch nicht seine Schritte.

– Hallo? Wer ist da vor meiner Tür?

Keine Ahnung, wer das war. Ein schwarzer Hund unten, am Fußende von meinem Bett, oder ein Haufen Erde. Ein dunkler Berg, der aber keinen Mucks macht. Rodi! Da ist etwas unter meinem Bett. Können Sie mir sagen, was das soll?

Wie schön das ist, dass ich an *ihn* denken kann und dass ich dafür kein Licht brauche. Es ist dunkel, so dunkel, dass es fast keinen Unterschied macht, ob ich die Augen offen oder geschlossen habe. Jetzt höre ich nichts mehr. Ganz still ist es, nur dieser Ton, dieser hohe Ton, der immer lauter wird, als käme da etwas auf mich zu. Ich werde Vater anrufen und ihn fragen, was das bedeutet. Im Heim haben sie schon die Lichter ausgemacht. Frau von Auer ist vielleicht noch die Letzte, bei der die Nachttischlampe brennt, und Frau Wendland läßt sich aufs Sofa fallen in ihrem Büro und schenkt sich den letzten Kaffee aus der Maschine ein.

Du musst nur hinausgehen, und schon tut sich was.

Es schrie, es war nicht zu beruhigen. Und dann schrie es nicht, hörte ganz plötzlich auf zu schreien und sah mich an mit seiner ganzen Widerspenstigkeit. Ich schloss die Augen, ich musste mich schützen, auf einmal wusste ich, dass mein Leben in seiner Hand sein würde, wenn ich es bei mir behielte. Das heiße Wasser im Topf war nicht mehr heiß, das Handtuch nicht mehr frisch. Ich zog ihm seine Socken an und setzte ihm die rote Mütze auf.

Du musst nur hinausgehen, und schon tut sich was.

Ich *bin* hinausgegangen. Auf der purpurroten Samtbahn schob ich das Kind im Wagen zurück in seinen Garten. So kühl war der Morgen nie, so sanft zwitscherten die Vögel nie. Ich schob den Wagen, langsam, so, dass es sich nicht fürchtete. Ich sagte ihm, dass uns nichts passieren könne hier auf Mutters rotem Band. Wir durchquerten den Park, der schöne rote Samt auf den sandigen Wegen, einen Schritt vor den anderen, der Wagen glitt lautlos vor mir her, als fände er seinen Weg ganz von selbst.

– Hörst du?, sagte ich zu dem Kind, hörst du, wie die Blätter rauschen?

Es war ein Brausen in der Luft, die Baumkronen bogen sich hin und her in einem plötzlichen Wind. Aus den Büschen sprühte es blauglühende Funken, nervöses Blinken und Blitzen aus dem Dickicht der Zweige.

Dann sah ich die Polizeiautos. Das Prasseln des Hubschraubers über uns. Und als ich das Kind anblickte, ihm noch einmal über die Wange strich, über die zarte, warme Haut, lächelte es.

Rafaela, wo bist du? Sagtest du nicht, dass du heute Spätdienst hast? Was ist denn in dich gefahren, warum bringst du mir nicht endlich die Zeitschriften? In meinem Horoskop steht, dass es heute Abend regnen wird. Sieh nach, ob das stimmt. Und ob Sonja heute noch kommt. Es liegt etwas in der Luft, etwas Gutes, das kann ich riechen. Dein tapferer Torero soll mir noch was über das Leben sagen.

Sieh nach, ob es schon angefangen hat zu regnen. Dazu musst du allerdings das Fenster weit aufmachen. Mein Horoskop hat bisher immer gestimmt. Jetzt höre ich etwas … Ein Rauschen? Es ist das leise Klopfen der Tropfen am Fenstergitter. Eine Frau fliegt vorbei, ihr hängt ein Faden aus dem Kopf heraus. Ganz schräg liegt sie in der Luft.

Ja, ich glaube, es fängt an zu regnen.